IRENE FRITSCH

RUSSISCHER SOMMER

Kriminalroman

© 2022 Elsengold Verlag, Berlin

Lektorat: Ingrid Kirschey-Feix, Berlin

Umschlag | Satz: Mario Zierke, Berlin

Coverbild: Landesarchiv Berlin, F Rep. 290 Nr. II12652 / Fotograf: Simony.

Alle Rechte vorbehalten.

ISBN 978-3-96201-085-0
Besuchen Sie uns im Internet: www.elsengold.de

ZWEI RUSSEN MACHEN GESCHÄFTE

Nicht zu fassen, dachte Nikolaj Michailowitsch Smirnow, als er in die Rönnestraße einbog und Serjoschas Haus suchte. Nur wenige hundert Meter von seiner Wohngegend am Lietzensee mit den herrschaftlichen Häusern und wohlhabenden Bewohnern entfernt, befand er sich plötzlich in einer anderen Welt. Mietskasernen! Manches hatte er darüber gehört: abbröckelnder Putz, winzige Wohnungen, vollgestopft mit rachitischen Menschen, Lärm und Streitereien rund um die Uhr. Grauenvoll! Aber noch nie war er mit diesen Wohnverhältnissen in nähere Berührung gekommen: Wie kann man hier wohnen? Wie kann Sergej Iwanowitsch Popow hier wohnen? Ein früherer Sträfling zwar, der in Sibirien bei Weitem elender gehaust hatte als hier. Aber nichtsdestotrotz der Angehörige eines alten russischen Adelsgeschlechts aus dem Gouvernement St. Petersburg, ein angesehener und ehemals vermögender Fürst! Als sie sich im vorigen Jahr hier in Berlin zufällig im „Russki Ugolok" begegneten, einem bei den russischen Emigranten beliebten Lokal am Nollendorfplatz, fielen sie sich vor Freude in die Arme, sangen, tanzten, tranken die ganze Nacht und sprachen von ihren Hoffnungen auf bessere Zeiten. Mit Tränen in den Augen auch von den alten bösen Zeiten, als sie sich vor knapp zwanzig Jahren in dem Straflager in Ostsibirien kennengelernt hatten, wo sie sich fast zu Tode schuften mussten. Von Sergej, 1905 als Revolutionär verbannt, erfuhr Nikolaj jetzt, dass er 1917 nach der Rückkehr aus der Verbannung unter der Regierung der siegreichen Revolutionäre in keiner Weise von diesen als solcher angesehen wurde. Nun war er, Popow, wieder ein Angehöriger der Adelskaste, wurde von den Bolschewisten beraubt, verfolgt und ins Exil getrieben und war schließlich in Berlin gestrandet.

Nikolaj atmete durch, betrat das Haus und ging geradeaus weiter durch die Hoftür. Er durchquerte den Hinterhof, auf dem Scharen von schmuddeligen, zerlumpten Kindern spielten, die ihn, einen elegant gekleideten älteren Herrn mit üppigem grauem Vollbart und dunklem Hut, mit offenen Mündern anstarrten, als er sich den Weg durch ihre Spiele bahnte. Er stieg in dem Hinterhaus auf knarrenden Holzstufen weisungsgemäß drei Treppen hoch. Zwei Wohnungen lagen sich gegenüber. An der einen Tür war auf einem Pappschild in Großbuchstaben „Wegner" geschrieben, an der anderen stand nichts. Hier musste es sein. Er klopfte.

Ein schlanker Mann, Anfang vierzig, ohne Bart, bekleidet mit einem russischen Bauernkaftan, öffnete ihm. Die vollen dunklen Haare hatte er nur flüchtig nach hinten gebürstet. „Guten Abend, Kolja, tritt ein!", begrüßte er seinen Gast. „Guten Abend, Serjoscha!" Smirnow schaute sich in dem kleinen Flur kurz um, dann folgte er seinem Gastgeber in das offenbar einzige Zimmer der Wohnung. Es war eingerichtet mit wahllos zusammengewürfelten Möbeln, ein großer Schrank und ein altes Eisenbett an der einen Wand, ein Schreibtisch, Tisch und Stühle an der anderen, am Fenster noch ein schäbiger, aber wahrscheinlich bequemer Sessel. Immerhin war der Raum bedeckt mit einem großen Teppich.

Nikolaj verzog das Gesicht: „Hier wohnst du? In diesem Loch?"

Sergej schaute ihn gleichgültig mit seinen hellblauen Augen an und zuckte mit den Schultern: „Das genügt mir. Setz dich doch!"

„Jetzt verstehe ich auch, warum wir gewöhnlich unsere Geschäfte in meiner Wohnung abwickeln", fuhr Smirnow indigniert fort.

Sein Gegenüber reagierte nicht darauf, sondern zeigte nur auf eine schmale Tür an der Seite: „Ich habe sogar eine Küche, in der ich alles Nötige aufbewahre." Sprachs, ging hinein und kam mit einer Wodkaflasche und zwei Gläsern zurück. Er setzte sich zu Smirnow an den Tisch, goss die Gläser randvoll und reichte eins seinem Besucher, dessen Blick jetzt an dem einzigen Wandschmuck im Zimmer hängenblieb.

„Was hast du denn da für einen Lumpen an die Wand genagelt", fragte er und zeigte auf einen zerschlissenen Wandteppich. „Soll das etwa ein ‚Wladimir' sein?" Jeder Russe kannte die wichtigste Ikone der russischen Orthodoxie, die berühmte „Gottesmutter von Wladimir" aus dem 12. Jahrhundert mit der Darstellung von Maria mit dem Jesuskind.

„Das ist ein sehr alter und sehr wertvoller Gobelin aus meinem Elternhaus", wies ihn Popow zurecht. Dann hob er sein Glas: „Prost!" Beide tranken es in einem Zug aus, er goss nach und belehrte seinen Besucher: „Diese Unterkunft ist nur vorübergehend, mein lieber Kolja. Wie es aussieht, sind die Bolschewisten am Ende. Ich werde bald in meine Besitzungen nach Russland zurückkehren und wieder das mir angemessene Leben im Kreis meiner Familie führen."

Smirnow ärgerte sich über den herablassenden Ton, aber er schwieg. Freunde waren sie nie gewesen, und Popow hatte sich in den vielen Jahren nicht verändert. Als ein echter Fürst, fühlte der sich selbst in dieser elenden Behausung ihm überlegen. So hatte er sich schon im Gefängnis verhalten, obwohl er ein Sträfling war wie alle anderen. Trotz widrigster Umstände bewahrte er in allen Situationen seinen Abstand, seine fürstliche Würde. Dazu kam sein Status als politischer Gefangener. Diese standen in der Hierarchie im Straflager an erster Stelle und genossen von den Beteiligten, Mitgefangenen wie Wächtern, mehr Achtung als die wegen krimineller Straftaten Verurteilten, zu denen Smirnow gehörte. Sergej Popow, der Außenseiter, kam nie jemandem nahe. Allerdings *einen* Freund hatte er besessen! Den alten Gregorij, einen Drucker, der aber sein außerordentliches handwerkliches Geschick nicht in seinem angestammten Beruf, sondern anderweitig und entschieden profitabler eingesetzt hatte, nämlich in perfekten Fälschungen jeder Art – Geldscheine, Dokumente, Bilder –, die nur wenige Experten vom Original unterscheiden konnten. Letztendlich wurde Gregorij aber doch überführt und zu Zwangsarbeit nach Sibirien verschickt. Sergej Iwanowitsch Popow, ein feinsinniger, künstlerischer Mensch, war fasziniert von ihm, dem Meister der Feder und Farben. Er wurde sein gelehriger Schüler und schließlich ein ebenso begeisterter und hervorragender Fälscher wie er. Eine Profession, die ihm, wie sich jetzt herausstellte, ermöglichte, auch im Exil ausreichend Geld für seinen Lebensunterhalt zu verdienen, vor allem, seit er Nikolaj wiedergetroffen hatte.

Smirnow griff nach seiner Aktentasche: „Fangen wir an, ich habe nicht so viel Zeit."

„Gut!" Popow öffnete die Schreibtischschublade und nahm einen dicken Umschlag heraus. „Bitte sehr!"

Es waren die Rechnungen des vergangenen Monats für alles, was in dem Spielsalon, in dem Smirnow als Geschäftsführer fungierte, ausgegeben worden war, vorwiegend für Getränke, aber auch diesmal für einen neuen Kronleuchter, die Reparatur einer Jalousie oder andere Kleinigkeiten. Besitzerin dieses illegalen Spielclubs war die Gräfin Auguste von Hohenstein, die ihrem Geschäftsführer, ihrem ‚Fürsten', wie sie ihn nannte, blind vertraute. Die Rechnungen hatte dieser vor ein paar Tagen Popow übergeben, damit er die ursprünglichen Zahlen entfernt und die vom Händler geforderten Kaufpreise, manchmal erheblich, vergrößert. Die gefälschten Rechnungen nahm Smirnow nun entgegen und fügte sie zu seinen Geschäftsunterlagen.

Es war für beide ein sicheres und einträgliches Verfahren des Gelderwerbs. Falls die Gräfin, die von Einkäufen und Preisen nichts verstand, überraschend die Geschäftsbücher kontrollieren würde – was sie noch nie getan hatte – würde sie nur Sergejs perfekt gefälschte Rechnungen begutachten. Er vermutete, dass Kolja auch einen Teil der Gewinne ihrer Spielbank ohne Bedenken unterschlug. Er selbst, der nie Interesse am Glücksspiel gehabt hatte, kannte die Gräfin nur flüchtig, hatte sie einmal kurz bei einem Besuch in ihrer Wohnung kennengelernt.

Smirnow steckte den Umschlag in seine Tasche und gab Popow im Gegenzug einen Packen Geldscheine, den dieser achtlos in die Schublade warf. Dann reichte er ihm einen anderen Umschlag: „Hier hast du die nächsten Rechnungen. Kannst du sie bis zum Monatsende erledigen?"

Popow schenkte beiden nach, trank und meinte: „Für dich immer! Zum Wohle!"

Unterdessen hatte Smirnow aus seiner Aktentasche eine Tüte herausgeholt: „Hier sind noch ein Ring und zwei Armbänder, habe ich gefunden zwischen Augustes Wäsche. Hat sie sicher vergessen. Meinst du, du kannst sie verkaufen?"

Sergej nahm seine Uhrmacherlupe aus der Schublade, klemmte sie sich vor das Auge und betrachtete die Juwelen minutenlang: „Alle Achtung!" Er nickte anerkennend: „Edle Stücke, ich vermute Unikate, sehr wertvoll! Ich muss überlegen, wem ich sie anbieten kann. Du hörst von mir!"

Sie tranken weiter. Nach mehreren Gläsern hatte Nikolaj seinen Groll auf die Überheblichkeit seines Gastgebers vergessen und brachte nun ein Problem zur Sprache, das ihn seit einiger Zeit beunruhigte. „Serjoscha", begann er, „ich brauche deine Hilfe. Aber niemand darf davon erfahren!"

Ein betrunkenes Lachen unterbrach ihn: „Das ist ja mal ganz was Neues! Ich höre!"

„Du weißt, dass seit ein paar Monaten bei der Gräfin ihre Nichte Paula wohnt, wahrscheinlich für immer. Die beiden verstehen sich gut, von Tag zu Tag besser, spüren eine besondere Nähe zueinander und es kommt mir vor, als hätten sie jetzt ihre Blutsverwandtschaft entdeckt. Vor allem die Gräfin will ihre Nichte mit allen Mitteln fördern und scheint sie bereits als ihre legitime Erbin anzusehen. Sie hat doch tatsächlich vor, gegen meinen Willen natürlich, diese Paula unseren Gästen als ihre Nachfolgerin vorzustellen! Es geht jetzt um ihr Testament, in dem sie mich vor einiger Zeit als Alleinerbe eingesetzt hat, wie sie mir sagte. Ich fürchte, sie ändert ihren letzten Willen zugunsten ihrer Nichte. Jetzt frage ich dich: Du bist zwar als Fälscher ein Profi und die Rechnungen der Gräfin bearbeitest du perfekt, aber könntest du auch ein Testament herstellen, das allen kritischen Untersuchungen standhält?"

Ein schlichtes: „Ja!" war die Antwort, dann folgte die Frage: „Weißt du, wo die Gräfin ihr Testament aufbewahrt, zu Hause?"

Nikolaj nickte. „In einer Schublade bei ihren anderen Papieren."

„Dann schlage ich vor, du bringst es mir, möglichst bald, ich kann mir anhand des Originals die nötigen Materialien besorgen und stelle dir dann ein zweites Original her. Sollte die Gräfin wirklich inzwischen sterben und in einem neuen Testament ihre Nichte als Erbin eingesetzt haben, was beides sehr unwahrscheinlich ist, musst du nur ihr neues Testament mit meinem austauschen. Das dürfte nicht allzu kompliziert sein." Er goss die Gläser noch mal voll, sah, dass die Wodkaflasche leer war und holte aus der Küche eine neue: „Zum Wohle!" Sie tranken.

Nikolaj atmete auf. „Danke, du bist ein echter Freund! Mir fällt ein Stein vom Herzen."

Sergej schlug vor, an einem der nächsten Tage sich im nahegelegenen Park am Lietzensee, an der großen Wiese zu treffen. „Wir könnten zum Bootshaus gehen, und wieder mal eine kleine Ruderpartie machen."

„Gut! Ich muss jetzt gehen", Nikolaj stand schwankend auf und blickte sich um: „Wo ist eigentlich deine Toilette?"

„Halbe Treppe!"

Nikolaj lachte: „Dann nehme ich lieber einen Baum!"

ALPTRÄUME

Als sein Geschäftspartner gegangen war, ließ sich Sergej rücklings, mit geschlossenen Augen auf sein Bett fallen. Nach einigen Minuten raffte er sich auf und trank weiter. Er war wieder einmal am Ende, konnte sein schäbiges Leben nur im Rausch ertragen. Was hatten dieser schmutzige Spitzel von der Ochrana und die Jahre der Verbannung in Sibirien aus ihm, dem sensiblen, begabten Studenten der Kunstgeschichte und Literatur an der Petersburger Universität, gemacht? Einen Kriminellen, der ahnungslose Menschen wie die Gräfin Hohenstein nach Strich und Faden beraubt und nun ihre unbekannte Nichte zugunsten eines anderen Kriminellen um ihr Erbe bringen soll. Nichts unterschied ihn mehr von Smirnow, dem Dieb und Betrüger, den er damals im Straflager verachtet hatte. Der, seinen eigenen Neigungen entsprechend, im Gefängnis unter den Sträflingen homosexuelle Beziehungen ermöglichte und sich dafür bezahlen ließ.

Sergej ekelte sich vor sich selbst! Und ein Lügner war er außerdem, er belog sich selbst! Längst hatte er den Glauben an den Untergang der Bolschewiki verloren, genauso wie die Hoffnung auf ein Wiedersehen mit seiner Familie. Die Tatsache, dass er nichts über ihr Schicksal wusste, vergrößerte sein Leid unendlich. Vor Monaten hatte er schon einen Notar am Nollendorfplatz beauftragt, Nachforschungen nach dem Verbleib seiner Eltern und Geschwister anzustellen, aber nie eine Nachricht erhalten.

Volltrunken schlief er ein. Aber sein Rausch war nicht schwer genug, sein Unterbewusstes auszuschalten. Kaum eingeschlafen nahm wieder der Alptraum, die nächtliche Folter, seinen Lauf.

Wieder lag er im Petersburger Gefängnis auf seiner Pritsche, er ein Student, der französisch, englisch und deutsch fließend, und ein bisschen italienisch sprach, der einem Literaturzirkel angehörte, in dem verbotene ausländische Bücher gelesen und diskutiert wurden. Damals, 1905, galten solche Clubs schon als Verschwörernester. Die Ochrana, die politische Geheimpolizei des Zaren, schlug zu: Verhaftung, Gefängnis, tagelange Verhöre, schlaflose Nächte, auf der Pritsche liegend und grübelnd. Eines Nachts ging die Zellentür auf, eine elende Gestalt wurde hineingestoßen auf die andere Pritsche. Stumm beobachtete Sergej den neuen, von Weinkrämpfen geschüttelten Zellengenossen. Nach einer Weile beruhigte der sich, hob den Kopf und fragte: „Verschwörung?"

Sergej nickte: „Du auch?"

„Ja, nein!" sein Gegenüber schrie fast: „Ich habe nichts gemacht. Mein kleiner Bruder, der studiert Philosophie ..." Er schluchzte wieder. „Die haben ihn festgenommen. Ich wollte ihm helfen, habe gesagt, dass *ich* das Volk befreien wollte, nicht er. Alles umsonst!" Pause. „Und du?"

Sergej zuckte mit den Schultern: „Nichts, ich habe nichts getan, nur gelesen und diskutiert." Dann erzählte er dem Zellengenossen, auf seine interessierten Nachfragen hin auch sehr ausführlich, von den Abenden mit den Kommilitonen. Das war sein Verderben. Als schließlich sein Prozess stattfand, beruhte die Anklageschrift allein auf der Aussage dieses Mithäftlings, dem verdienten Diener des Zaren und Ochrana-Spitzel Pawel Leschnikow. Nie würde Sergej diesen Namen vergessen! In der Verhandlung trat er als Zeuge auf und zitierte ausführlich das „Geständnis" des Angeklagten. Sergej, an Händen und Füßen gefesselt, schrie, wollte aufspringen, sich auf den Lügner stürzen, wurde zurückgerissen und geschlagen. Stehend, an Nase und Lippen blutend, hörte er das Urteil des Gerichtes, das den Revolutionär Sergej Iwanowitsch Popow vier Jahre in ein Straflager nach Sibirien in die Verbannung schickte.

Trotz der zwanzig Jahre, die inzwischen vergangen waren, erschienen ihm in vielen Nächten die verzerrten Gesichter der Richter im Traum, wie sie gnadenlos ihr Urteil sprachen, und die teuflische Fratze des grinsenden Pawel Leschnikow, der in dem großen Gerichtssaal wie ein Verrückter umhertanzte.

Ein lautes Trommeln an der Tür unterbrach gnädig den Alptraum. Sergej wurde wach, aber rührte sich nicht, wollte weiterschlafen. Doch der Lärm nahm kein Ende, wurde nur noch lauter. Widerwillig und schwankend erhob er sich und öffnete die Tür.

Ein junger Mann stand davor. „Hauen Sie ab!", lallte Sergej auf Russisch und wollte die Tür zuknallen, aber der künftige Kunde hatte schon seinen Fuß dazwischen gestellt und rief: „Ich brauche Ihre Hilfe! Ich zahle, was Sie wollen!"

Jetzt ertönte auch noch eine aufgebrachte Frauenstimme hinter dessen Rücken. Die Nachbarin, im Morgenrock und mit zerwühlten Haaren, war durch den Lärm wach geworden und brüllte nun ihrerseits: „Kann man denn nie in Ruhe pennen! Jede Nacht diese Sauferei und Krach! Dit is verboten! Ick zeije Sie an!"

Sergej riss sich zusammen, lallte diesmal auf Deutsch: „Morgen, um drei!" Dann taumelte er zurück ins Zimmer. Der junge Mann schloss die Tür und, begleitet von dem nicht enden wollenden Gekeife der Nachbarin, verließ er das Haus.

Pünktlich um drei Uhr am nächsten Tag klingelte es an Popows Tür. Nüchtern und sauber gekleidet fragte er den Besucher nach seinen Wünschen. Unaufgefordert nannte dieser seine Referenzen, um sich als ehrlicher Kunde auszuweisen, das heißt, von welchen Bekannten er die Adresse bekommen hatte.

„Was wünschen Sie?"

„Eine Aufenthaltsgenehmigung für einen russischen Freund. Hier die Unterlagen."

Popow öffnete den Umschlag und blätterte die Papiere durch: „Kein Problem! Nächste Woche können Sie den Schein abholen."

Der Besucher war erfreut: „So schnell?" Im Weggehen fragte er noch wie nebenbei: „Fälschen Sie auch Geld?"

„Nein", lautete die Antwort.

„Schade!"

Popow zögerte, dann nannte er eine Adresse in der Bülowstraße. „Versuchen Sie es dort. Fragen Sie nach Grischa, sagen Sie, Sergej schickt Sie." Sein Besucher bedankte und verabschiedete sich.

Sergej warf den Umschlag in die Schreibtischschublade zu den anderen Papieren. Solche Kleinigkeiten machte er nur noch manchmal nebenbei, aus Freundschaft zu seinen alten Kunden, die ihn immer noch weiterempfahlen. Nachdem er damals Smirnow wieder getroffen und dieser ihm eine Partnerschaft angeboten hatte, stimmte er nach kurzer Überlegung trotz seiner starken Vorbehalte zu, beendete alle noch laufenden Geschäfte und konzentrierte sich eigentlich ganz auf die neue Tätigkeit. Es war die richtige Entscheidung gewesen. Die Zusammenarbeit mit Nikolaj verlief reibungslos und garantierte ihm ein gutes regelmäßiges Einkommen, ohne ihm besondere Schwierigkeiten abzuverlangen.

RUSSISCHES LEBEN IN BERLIN

Als Sergej 1921 nach Berlin gekommen war, lebten hier bereits rund dreihundertfünfzigtausend Russen. Die meisten hatten wie er alles verloren, Besitz, Status, Ansehen. Fast alle ließen sich im Westen Berlins, in Charlottenburg in dem Gebiet zwischen Gedächtniskirche und Nollendorfplatz nieder, das die Einheimischen bald Charlottengrad nannten. Auch Sergej hatte anfangs ein bescheidenes Zimmer in einer Pension im Hinterhaus in der Motzstraße gemietet. Die deutsche Sprache hörte man hier selten. In den Geschäften verkündeten Schilder im Schaufenster: „Hier wird russisch gesprochen." Die Flüchtlinge schufen sich in dieser Gegend buchstäblich über Nacht ein zweites St. Petersburg. Es entstanden russische Geschäfte, Bars, Clubs, Buchhandlungen, Zeitungen, Theater, soziale Einrichtungen und wohl hunderte von Restaurants.

Hin und wieder nahm Sergej an einer der zahlreichen, fast täglich stattfindenden Veranstaltungen der russischen Emigranten an den verschiedensten Orten in „Charlottengrad" teil und auch zu einigen, meist gutsituierten Landsleuten Kontakt auf. Aber auch die Ärmsten unter ihnen lernte er kennen. Wenn er sich manchmal in der sozialen Einrichtung des „Amalienhauses" in der Motzstraße anstellte, dicht neben seiner Pension, wo täglich in der „Suppenküche" eine kostenlose warme Mittagsmahlzeit ausgeteilt wurde, kam er häufig mit bemitleidenswerten Frauen und Männern ins Gespräch, die in einer verkommenen Pension hausten und ständig mit der Wirtin über Mietrückstände feilschten. Oder mit solchen aus den Flüchtlingslagern auf dem Tempelhofer Feld oder sogar von außerhalb der Stadt, die sich mühsam mit Gelegenheitsarbeiten ihren Lebensunterhalt verdienten und in regelmäßigen Abständen in den Fluren des Berliner Polizeipräsidiums stundenlang auf die Verlängerung ihrer Aufenthaltsgenehmigung warteten.

Die Emigranten entstammten allen sozialen und politischen Schichten des Zarenreiches. Vorwiegend jedoch gehörten sie den höheren Schichten an, waren Adlige, hohe Militärs, Kunstschaffende oder Wissenschaftler und Lehrer. Denn diese waren es in erster Linie, die, wie Sergej, im bolschewistischen Russland Enteignung, Gefängnis oder gar Todesstrafe zu befürchten hatten. Er fand schnell Zugang zu diesen Kreisen, besuchte die Treffen russischer Künstler und Schriftsteller und nahm an Premierenabenden oder Vernissagen teil.

Trotz all dieser Begegnungen fühlte er sich zu niemandem zugehörig, eher wie ein Fremder in diesem lauten, unübersichtlichen Berlin. Oft, wenn er mit seinen russischen Landsleuten zusammensaß, überkam ihn die Sehnsucht nach seiner verlorenen Welt. Ein wenig konnte er das Heimweh durch Gottesdienstbesuche der russischen Kirche in Berlin mildern.

Nach seiner Ankunft in Berlin hatte er die orthodoxen Feste in der Kirche der russischen Botschaft Unter den Linden mitgefeiert, aber seit 1923 war den Emigranten von den jetzt dort residierenden Sowjets der Zugang verwehrt. Eine neue Kirche sollte zwar gebaut werden, aber niemand wusste wann. Inzwischen dienten den Exilanten unterschiedliche

Räume als Kirchen, wie die der Vladimir-Bruderschaft in der Nachodstraße, die Sergej in unregelmäßigen Abständen aufsuchte. Die Bruderschaft hatte hier in einer kleinen Hinterhauswohnung einen Kirchsaal eingerichtet, ein nach Weihrauch duftendes Refugium für die Exil-Russen mit einer schön gestalteten Ikonostase. Sergej nahm hier gern an den Gottesdiensten teil, hatte auch das vergangene Osterfest dort gefeiert. Wie in alten Zeiten stand er während der stundenlangen Osterliturgie dichtgedrängt zwischen den übrigen Gläubigen, sich immer wieder, wie es die Liturgie verlangte, bekreuzigend und „Kyrie eleison!" betend. Er hielt dabei die Augen geschlossen, fühlte sich, auch wegen des Weihrauchs, wie in Trance, zurückversetzt in seine Kindheit. Doch die Ernüchterung erfolgte wie immer nach dem Ende des Gottesdienstes, wenn er wieder in seiner Wirklichkeit angekommen war. Seit Ostern hatte er keine Messe mehr besucht.

Bei seiner Ankunft in Berlin begann die Inflation, die Abwertung des Geldes gegenüber dem Dollar und anderen ausländischen Währungen wuchs rasant. Wer auch nur ein paar Goldrubel besaß, konnte davon wochenlang leben. Sergej hatte eine geringe Summe Geld auf seiner Flucht mitnehmen können, aber bald, vor allem nach dem Ende der Inflation 1923, musste auch er sich mit dem Problem aller Emigranten beschäftigen, nämlich damit, wie er sich seinen Lebensunterhalt verdienen könnte. Während er noch überlegte, ob er als Taxifahrer oder Kellner arbeiten sollte, beides bevorzugte Berufe verarmter russischer Adliger, oder als privater Sprachenlehrer für die Kinder reicher Villenbesitzer im Bezirk Grunewald, schließlich sprach er fließend Englisch und Französisch, machte er die Bekanntschaft von Alexej Kusnezow. Dieser war der Besitzer einer Fälscherwerkstatt im Keller eines Hauses in der Bülowstraße, dritter Hinterhof, spezialisiert auf Banknoten.

Sie waren sich schnell einig, dass Sergej den Geschäftsbereich durch eine eigene kleine Werkstatt erweitern würde, in der er feine, kunstvolle Fälschungen von Dokumenten aller Art herstellte. Sergej, der den kriminellen Aspekt seiner Tätigkeit erfolgreich verdrängte, genoss diese in seinen Augen künstlerisch-kreative Arbeit. Das Geschäft lief hervorragend, er konnte den Wünschen, vorwiegend nach adligen Stammbäumen, Testamenten und sonstigen amtlichen Bescheinigungen, kaum nachkommen. Allerdings lehnte er Fälschungen von Ikonen ab, trotz der hohen Beträge, die ihm geboten wurden. Sergej war sich bei seiner Tätigkeit durchaus der Ironie des Schicksals bewusst, dass er sein jetziges gutes Einkommen der schlimmsten Phase seines Lebens, den grauenvollen Jahren in der Verbannung zu verdanken hatte.

Nach zwei, drei Jahren war die große Anzahl von russischen Flüchtlingen und damit die russische Welt in Charlottengrad zusammengeschrumpft, die meisten Institutionen existierten nicht mehr, zurückblieb nur eine die Metropole Berlin zwar immer noch prägende, aber überschaubare Zahl an Emigranten. Tausende von Russen waren inzwischen weitergezogen, nach Paris, London oder Amerika, viele gingen auch zurück in die Sowjetunion, wollten das neue Russland „ausprobieren". Als auch Alexej Kusnezow seine Werkstatt einem befreundeten Brüderpaar verkaufte, das schon seit einiger Zeit bei ihm gearbeitet hatte, und mit seinem Mitarbeiter Andrej, der im Westen von Charlottenburg, in der

Rönnestraße, gewohnt hatte, Berlin verließ, veränderte Sergej ebenfalls seine Lebensverhältnisse. Er kündigte sein Pensionszimmer in der Motzstraße, reduzierte seine Kontakte zu den anderen russischen Exilanten und informierte seine Kunden über seinen bevorstehenden Umzug in Andrejs Wohnung. Dorthin zog er mit seiner Fälscher-Ausrüstung, funktionierte die Küche teilweise zu seiner Werkstatt um und setzte seine Arbeit wie gewohnt fort – bis Nikolaj kam.

Die elende Umgebung und den Zustand seiner Hinterhaus-Wohnung in der Rönnestraße nahm Sergej kaum wahr. Notgedrungen hatte er sich in dem Leben eines Exilanten eingerichtet, redete sich allerdings ein, es lohne sich nicht, seine augenblicklichen Verhältnisse zu verbessern, da diese deprimierende Existenz nur vorübergehend sei. Jedoch gelang es ihm nicht, ohne Alkohol die immer wiederkehrenden Phasen der Verzweiflung zu bewältigen, auch wenn er sich dafür verachtete.

DIE KINDERGÄRTNERIN

In einem wesentlichen Punkt unterschied sich die Lage seiner neuen Wohnung erheblich von der in der Motzstraße, wie Sergej bald nach seinem Umzug überrascht feststellte. Denn ganz in der Nähe gab es nicht nur Straßen und Häuser, sondern einen See, umgeben von einem Park, dem Lietzensee-Park. Dieser war zwar nicht sehr weitläufig, dafür aber schön und kunstvoll angelegt, mit geschwungenen Wegen, großen Wiesen, Hecken und Bäumen und wunderbaren Blumenrabatten. Sergej begann hier spazieren zu gehen und zum ersten Mal seit langer Zeit fühlte er sich ein wenig heimisch. Er genoss die Gänge in der Natur, spürte, wie er sich in der frischen Luft und unter den großen alten Bäumen entspannte, aber auch, wie schmerzliche Erinnerungen in ihm wachgerufen wurden, weil sie ihn an seine verlorene Heimat erinnerten.

Und noch ein zweiter Umstand überraschte und erfreute ihn. Zahlreiche Spaziergänger, darunter auch junge Leute, sprachen russisch. Dass diese Sprache in Charlottengrad am Nollendorfplatz ständig zu hören war, erstaunte niemanden. Aber auch hier im Park, viele Kilometer von dort entfernt? Da ihm Smirnow diesen Umstand nicht erklären konnte, obwohl der schon mehrere Jahre am Lietzensee lebte, sich auch nur wenig dafür interessierte, hatte Sergej vor einigen Tagen auf einem Spaziergang eine junge Russin angesprochen, die er schon vom Sehen kannte, weil sie öfter mit kleinen, ebenfalls russischen Kindern auf der Spielwiese vor dem Parkwächterhaus Ball spielte. Schnell kamen sie ins Gespräch. Sie war Kindergärtnerin des russischen Kindergartens in der Schillerstraße. Sergej konnte es kaum glauben: „Hier gibt es einen russischen Kindergarten?"

Sie lachte: „Natürlich. In Deutschland gibt es nicht nur russische Kindergärten, sondern auch russische Schulen, Hochschulen, Universitäten, Forschungszentren und so weiter." Ihr Lächeln wurde spöttisch: „Wird höchste Zeit, dass Sie als Landsmann davon erfahren!" Als Sergej sie noch immer sprachlos ansah, fuhr sie fort mit ihren Erklärungen: Die Emigranten hätten in ganz Deutschland und auch gerade hier in Berlin, ein Netz von russischen Bildungseinrichtungen aufgebaut. Die Kinder sollten so aufwachsen wie in Russland! Sollten auch im Exil Unterricht in der Muttersprache bekommen und im Geiste der nationalen russischen Tradition erzogen werden. In Berlin würden viele Bildungseinrichtungen existieren, auch gerade hier in den Straßen in der Nähe des Lietzensees.

„Davon hatte ich keine Ahnung, ich wohne noch nicht lange hier", murmelte Sergej fast beschämt.

„Dann machen Sie mal einen Spaziergang, zum Beispiel durch die Windscheidstraße", schlug sie ihm vor, „zum Russischen Gymnasium."

„Einmal bin ich irgendwo an einem russischen ‚Speisehaus' vorübergegangen", erinnerte sich Sergej, erleichtert, nicht ganz so dumm dazustehen.

„Richtig! Das war sicher das am Stuttgarter Platz. Noch besser ist das ‚Samowar' in der Pestalozzistraße. Da kann man gut essen, und es ist immer viel los!"

„Die jungen Leute hier im Park, die russisch sprechen …"

„… sind Schüler, Studenten, auch Lehrer und Eltern. Natürlich leben hier lange nicht so viele Russen wie am Wittenbergplatz, aber immerhin mehr als in anderen Stadtteilen Berlins. Nun muss ich aber zurück! Auf Wiedersehen!", lachte die Kindergärtnerin und zeigte auf ihre Kinderschar, die schon mehrmals ungeduldig nach ihr gerufen hatte.

„Auf Wiedersehen, bis zum nächsten Mal!"

Sergej überlegte nicht lange, sondern begann unverzüglich mit seinem Spaziergang zu den russischen Bildungseinrichtungen in den Straßen der Umgebung. In der Pestalozzistraße sah er tatsächlich das Restaurant „Samowar". Um diese Zeit war es noch geschlossen. Er lugte durch ein Fenster. Der Gastraum wirkte recht gemütlich, war nicht sehr groß, aber immerhin befand sich an der einen Seite eine kleine Bühne, das bedeutete, es wurde auch Musik gemacht.

Außerdem war in demselben Haus das „Vereinigte Hungerhilfskomitee der Studenten für Russland" untergebracht. Von den sozialen Einrichtungen der Stadt und auch den zahlreichen russischen Hilfsorganisationen für verarmte Emigranten hatte Sergej schon gehört. Um die Ecke in der Windscheidstraße lag das „Russische Gymnasium der Akademischen Gruppe" und ein paar Schritte weiter in der Schillerstraße tatsächlich der „Russische Kindergarten". Durch das Fenster der Parterre-Wohnung sah Sergej einige Kinder spielen. Die anderen waren offenbar mit ihrer Kindergärtnerin zum Ballspielen in den Park marschiert.

In guter Stimmung, wie schon lange nicht mehr, machte sich Sergej auf den Heimweg. Er würde heute Abend nicht zum Nollendorfplatz fahren, sondern ausprobieren, ob er in diesem russischen Lokal in der Nähe genauso gut essen und trinken kann.

Er konnte. Dem ersten Besuch folgten viele. Sergej gefiel alles am „Samowar"– die Atmosphäre, die Bewirtschaftung, die Speisen und Getränke, die anderen Gäste. Nach kurzer Zeit empfand er zum ersten Mal das Gefühl, dazuzugehören. Überrascht stellte er fest, wie er seine gewohnte distanzierte Haltung zu fremden Menschen allmählich ablegte, im Gegenteil, jetzt manchmal gern mit ihnen Kontakt aufnahm und Zeit mit ihnen verbrachte. Den Abend, an dem die Lehrer des Russischen Gymnasiums ihn aufforderten, sich an ihren Tisch zu setzen, und als er mit ihnen offen und intensiv über Russlands Vergangenheit und Zukunft diskutierte, wie über ihre Situation als Emigranten, empfand er als weiteren Wendepunkt in seinem bisherigen trostlosen Leben.

DER SPIELSALON
DER GRÄFIN HOHENSTEIN

An der Tür des weiträumigen Salons ihrer Neun-Zimmer-Wohnung am Lietzensee stand Auguste von Hohenstein und ärgerte sich wieder einmal über ihre Nichte Paula. Warum konnte sie nie pünktlich sein? Die Gräfin entstammte einer armen, kinderreichen Familie in Westpreußen. Der Vater war Tagelöhner, die Mutter verdiente als Waschfrau ein paar Pfennige dazu. Auguste hatte schon vor Jahren, nach ihrem Aufstieg in den Adelsstand, den Kontakt zu allen Verwandten abgebrochen, ausgenommen zu ihrer inzwischen verstorbenen Schwester Selma. Diese hatte nach der Geburt einer Tochter ihre ursprüngliche Anstellung als Dienstmädchen aufgeben, und sich seitdem den Lebensunterhalt für sich und ihr Kind in einer Kleinstadt in Westpreußen mit Änderungsschneidereien verdient, zum Schluss zusammen mit der herangewachsenen Paula. Vor einem halben Jahr, kurz vor ihrem Tod, brachte die an Tuberkulose erkrankte Selma ihre mittlerweile neunzehnjährige Tochter, ein Kind ohne Vater, zu Auguste, mit der Bitte, sich um sie zu kümmern. Auguste war plötzlich, ehe sie sich versah und obwohl sie nie in ihrem Leben Kinder gewollt oder gehabt hatte und keinerlei Erfahrung im Umgang mit ihnen besaß, verantwortlich für ein junges Mädchen. Zunächst schien ihre Nichte die radikale Veränderung ihrer Lebensumstände kaum zu verkraften. Nachdem sie zu der unbekannten Tante in das große Berlin umgezogen war, war sie überaus scheu, musterte ängstlich ihre Umgebung und wagte nicht, ohne die Tante wegzugehen. Aber allmählich hatte sie sich an das neue Leben gewöhnt, fing an, die Gegend allein zu erkunden, manchmal ohne vorher Bescheid zu sagen, blieb sie lange weg und hatte anschließend immer aufregende Ereignisse zu berichten. Auguste begann deshalb nach einer Möglichkeit zu suchen, wie die Nichte sich sinnvoll betätigen, auch eigenes Geld verdienen könnte und so lernte, ein selbständiges Leben zu führen. Wie freute sie sich, als im Park auf der anderen Seite des Sees, im neuerbauten Parkwächterhaus, eine Milchverkaufsstelle eröffnet wurde und deren Betreiber eine weibliche Bedienung suchte. Auf Augustes Drängen bewarb sich Paula, allerdings widerwillig, um die Stelle als Milchverkäuferin und wurde tatsächlich eingestellt.

Heute nun hätte sie schon vor einer Stunde zu Hause sein müssen. Wo trieb sich das Mädchen herum? War Paula wieder zu HERTIE in die Wilmersdorfer Straße gegangen, überlegte Auguste. Sie konnte es ihr nicht verdenken, dass sie, die zum ersten Mal in ihrem Leben ein großes Berliner Kaufhaus kennengelernt hatte, dieses für einen Tempel hielt, der alle ihre Wünsche erfüllen könnte.

Trotzdem muss ich sie zur Rede stellen, wenn sie nach Hause kommt, ging es Auguste durch den Kopf. Wahrscheinlich müsste sie Paula streng bestrafen, aber sie wusste nicht einmal, wie. Nikolaj Smirnow, ihren russischen Geschäftsführer, den ‚Fürsten', um Rat zu fragen, verbot sie sich. Schließlich handelte es sich um eine Familienangelegenheit.

Um sich aufzuheitern, betrat Auguste jetzt den großen Raum. Wie immer wirkte diese „Therapie" augenblicklich.

Ihr neues Dienstmädchen hatte in den Salons gerade seine Arbeit beendet, die Ordnung und Sauberkeit entsprachen ganz den hohen Ansprüchen Augustes. Ihr, dem ehemaligen Dienstmädchen, was außer dem ‚Fürsten' natürlich niemandem bekannt war, konnte hinsichtlich ordentlicher Hausarbeit keiner etwas vormachen. Diese Mine war ein Glücksfall, nicht nur fleißig, sondern sie begnügte sich auch mit einem bescheidenen Lohn. Zum Glück herrschte in Berlin jetzt, nach der Inflation, an billigen Haushaltskräften kein Mangel.

Voller Stolz blickte Auguste in den geschmackvoll gestalteten Salon, ausgelegt mit wertvollen Teppichen. An der gegenüberliegenden Wand standen zwischen den großen Fenstern zwei antike Glasschränke, hinter deren Scheiben Porzellanfiguren von Manufakturen aus aller Welt und kostbare Gläser funkelten, alles Erbstücke ihres verstorbenen Mannes. An der Seitenwand hatte sie ein großes Ölgemälde aufgehängt, einen röhrenden Elch in einer schneebedeckten Taiga, das passte eigentlich nicht in das elegante Ambiente. Aber der Künstler, ein nicht mehr ganz junger, begeisterter, aber noch unentdeckter Maler, bat sie so herzzerreißend in seinem gebrochenen Deutsch darum, dass sie nachgegeben hatte. Vielleicht fand ja tatsächlich einer ihrer vermögenden Gäste Gefallen daran und kaufte das Bild. Den schönsten Anblick allerdings im Salon, an dem sie sich nie sattsehen konnte, bot der Roulette-Tisch, der groß und glänzend in der Mitte des Raumes stand, umgeben von mit beigem Samt gepolsterten Stühlen. Die Flügeltür zu dem danebenliegenden, nicht ganz so großen Salon stand wie gewöhnlich offen und erlaubte einen Blick auf die im Raum verteilten bequemen Sofas, kleinen Sessel und Tischchen, die zum Trinken und Plaudern einluden.

Der melodische Glockenschlag der Standuhr an der Wand erklang siebenmal, neunzehn Uhr. Noch drei Stunden bis zum Beginn der heutigen Veranstaltung, auch wenn einige Gäste sicher wieder früher kommen würden. Aber jeder wusste, dass bis einundzwanzig Uhr dreißig die Tür verschlossen blieb und auch, dass die Herrin des Hauses ein Herumlungern oder Warten vor Haus- oder Wohnungstür nicht duldete.

Auguste könnte zufrieden sein, aber wie so oft in letzter Zeit, grübelte sie über eine Erweiterung ihres Etablissements nach, nämlich ob sie, um ihre Einkünfte zu vermehren, einen weiteren Spieltisch im kleinen Salon aufstellen sollte. Der ‚Fürst' riet ihr allerdings dringend, in ungewöhnlicher, fast brutaler Offenheit davon ab: „Bedenken Sie, meine teuerste Auguste, Sie führen einen *illegalen* Spielclub!" Beleidigt hatte sie zur Seite gesehen, aber er hatte erbarmungslos weitergesprochen: „Warum wollen Sie alles, was Sie erreicht haben, aufs Spiel setzen? Sie verdienen große Summen. Noch glaubt man Ihnen hier im Haus, dass Sie dreimal in der Woche einen Literatursalon für russische Emigranten, mit einer überschaubaren Anzahl ausgesuchter Gäste, veranstalten. Wenn Sie aber einen weiteren Tisch aufstellen, müssen Sie sich um zusätzliches Publikum bemühen. Das wird auffallen. Und was machen Sie, wenn hier plötzlich Beamte vom Spielerdezernat vor der Tür stehen?" Nur ungern ließ sich Auguste von ihrem schönen Plan abbringen, aber ein Blick in die besorgten Augen ihres Geschäftsführers brachte sie wieder zur Vernunft. Ergeben hatte sie geseufzt: „Schon gut! Sie haben ja recht!"

Ohne den ‚Fürsten', den Menschen, auf den sie sich in allen Lebenslagen verließ, konnte sie sich ihr Leben nicht mehr vorstellen. Mit größter Selbstverständlichkeit hatte er seinen Beistand nach dem Tod seines besten Freundes auf sie, dessen Witwe Auguste übertragen. Er wohnte ganz in der Nähe in der Suarezstraße, kam täglich am Vormittag in ihr Haus. Zuerst besprachen sie die Themen des Tages und was erledigt werden musste. Anschließend begann der ‚Fürst' mit seiner Arbeit, prüfte gewissenhaft, ob alles seine Ordnung hatte. Er zählte die Einnahmen, machte die Buchführung, besorgte die exquisiten Getränke aller Art für die anspruchsvollen Besucher und anderes mehr. An den Abenden selbst erschien er pünktlich im eleganten Frack und begrüßte und bediente an der Seite der Hausherrin liebenswürdig und gewandt die Gäste. Auguste verstand zwar kein Russisch und daher auch kein Wort von dem, was er sagte, aber sie sah in den Augen und dem Mienenspiel ihrer Gäste, wie wohl sie sich in ihrem Etablissement fühlten.

Auguste überließ dem ‚Fürsten' vollständig die Zügel ihres Unternehmens. Nicht nur die Idee eines Spielsalons stammte von ihm, sondern auch der Einfall, ausschließlich Russen, vornehme, vertrauenswürdige Flüchtlinge, als Besucher zu akzeptieren. Schnell sprach sich in den entsprechenden Kreisen die Einrichtung dieses exquisiten Spielsalons herum, bald hatte er ein Stammpublikum mit großem Gespür ausgewählt. Es herrschte eine vertrauensvolle Atmosphäre, die Gäste fühlten sich wohl, unter ihresgleichen. Auch die wichtigste Voraussetzung, geeignete Croupiers zu engagieren, hatte der ‚Fürst' mit Leichtigkeit geschafft: „Ich habe früher einmal als Croupier im Spielcasino von St. Petersburg gearbeitet. Neulich traf ich am Nollendorfplatz zufällig zwei alte Kollegen aus dieser Zeit, ebenfalls Russen und absolut zuverlässig. Ihr Einverständnis voraussetzend habe ich sie engagiert." Auguste war dankbar für seine Umsicht und hatte nichts dagegen, dass ihr Geschäftsführer am Ende eines Monats sich aus den überaus erfreulichen Einnahmen ein großzügiges Gehalt entnahm. Nie vergaß sie, dass sie ihm dieses reiche, sorglose Leben verdankte.

Auguste trat an das Fenster, neben dem ein kleines Biedermeiertischchen stand, darauf eine Vase aus Meißner Porzellan mit einem riesigen Blumenstrauß aus gelben Rosen und weißen Nelken. Einer ihrer hartnäckigsten Verehrer hatte ihn ihr vorgestern mit einem intensiven, feuchten Handkuss überreicht. Wenigstens unterließ er es, sie ständig mit Heiratsanträgen zu belästigen, seit sie ihm im Vertrauen von ihrem unglücklichen Ehemann berichtet hatte, der schwer lungenkrank in einer Klinik in Davos auf Heilung hoffte. Mit anderen Stammgästen hatte sie sich dagegen angefreundet und nahm gern Einladungen zu besonderen Veranstaltungen gesellschaftlicher Art in ihren Häusern an.

Jetzt öffnete Auguste das Fenster und atmete tief die milde Luft ein, die ihr aus dem Park entgegenströmte, hörte allerdings auch den Lärm der Besucher herüberschallen. Ihr Hausmeister Wenzel hatte erzählt, dass nach den schrecklichen Jahren des Krieges, der Gartendirektor, der den Park gestaltet hatte, damals in seiner Eröffnungsrede alle Besucher des Parks um pflegliche Behandlung der Anlagen und Einrichtungen gebeten hatte, aber nicht jeder schien sich daran zu halten. Auch war die Zahl der Besucher viel größer als erwartet. Von weither kamen die Menschen, um sich hier in der Natur zu erholen, und diese Massen erzeugten viel Unruhe. Auguste schloss indigniert wieder das Fenster.

Sie würde dem ‚Fürsten' Bescheid sagen, er soll sich mal nach diesem Zusammenschluss einiger Lietzensee-Anwohner erkundigen, die sich beim Bezirksamt wegen des unerträglichen Lärms im Park beschweren wollten.

PAULA, DAS MILCHMÄDCHEN

„Hermann! Wir brauchen neue Tassen. Schnell!"
„Wir haben keine mehr!"
„Doch, im Schrank ganz unten!"
„Aber die sind noch verpackt!"
Paula wurde ungeduldig. Ihre dicken Wangen röteten sich und sie schnauzte den Jungen an: „Dann pack sie aus!"
„Aber die sind doch nicht abgewaschen!"
„Egal! Jetzt hol sie!"
„Aber das darf ich nicht, der Onkel schimpft dann!" Der Junge war im Begriff zu weinen.
Das Mädchen änderte seine Taktik. Ungeduldige Spaziergänger und ein heulendes Kind konnte sie im Moment gar nicht gebrauchen. Während sie den wartenden Kunden zulächelte: „Es geht sofort weiter, meine Herrschaften", legte sie den Arm um den Zehnjährigen und sagte leise: „Keine Angst! Ich kläre das mit dem Onkel. Bitte mach schnell, Hermannchen, die Leute wollen ihre Milch trinken." Schließlich kniete der Junge sich vor dem Küchenschrank nieder und Paula wandte sich erleichtert wieder ihren Kunden zu.
Schon seit drei Wochen arbeitete sie einige Stunden am Tag in der Milchverkaufsstelle im neuen Parkwächterhaus im Lietzensee-Park und verkaufte Milch und Mineralwasser an die Spaziergänger. Ihre Tante Auguste hatte ihr diese Anstellung besorgt. Paula hätte eigentlich gern, ohne Verpflichtungen, das sorglose Leben bei der reichen Tante fortgesetzt, in der schönen Wohnung, verbunden mit gelegentlichen

Ausflügen in das große aufregende Berlin. Aber jetzt stellte sie fest, dass ihr auch die Rolle der Verkäuferin und der Umgang mit den Kunden gefielen. Der Pächter der Getränkeverkaufsstelle, besagter Onkel, war ein unfreundlicher Mann, der sich zum Glück nur selten blicken ließ. Den netten Parkwächter dagegen, Herrn Berger, der in der ersten Etage des Hauses wohnte, kannte sie schon gut. Wenn sie sich sahen, unterhielten sie sich und Paula musste oft über seine lustigen Erlebnisse mit den Parkbesuchern lachen.

Täglich kamen Hunderte von Besuchern in den Park und endlich war auch das schon lange geplante Parkwächterhaus gebaut worden, ein hübsches kleines Haus im Landhausstil, direkt gegenüber der großen Volks- und Liegewiese im nördlichen Teil des Parks.

Aber weniger der Parkwächter und seine Wohnung im ersten Stock interessierte die Spaziergänger, die Attraktion war die Mineralwasser- und Milchverkaufsstelle im Erdgeschoss. Denn nun hatten die Parkbesucher die Möglichkeit, hier am großen offenen Küchenfenster eine Pause einzulegen, eine Tasse Milch oder ein Glas Mineralwasser zu kaufen und damit, wie in einem Kurpark, auf dem Vorplatz des Hauses zu stehen oder herumzuschlendern, zu trinken und mit anderen Parkbesuchern zu plaudern. Paula verkaufte die Getränke im Wechsel mit einem jungen Mann namens Egon, einem Bekannten des Pächters. Zwischendurch wusch sie die Tassen schnell ab, aber sonntags war bisweilen der Andrang so groß, besonders bei gutem Wetter wie heute, dass Hermann die Trinkgefäße spülte, weil Paula als Verkäuferin unabkömmlich war.

„Jetzt bin ich ganz für Sie da", wandte sich Paula an das Ehepaar, das geduldig gewartet hatte. „Was darf es sein?"

„Bitte zwei Becher Milch von dem hübschesten Milchmädchen weit und breit", meinte der Herr galant.

Paula lächelte geschmeichelt, obwohl sie solche Komplimente, die sie öfter hörte, für übertrieben hielt. Wenn sie in den Spiegel blickte, sah sie eine stämmige Figur mit kurzen Beinen, darüber ein rundes, freundliches Kindergesicht mit blauen Augen, umrahmt von hellen Haaren. Hübsch sieht anders aus, dachte sie manchmal. Wahrscheinlich macht die blütenweiße von Tante Augustes Hausmädchen gestärkte und gebügelte große Schürze einen so vorteilhaften Eindruck, der alles andere überdeckte. Jetzt goss sie die Milch in die letzten beiden Becher und kassierte, während sie dabei unruhig nach Hermann Ausschau hielt. Zum Glück hob er gerade mühsam den großen Karton mit den Bechern hoch. Schnell half ihm Paula und stellte ihn auf den Küchentisch.

„Bedienung!", hörte sie eine Männerstimme. „Ich komm ja schon", rief sie zurück, flüsterte Hermann zu: „Beeil dich!" und ging mit zwei Tassen aus dem Karton zurück an den Tresen. Dort standen zwei Männer mittleren Alters, beide wohlbeleibt und sonntäglich gekleidet mit Hut, Weste und Krawatte. Paula kannte sie schon. Es waren befreundete Besitzer zweier Wohnhäuser direkt am Lietzensee, beide gutsituierte und einflussreiche Geschäftsleute, die nicht gewohnt waren zu warten. Der Dickere, dem das Haus gegenüber mit der großen Terrasse am See gehörte, herrschte sie an: „Was trödeln Sie denn so herum? Ich werde mich bei Ihrem Chef beschweren."

Paula ließ sich ihren Ärger über diese Drohung nicht anmerken. Aber gegen ihre Gewohnheit antwortete sie ohne ein verbindliches Lächeln: „Tut mir leid! Was möchten Sie trinken?"

„Viermal Mineralwasser", sagte der andere, Besitzer eines Hauses im Königsweg.

„Vier? Einen Moment bitte, ich muss Gläser aus der Küche holen!"

„Schon wieder warten! Hier klappt doch nichts!"

„Heinrich, hör auf herumzuschimpfen!" Sein Freund Erwin Buchner verzog verärgert das Gesicht, „Ich weiß nicht, warum du so schlechte Laune hast, aber lass die bitte nicht an uns aus und verdirb uns nicht diesen schönen Sonntag!"

Heinrich Lindemann brummte Unverständliches, dann rief er laut zu den Ehefrauen, die etwas entfernt sich angeregt unterhielten: „Agnes, Emmy! Los, holt eure Wassergläser!" Langsam und ohne ihr Gespräch zu unterbrechen, kamen die beiden Frauen heran.

Der Nachmittag war schon fortgeschritten und der Andrang an Kunden hatte nachgelassen. Paula atmete auf. Sie setzte sich auf den Hocker hinter das offene Fenster, um bei Bedarf sofort aufzuspringen und zu bedienen. Nach einer Weile kam Hermann, der inzwischen alle Gläser und Tassen abgewaschen hatte, um sich zu verabschieden. Paula lächelte ihm zu. Er war ein fleißiger Junge, hoffentlich bezahlte der Onkel ihn anständig. Sie selbst war mit ihrem Lohn zufrieden, hatte sich davon schon eine Perlenkette, natürlich keine echte, und ein buntes Tuch bei HERTIE gekauft. Paula war froh, dass sie nun eigenes Geld besaß und nicht mehr heimlich an das Portmonee der Tante gehen musste. Aber stehlen konnte man das bei diesen kleinen Summen, die sie genommen hatte, sowieso nicht nennen, beruhigte sie sich. Die Tante hatte nichts gemerkt, jedenfalls nie etwas gesagt.

Die beiden Ehepaare blieben mit ihren Gläsern in der Nähe des Hauses stehen, so dass Paula ihr Gespräch hören konnte. Es interessierte sie nicht besonders, aber dann fiel das Stichwort „Literatursalon" und sie wurde neugierig.

„Emmy hat vorhin von einem vornehmen Literatursalon erzählt und vorgeschlagen, dass wir uns dort anmelden sollten. Da werden moderne junge Dichter vorgestellt, die aus ihren neuesten Werken vorlesen", erklärte Agnes Lindemann ihrem Mann.

„Dichter interessieren mich nicht", war dessen kurze Antwort.

Emmys Mann mischte sich ein: „Lass doch die Frauen hingehen. Ist doch gut, wenn sie sich mit Kultur beschäftigen."

Lindemanns Laune hatte sich nicht gebessert, er widersprach: „Moderne Dichtung ist keine Kultur, nur Schweinskram."

Sein Freund überhörte diese Bemerkung und wandte sich an Agnes: „Wo finden denn diese Lesungen statt?"

„Drüben am Ufer des Lietzensees. Eine Gräfin veranstaltet sie in ihrer Wohnung. Aber es ist sehr schwierig, in diesen Club einzutreten. Man wird nur auf Empfehlung eines Mitgliedes aufgenommen. Ich kenne leider niemanden, der dazugehört."

„Wartet mal", brummte jetzt Lindemann, „Da habe ich doch was läuten hören! Heißt die Gräfin von Hohenstein? Es gibt Gerüchte, dass die in Wirklichkeit keinen Literatursalon betreibt, sondern nur irgendwas für Russen und – ach, ich weiß nicht! Ist auch egal!"

Buchner fragte halblaut: „Meinst du – ein Bordell für Russen?"

Die Frauen hatten ihn trotzdem verstanden.

Emmy war fassungslos: „Hier am Lietzensee? In unserer gutbürgerlichen Gegend? Unmöglich!"

Aber Agnes schien der Gedanke realistisch: „Vielleicht stimmt das Gerücht. Vielleicht finden in diesem Club tatsächlich", sie kicherte, „andere Veranstaltungen statt. Warum sollte diese Gräfin sonst Fremde von ihrem sogenannten Literatursalon fernhalten." Sie kicherte wieder: „Interessant! Nobelbordells, und dann noch russische, kenne ich nur aus Romanen."

„Wie bitte?" Lindemann schaute sie ungläubig an: „Was liest du denn für Romane?"

Aber seine Frau lachte nur noch lauter und trank einen Schluck aus ihrem Wasserglas.

„Ich werde mich mal erkundigen", versprach Buchner.

Paula rührte sich nicht auf ihrem Hocker. Sie war fassungslos. Die Vier sprachen über die Gräfin von Hohenstein, über ihre Tante Auguste. Hielten sie für eine Puffmutter! Aus ihrem früheren Leben, bevor sie zur höheren Tochter bei einer reichen Tante aufgestiegen war, kannte sie entsprechende Verhältnisse. Aber nur eine einzige Tatsache von den Gerüchten, die hier kolportiert wurden, entsprach der Wirklichkeit: die Gäste des „Literatursalons" der Tante waren tatsächlich nur vornehme Russen. Am liebsten wäre Paula aufgesprungen und hätte die Wahrheit in die Runde geschleudert. Aber das durfte sie nicht, sie hatte der Tante strengste Verschwiegenheit geschworen. Außerdem wusste sie die ganze Wahrheit selbst noch nicht. Die Tante konnte ihr natürlich den beeindruckenden Roulette-Tisch im Salon ihrer Wohnung nicht verheimlichen. Aber sie hatte ihr bisher nur erzählt, dass ihr „Literatursalon" in Wahrheit ein Spielclub für ausgesuchte Gäste sei, den sie eines Tages kennenlernen würde. Und dieser Tag sollte gerade heute sein, heute durfte sie zum ersten Mal an einem Spielabend teilnehmen. In Vorbereitung darauf hatte die Tante Smirnow gebeten, der Nichte notwendige Floskeln für eine Konversation in der Sprache der Gäste beizubringen. „Guten Tag! Wie geht es Ihnen! Darf ich Sie zu ihrem Platz geleiten!" konnte Paula schon recht fließend artikulieren.

Das Gespräch der beiden Ehepaare wandte sich anderen Themen zu. Schließlich stellten sie ihre Gläser auf den Tresen und setzten ihren Spaziergang fort.

Jetzt ertönte die Glocke der Canisius-Kirche, einer vor wenigen Jahren in einer ehemaligen Holzfabrik provisorisch eröffneten katholischen Kirche auf der gegenüberliegenden Seite des Sees. Sechs Uhr. Paula wollte gerade die Läden schließen, als ein junger Mann angelaufen kam und schon von weitem rief: „Halt! Einen Moment bitte!"

Außer Atem blieb er vor ihr stehen, nahm seine Brille ab und wischte sich über das Gesicht. „Gott sei Dank, dass Sie noch da sind", er schnaufte noch immer. „Geben Sie mir bitte mein Buch", forderte er und blickte suchend an ihr vorbei in die Küche.

Eigentlich gefiel Paula der Brillenträger mit dem unordentlichen blonden Haar, aber nicht sein Ton. „Welches Buch?", fragte sie streng.

Jetzt schaute er sie an: „Entschuldigung. Ich habe neulich hier ein Buch liegenlassen, den ‚Schneesturm' von Tolstoi. Kennen Sie den? Da verkaufte aber ein Mann, nicht Sie." Nun lächelte er sogar. „Es muss hier irgendwo sein."

„Eigentlich habe ich schon geschlossen."

„Ach, bitte, schauen Sie doch mal nach. Ich lade Sie auch zu einem Glas Wasser ein."

Paula musste lachen, sie wurde rot. Der junge Mann gefiel ihr, er schäkerte mit ihr, wie noch nie jemand zuvor. „Ist nicht nötig", sagte sie und öffnete die Schublade in der Küche, in der für gewöhnlich Kram abgelegt wurde. Tatsächlich lag dort ein schmales Buch. Paula reichte es dem Mann. Der blätterte hektisch darin und rief: „Da war ein Umschlag drin. Wo ist der?" Paula zuckte mit den Schultern, wühlte in der Schublade. Kein Brief. „Schauen Sie doch mal auf den Boden, vielleicht ist er heruntergefallen." Der junge Mann beugte sich weit über den Tresen. „Da liegt doch was Weißes." Paula bückte sich und zog einen Umschlag ohne Aufschrift unter dem Regal hervor.

„Meinen Sie den?" Der Mann schaute schnell hinein. „Ja, genau!" Er atmete erleichtert auf. „Vielen Dank, Sie sind so nett! Hier, ich schenke Ihnen zum Dank das Buch." Er gab Paula das Buch zurück und fuhr hastig fort: „Sie schließen doch jetzt, sagten Sie. Wollen wir noch ein bisschen zusammen spazieren gehen?"

Paula, verwirrt über sein ungewöhnliches Verhalten, zögerte: „Das geht nicht, meine Tante wartet."

„Nur ein bisschen. Kommen Sie! Mein Name ist übrigens Schelinski."

„Sind Sie Russe?"

„Ein halber, mein Vater stammte aus Moskau. Sie können aber auch Igor zu mir sagen." Er grinste.

Paula machte ein abweisendes Gesicht: „Ich kenne Sie doch gar nicht."

„Noch nicht", lachte Igor. „Und wie heißen Sie?"
„Paula."
„Das ist auch ein schöner Name", lobte Igor, während Paula das Fenster schloss und verriegelte. „Ich habe wirklich keine Zeit", wiederholte sie, aber nach einem Blick in seine treuherzigen Hundeaugen gab sie nach: „Aber nur eine ganz kleine Runde."

DAS DEBÜT

Wieder schaute Auguste beunruhigt auf die große Wanduhr. Wann kommt Paula endlich? Konnte sie überhaupt wagen, die Pläne durchzuführen, die sie mit ihrer Nichte vorhatte? Bei dieser Unzuverlässigkeit? Der ‚Fürst' würde heimlich triumphieren, wenn ihr Experiment misslang. Auguste hatte ihm vor einiger Zeit vorgeschlagen, Paula in die Führung ihres Etablissements einzubinden, als Nachwuchskraft bzw. Nachfolgerin, um sich selbst auf die Dauer zu entlasten. Überraschenderweise war der ‚Fürst' strikt dagegen. Ihre Nichte sei viel zu jung und flatterhaft, erst in ein paar Jahren, wenn überhaupt, könne man ihr diese verantwortungsvolle Position anvertrauen, argumentierte er. Außerdem seien ihre Russischkenntnisse noch viel zu dürftig, um mit ihren anspruchsvollen Gästen angemessen plaudern zu können. Auguste wunderte sich etwas verärgert über die entschiedene Ablehnung ihres Vorschlags, gab gegen ihre Gewohnheit aber nicht nach, sondern handelte mit ihm einen Kompromiss aus. Sie würden Paula einen Abend die Honneurs machen lassen, sie beobachten und dann entscheiden, wie es mit ihr weitergehen sollte.

Heute war der Abend, an dem Auguste beabsichtigte, ihre Nichte den Gästen zum ersten Mal vorzustellen. Auguste war überzeugt, dass die Besucher sich gern von dem jungen Mädchen bedienen lassen würden. Die Arbeit in der Milchverkaufsstelle hatte Auguste auch als Übung für Paula angesehen, charmantes und flinkes Bedienen zu erlernen.

Aber was nützte ihre gut überlegte Planung, wenn dieses Mädchen ihre Verpflichtungen nicht ernstnahm! Verärgert schloss Auguste das Fenster und ging in den hinteren Teil der Wohnung, in ihr Boudoir, um sich umzuziehen. Sie holte das lila Abendkleid aus dem Schrank mit den schimmernden Stickereien und einem weißen Blütentuff auf der rechten Schulter und zog es an. Kritisch beäugte sie sich im großen Spiegel. Durfte sie in ihrem Alter, immerhin wurde sie demnächst sechsundvierzig Jahre alt, noch so ein jugendliches Kleid tragen? Gerade noch, nickte sie sich zu, aber es wird höchste Zeit, ihre Nachfolge zu regeln.

In diesem Moment schlüpfte Paula, ohne anzuklopfen, in ihr Zimmer, und rief überschwänglich, getrieben vom schlechten Gewissen: „Entschuldige, liebste Auguste", – diese hatte ihr bei Strafe verboten, sie Tante zu nennen – „ich weiß, ich bin zu spät. Aber ich konnte nicht anders." Und dann folgte eine ihrer üblichen ausführlichen Schilderungen eines merkwürdigen Zufalls. Diesmal handelte es sich um eine neue interessante Freundschaft, die sie mit einem jungen Mädchen beim Milchverkauf geschlossen und die ihre pünktliche Rückkehr leider verhindert hatte.

Auguste fehlten wie immer die passenden tadelnden Worte. Stattdessen sagte sie nur streng: „Du musst lernen, pünktlich zu sein! Hast du wenigstens meine Herztropfen aus der Apotheke abgeholt?"

„Nein, aber ich renne, ich bin gleich wieder zurück!" Paula war schon an der Tür.

„Bleib hier, die im Fläschchen reichen noch bis morgen!" Auguste fuhr fort: „Du weißt, heute musst du zeigen, was du kannst! Blamier mich nicht vor dem ‚Fürsten'!"

Paula nickte eifrig und aufgeregt.

Schließlich nahm das Abendprogramm seinen Anfang. Erst kurz nach zwei Uhr morgens war es für Paula beendet. Erschöpft, aber glücklich ließ sie sich auf ihr Bett fallen. Noch nie hatte sie eine solche Nacht erlebt!

Vor der Ankunft der Gäste musste sie sich von Auguste kritisch begutachten lassen. Diese, noch immer verärgert über die Pflichtvergessenheit ihrer möglichen Nachfolgerin, musterte sie von Kopf bis Fuß, zupfte an dem neuen Kleid herum, murmelte: „In Ordnung", fuhr ihr dann aber unwirsch mit der Hand durch die offenen Haare: „Deine Frisur sieht unmöglich aus! Geh und steck dir die Haare hoch!" Als Paula frisch frisiert wieder erschien und scheu lächelte, sagte sie nur kurz: „Gut so!" Dann wurde ihr Ton milder. „Pass auf! Ich bleibe in deiner Nähe, sage dir, wenn nötig, was zu tun ist. Das Wichtigste: Du musst immer lächeln und gutgelaunt sein, brauchst kaum etwas zu sagen, obwohl viele von unseren russischen Gästen ein bisschen deutsch sprechen. Auf keinen Fall darfst du Überraschung zeigen, gleichgültig, wie die Leute sich benehmen! Der Abend wird ablaufen wie immer, dafür sorgen der Fürst und ich. Also keine Angst, noch bist du für nichts verantwortlich."

Paula atmete tief durch. Sie war der Tante dankbar, dass sie so ungewöhnlich beruhigend mit ihr sprach.

Ab halb zehn Uhr klingelte es ununterbrochen an der Wohnungstür. Den Einlass besorgte der ‚Fürst', die Gräfin, an der Tür des Salons stehend, begrüßte die Gäste persönlich in gebrochenem Russisch. Paula, neben der Tante, ließ sich von ihr als ihre neue Assistentin vorstellen und begutachten, nahm den Herrschaften lächelnd und gewandt ihre Garderobe ab, geleitete auf den Hinweis der Gräfin bestimmte Gäste zu ihren Stammplätzen und plauderte kurz mit ihnen, wenn sie die deutsche Sprache verstanden. Paula zählte ungefähr zwanzig Besucher, vornehm gekleidete russische Damen und Herren jeden Alters, die sich bisweilen untereinander wie alte Bekannte begrüßten. Manche brachten einen Freund mit, den man ebenfalls herzlich in die Spielfamilie aufnahm. Dreimal baten unbekannte Leute um Einlass. Paula beobachtete, wie der ‚Fürst' an der Tür die Fremden in ein Gespräch verwickelte. „Er fragt sie nach Referenzen", erklärte Auguste, „fragt, wer ihnen von dem Salon erzählt hat, welche Art von Literatur sie bevorzugen und ähnliches." Beide Male musste der ‚Fürst' sie zu seinem großen Bedauern wegen Überfüllung des Salons wegschicken, bot ihnen aber an, es zu einem späteren Zeitpunkt noch einmal zu versuchen. Einen salopp gekleideten Herrn bat der ‚Fürst', bei dem nächsten Besuch in Abendgarderobe zu erscheinen, den hiesigen Gepflogenheiten entsprechend.

Paula machte ihre Sache gut, wie die Tante aus den Augenwinkeln feststellte, Sie servierte den Gästen geschickt die Getränke, vorwiegend Champagner, setzte sich auch auf Wunsch kurz zu ihnen und plauderte ungezwungen. Auf Fragen nach ihrer Person gab sie artige Antworten, die ihr Auguste vorgegeben hatte. Auf diese Weise war Paula ununterbrochen im Einsatz. Im Laufe der Nacht wischte sie auch diskret einige kleine Champagner-Pfützen weg, einmal geleitete sie fürsorglich eine schwankende Besucherin zu der vor dem Haus wartenden Taxe.

Die Stimmung wurde allmählich lockerer, die Besucher machten Spielpausen im kleinen Salon, tranken echten russischen Wodka und tauschten ihre Erlebnisse der letzten Tage aus. Dennoch lag nach Paulas Empfinden eine permanente Spannung in der Luft, eine nervöse Konzentration, die von dem Roulette-Tisch ausging. Sie beobachtete die starren Gesichter mancher Spieler, wie sie die Jetons auf das grüne Tuch warfen und dann fiebrig den Lauf der rollenden Kugel bis zu ihrem Stillstand verfolgten, hörte bei einem Gewinn kurze Freudenrufe, die sie nicht verstand, oder sah aschfahle Gesichter und immer wieder neuen Versuche, das Glück zu zwingen. Einige baten schließlich unauffällig beim Fürsten um ein Darlehen, natürlich vergeblich. Zufällig beobachtete Paula einen Gast, der diskret, um weiterspielen zu können, seine goldene Taschenuhr dem ‚Fürsten' für eine entsprechende Summe aushändigte. Als er aber nach weiteren Verlusten seinen Ehering vom Finger zog, lehnte der ‚Fürst' das Geschäft ab und riet ihm, den Club zu verlassen. Sie kamen immer wieder, sie seien spielsüchtig, erklärte Auguste ihrer Nichte später. Gern hätte Paula einmal mitgespielt, aber die Tante verbot es ihr strikt.

Gegen zwei Uhr, die ersten Gäste hatten schon das Etablissement verlassen, schickte Auguste ihre Nichte ins Bett mit den Worten: „Das hast du sehr gut gemacht! Nun schlaf schön!"

Am nächsten Tag wiederholte Auguste ihr Lob. Trotz ihrer Zweifel hatte die Nichte ganz den Erwartungen entsprochen. Das musste sogar der ‚Fürst' zugeben. Beide beschlossen, weitere Übungs-Abende für Paula einzuplanen, damit sie in Zukunft tatsächlich die Gräfin entlasten und schließlich vollständig ersetzen könnte. Zur Belohnung schenkte diese ihrer tüchtigen Assistentin Geld, von dem sie sich bei ihrem geliebten HERTIE ein neues Kleid für ihre abendlichen Auftritte kaufen sollte. Paula bedankte sich lebhaft, noch nie war sie so begeistert über das Verhalten der Tante ihr gegenüber.

LINDEMANNS ÄRGER

Heinrich Lindemann war wütend. Er griff zum Bierglas, trank überstürzt einen großen Schluck, musste husten und lief rot im Gesicht an. Schnell stand seine Frau auf und schlug ihn routiniert auf den Rücken, bis er wieder Luft bekam.

Sie zog verärgert die Stirn in Falten und setzte sich wieder. Es war ein lauer Frühlingsabend im Juni. Sie und ihr Mann saßen in ihren bequemen Gartenstühlen auf der großen, direkt am See liegenden Terrasse ihres Hauses, um die sie von vielen beneidet wurden, und wollten im Grunde nur den Tag bei einem Gläschen Bier und Wein geruhsam abschließen. Aber es war ihnen nicht vergönnt! Nicht heute, nicht gestern, wenn Agnes überlegte, in diesem Jahr eigentlich überhaupt nicht. Ihr Mann war ein Choleriker, der sich schnell über alles Mögliche empörte und schimpfte, aber in diesem Punkt musste sie ihm Recht geben: es war zu laut!

Seit der Park durch seine Neugestaltung ein Anziehungspunkt für Tausende von Besuchern geworden war, herrschte hier am See keine Ruhe mehr, die sie früher so gut genießen konnten. Bei schönem Wetter spielten Kinder und Jugendliche lärmend im Park, rannten über die Wiesen, sogar über die Blumenrabatten. Berger, der Parkwächter, musste mehrmals am Tag einschreiten. Auch nachts trat im Sommer kaum Ruhe ein. Der Park wurde zwar bei Dunkelheit abgeschlossen, aber Unbefugte kletterten einfach über die Tore, hielten sich an keine Verbote, tranken wahrscheinlich auch Alkohol. Niemand gebot ihnen Einhalt.

Noch ein zweiter Umstand erhöhte seit vorigem Jahr den Geräuschpegel, nämlich der Bau und die Inbetriebnahme eines Boots- und Kassenhauses. Das Bootshaus, das erste Bauvorhaben im Park nach der Inflation, sollte mit seiner Pacht helfen, die Kassen der Stadt zu füllen. An einem fünfzig Meter langen Bootssteg konnten die Besucher Ruderboote mieten, und zwar, das war die unerhörte Tatsache, bis spät in die Nacht hinein, bis dreiundzwanzig Uhr, was an schönen Sommerabenden sehr häufig geschah. Keiner der Rudernden nahm Rücksicht auf das Ruhebedürfnis der Anwohner.

„Dieser Lärm ist nicht auszuhalten", sagte Agnes Lindemann. „Da muss etwas geschehen!"

„Nein, da geschieht nichts!", schimpfte ihr Mann und schlug mit der Faust auf den grazilen Gartentisch, dass er gefährlich wackelte. „Der Schulze, der Mitarbeiter vom Stadtrat, hat mir heute im Rathaus gesagt, so schlimm sei der Lärm nicht!" Gerade fuhr unterhalb der Terrasse ein Ruderboot vorbei, zum Glück diesmal nicht mit krakeelenden Heranwachsenden, sondern mit einem dicht nebeneinandersitzenden Pärchen, das nur kicherte und flüsterte. „Aber das müssen wir uns nicht gefallen lassen", fuhr Lindemann wütend fort. „Wir greifen zur Selbsthilfe! Ich werde die anderen Hausbesitzer rund um den See einladen und mit ihnen überlegen, was wir machen können. Ich habe auch schon eine Idee."

Bevor Agnes antworten konnte, erklang laut die rhythmische Melodie eines bekannten Charlestons. Voller Wut sprang Lindemann auf, schrie mit aller Kraft zu den geöffneten Fenstern in der oberen Etage seines Hauses: „Ruhe!" und noch einmal, weil die Musik nicht abbrach: „Schluss mit der Niggermusik! Haben Sie gehört? Ruhe!"

Schweratmend setzte er sich wieder: „Ich schmeiß die raus, diese polnische Schlampe!"

„Mir bleibt heute auch nichts erspart", dachte Agnes resigniert, laut sagte sie: „Beruhige dich, Heinrich! Das ist doch gar nicht so laut. Und mir jedenfalls gefällt ihre Musik." „Ja, weil du einen unmöglichen Geschmack hast!"

Agnes verabscheute diese Diskussionen mit ihrem Mann wegen ihrer Mieterin, der Schauspielerin Helene Dombrowska. Hella Domba, wie ihr Künstlername lautete, war ein bekannter Stummfilmstar. Sie stammte aus Russisch-Polen, aus der Nähe von Łódź und war irgendwie schon während des Krieges nach Deutschland gekommen, hatte hier einen Verehrer und Gönner gefunden, der sie in der neuetablierten Filmszene unterbringen konnte, wo sie schließlich Karriere machte. Besonders überzeugte sie mit ihrer Darstellung junger, gefühlsbetonter Charaktere. Hella Domba hatte vor einem Jahr die große Beletage im Haus gemietet. Es war ein Glücksfall für Lindemanns, denn die Wohnung hatte wegen der hohen Miete lange Zeit leer gestanden.

Von Beginn an aber erregte das Benehmen des Filmstars den Widerwillen des Hausbesitzers. Er ärgerte sich über alles, was sie betraf: ihr hochmütiges Gehabe, die Unruhe und der Lärm, die sie ins Haus gebracht hatte durch ihre zahlreichen Besucher, alles geschniegelte Herren aus der Filmbranche, die vielen Feste, die sie bis in den Morgen feierte, und vieles mehr. Das alles war widerwärtig genug, aber jetzt hatte sie in Lindemanns Augen eine Grenze überschritten. Sie hatte sich eines dieser neumodischen Grammophone angeschafft, auf dem sie vorwiegend ihre amerikanische „Niggermusik", aber auch deutsche Schlager abspielte.

Agnes Lindemann wurde ungeduldig: „Hör doch auf! Du kannst sie nicht hinauswerfen, das weißt du. Du brauchst das Geld." Und wohlwissend, welcher Gewitterregen jetzt auf sie niederprasseln würde, fuhr sie mutig fort: „Deine Geschäfte gehen schlecht."

Lindemann lief rot an und keuchte vor Empörung. „Was redest du da für dummes Zeug?", brachte er mühsam hervor. „Meine Geschäfte könnten nicht besser laufen!"

Möglichst ruhig sagte Agnes: „Als dein Compagnon neulich hier war, habt ihr so laut gestritten, dass ich alles hören musste."

Lindemann schwieg, dann lenkte er ein: „Als Kaufmann erlebt man auch mal schlechte Zeiten. Aber die gehen vorüber." Er stand auf und ging ins Haus.

„Salome, schenk dein Herz mir und werde mein!", schallte es jetzt aus der oberen Etage, dazu Lachen und verschiedene Stimmen. Hella Domba hatte wieder einmal Besuch.

Agnes kannte sie wenig, traf sie selten. Daher war sie am heutigen Vormittag ziemlich überrascht gewesen, als sie der Schauspielerin im Treppenhaus begegnete und diese sie ansprach: „Guten Morgen, Frau Lindemann. Wir kennen uns kaum. Das ist schade. Besuchen Sie mich doch mal! Ich würde mich freuen. Morgen zum Beispiel, zum Tee, geht es bei Ihnen gegen fünf Uhr? Da habe ich keinen Termin und bin zu Hause. Außerdem würde ich gern etwas Geschäftliches mit Ihnen besprechen." Geschäftliches? Verwundert und neugierig hatte Agnes genickt: „Ja, gern!" Heinrich gegenüber erwähnte sie natürlich nichts.

Am nächsten Tag saß Agnes Lindemann auf dem eleganten Diwan ihrer Mieterin beim Five o'Clock-Tee, den diese ihr persönlich in eine chinesische Teetasse goss. Agnes ärgerte sich, dass sie nicht statt ihrer Alltagskluft mit Rock und Bluse eines ihrer feinen Kleider angezogen hatte, denn im Gegensatz zu ihr sah die Schauspielerin bezaubernd aus mit ihren dunklen Locken, der schmalen Figur und in dem attraktiven hellblauen Sommerkleid. Sie war auch bezaubernd zu ihrem Gast, spielte genauso wie in manchen ihrer Filme die kapriziöse Gastgeberin, hier allein für Agnes.

Nach dem Tee gingen die Damen zum Sherry über. Die Stimmung lockerte sich unaufhaltsam. Den Hauptteil der Unterhaltung bestritt die Aktrice, wie sich Hella selbst gern nannte, mit Anekdoten aus der Filmwelt, über die beide herzlich lachten. Sie waren sich schon sehr nahegekommen, als Helene Dombrowska plötzlich aufseufzte: „Ach ja, das klingt alles sehr unterhaltsam, was ich erlebt habe, aber auch ich habe meine Probleme."

Hellas Gesicht hatte sich verändert, einen ernsten Ausdruck angenommen, der sie um Jahre älter erscheinen ließ: „Es weiß noch niemand, aber ich befinde mich am Ende meiner Laufbahn und damit auch meiner Einkünfte."

Verblüfft schaute Agnes sie an: „Wieso denn das? Ihr neuester Film ‚Wundersam ist das Märchen von Liebe' ist doch ein Kassenschlager, ich habe ihn natürlich auch gesehen."

Hella antwortete sachlich: „Danke, sehr nett, dass Sie das sagen. Aber es entspricht leider nicht der Realität. Die Figur des jungen leidenschaftlichen Mädchens glaubt mir niemand mehr." Erneut wollte Agnes widersprechen, aber die Schauspielerin sprach weiter: „Weil ich es nicht mehr bin!" Sie lachte auf. „Ich bin eine Frau von Mitte dreißig, die seit Jahren viele Liebesaffären hatte und noch hat! Auch die Produzenten, Regisseure, Kollegen, empfinden mich als zu alt für diese Rollen, sagen es nur nicht aus Freundschaft oder – Mitleid! Und das Schlimmste: nach meinem ‚Wundersamen Märchen' wurde mir erst eine einzige Rolle in einem mittelmäßigen Drehbuch angeboten, sonst nichts! Ich muss sie nehmen! Ich brauche das Geld."

Agnes wartete, jetzt kommt das „Geschäftliche", dachte sie.

„Jetzt wissen Sie Bescheid", fuhr Hella fort, „und damit bin ich auch beim Thema, weswegen ich Sie hergebeten habe. Ich muss meine Zukunft planen, überlegen, wie ich mit weniger Filmerei trotzdem meinen aufwendigen Lebensstil halten kann. Eigentlich müsste ich das Folgende mit Ihrem Mann besprechen, aber da ich seine Ablehnung mir gegenüber kenne, wende ich mich zunächst an Sie." Sie überlegte kurz: „Vielleicht haben Sie schon von dem russischen Spielsalon einer gewissen Gräfin Hohenstein gehört, ein paar Häuser weiter hier am Lietzensee."

Agnes nickte, also kein Edelbordell, sondern Spielclub.

„Illegal natürlich", fuhr die Aktrice fort, „aber eine Goldgrube, wie ich gehört habe. Einen ähnlichen Salon, wo allerdings Bakkarat gespielt werden soll, möchte ich für das einheimische, aber ebenfalls exquisite Publikum in meiner Wohnung einrichten. Ebenfalls illegal, versteht sich. Was, meinen Sie, Frau Lindemann, würde Ihr Mann zu diesen Plänen sagen?"

„Er wäre ganz entschieden dagegen", antwortete diese sofort. „Er regt sich schon jetzt ständig über den Lärm und Schmutz im Haus auf, den Ihre vielen Besucher verursachen. Durch einen solchen Spielsalon würden diese Belästigungen ja noch größer werden. Ich fürchte, mit seinem Einverständnis können Sie nicht rechnen."

„Das dachte ich mir. Ich mache daher folgendes Angebot. Ich würde zunächst nur einmal in der Woche, jeden Sonnabend meinen Salon öffnen, allerdings dann bis in die Nacht. Da müssten Sie und Ihr Mann mit Lärm und Belästigungen rechnen. Dafür würde ich aber darauf achten, dass es während der Woche auch bei mir so ruhig ist wie bei den übrigen Mietern. Ideal wäre es, wenn Ihr Mann nach außen hin ahnungslos tut, den Club aber stillschweigend duldet."

Agnes schüttelte den Kopf.

Hella bemerkte kühl: „Schade! Da hat es die Gräfin Hohenstein einfacher. Sie ist die Besitzerin des Hauses." Sie leerte ihr Sherry-Glas und fuhr gleichmütig fort: „Es ist auch eine Frage des Geldes. Wenn ich meine Pläne nicht verwirklichen dürfte, müsste ich wahrscheinlich diese teure Wohnung kündigen. Und ich weiß nicht, ob Sie in den heutigen schlechten Zeiten so schnell einen neuen Mieter finden werden."

Nachdenklich schaute Agnes die zukünftige Betreiberin eines illegalen Spielsalons in ihrem Haus an. Die unverhüllte Drohung mussten sie und Heinrich ernstnehmen. Sie erhob sich: „Ich werde meinem Mann von unserem Gespräch berichten. Er wird sich bei Ihnen melden. Vielen Dank für die unterhaltsame Teestunde."

Auch Hella Domba stand auf: „Ich habe zu danken. Und legen Sie bitte ein gutes Wort für mich ein." Lächelnd gab sie Agnes die Hand und geleitete sie zur Tür.

Im Hinausgehen drehte diese sich noch einmal um: „Wenn Sie meinen Mann bei Laune halten wollen, spielen Sie Ihre Schallplatten so selten wie möglich ab." Noch auf der Treppe hörte sie Hellas Lachen.

Es dauerte nicht lange, bis Heinrich Lindemann in die illegale Nutzung seiner Beletage einwilligte. Sein Freund Buchner, dem er die Angelegenheit unter dem Siegel der Verschwiegenheit offenbarte, war zwar entsetzt und riet ihm davon ab: „Du machst dich strafbar!" Aber die sicheren Mieteinnahmen, die Lindemann dringend benötigte, ließen ihn zustimmen. Und noch einen anderen Grund hatte er, den Spielsalon nicht zu verbieten, wie er der überraschten Agnes gestand: „Ich habe früher, vor unserer Zeit, leidenschaftlich gern gespielt, auch Bakkarat. Ich kannte tausend Tricks, hatte immer gute Einnahmen." Er lachte selbstgefällig: „Wenn der Laden der Domba richtig läuft, werde ich mal raufgehen und ein paar Runden mitspielen!"

Bei einer zweiten Teestunde, diesmal bei Agnes auf der Terrasse am See, bedankte sich die zukünftige Spielclubbesitzerin: „Ohne Ihre Hilfe hätte ich Ihren Mann nie umstimmen können!"

„Sie selbst haben auch wesentlich zu der Entscheidung meines Mannes beigetragen."

„Ich? Wie denn?"

„Sie haben ihre Schallplatten nicht mehr abgespielt!"

Hella lachte auf: „Sie sind natürlich jederzeit als mein Gast willkommen! Spielen Sie gern Bakkarat?" „Ich müsste es erst lernen, liebe Hella", gestand Agnes gut gelaunt. „Aber mein Mann kommt Sie sicher einmal besuchen!"

LESCHNIKOW IN BERLIN

An dem vereinbarten Nachmittag schlenderte Sergej, wie mit Smirnow verabredet, zur Volks- und Spielwiese und wartete. Er war zu früh, Nikolaj noch nicht da. Der Himmel war bedeckt, aber noch regnete es nicht, nur wenige Besucher gingen spazieren.

Sergej setzte sich auf eine Bank. Seine Gedanken wanderten wieder zu dem vergangenen Abend. Er hatte noch immer Mühe, das zu glauben, was er gestern erfahren hatte: der Denunziant Pawel Leschnikow, dem er vor Jahren die Verurteilung zur Zwangsarbeit in Sibirien verdankte, hielt sich in Berlin auf!

Gestern hatte er sich nach langer Zeit wieder einmal auf den Weg in die Erdenerstraße im Grunewald gemacht, um seine liebe Freundin Tatjana Boleslawa Dormann zu besuchen und einen schönen Abend literarischer oder musikalischer Art in ihrem Salon zu verbringen. Sergej hatte sie, eine orthodoxe Christin, in der Vladimir-Kirche kennengelernt. Ohne die finanzielle Unterstützung dieser frommen, liebenswürdigen russischen Mäzenin Tatjana Boleslawa hätte diese Kirche nicht existieren können. Tatjana, geboren auf dem Besitztum ihrer Eltern im Gouvernement Simbirsk, heiratete den Ostpreußen Franz Dormann, einen jungen begabten Mediziner, der inzwischen als Medizinprofessor der Berliner Charité mit seinen Forschungen und Behandlungserfolgen in der Gefäßchirurgie weltweit Anerkennung und Schüler gefunden hatte.

Frau Dormann und der Fürst freundeten sich an und bald wurde Sergej ein gerngesehener Gast bei Tatjanas regelmäßig stattfindenden Abendempfängen. Die Atmosphäre und die Gäste in ihrer Villa sagten ihm zu, mehr als die in den Salons der gehobenen Berliner Gesellschaft im Tiergartenviertel, an denen er auch verschiedene Male teilgenommen hatte.

Als Sergej gestern eintraf, herrschte schon lebhaftes Treiben im Haus, die meisten Gäste standen noch plaudernd in der großen Eingangshalle, die Gastgeberin mitten unter ihnen. Da fiel ihr Blick auf Sergej, sie unterbrach ihr Gespräch und kam strahlend auf ihn zu: „Fürst Popow! Welche Freude, Sie hier begrüßen zu dürfen! Wir haben uns ja lange nicht gesehen! Wie geht es Ihnen?" Es entspann sich ein kurzer herzlicher Dialog zwischen ihnen, bis die Hausherrin neue Gäste begrüßen musste: „Wir sehen uns nachher noch", versicherte sie ihm.

Dann wurden die Damen und Herren in den Salon gebeten und Tatjana begrüßte eine junge Pianistin, die zwei Klaviersonaten von Beethoven spielte. Gebannt lauschte Sergej, bis sein Blick auf einen Herrn fiel, der ihm schräg gegenübersaß. Sergej hatte diesen Mann vor ein paar Wochen schon einmal gesehen, nämlich bei einem Vortrag im „Russischen Akademischen Verein" in der Bauakademie: „Entwicklung und Aufgaben der zaristischen Geheimdienste – von der Gründung durch Zar Alexander II bis zu ihrer Auflösung 1917." An diesem Abend ging es auch um die Ochrana, die politische Polizei des Zaren. Es war eine gespenstische Veranstaltung gewesen. Die meisten Zuhörer hatten offensichtlich, genau wie er, persönliche Erfahrungen mit der Geheimpolizei gemacht. Sergej hörte zustimmendes Gemurmel: „Genauso war es!", aber auch unterdrückte Wut- und Schmerzlaute. Der Mann, der neben ihm saß, konnte kaum seine Tränen und Wut unterdrücken. Sergej beobachtete aus dem Augenwinkel, wie er die Fäuste zusammenballte oder die Luft anhielt und die Augen schloss. Gern hätte er den Mann nach dem Vortrag angesprochen, aber er wagte nicht, ihm, einem unverkennbaren Leidensgenossen, zu nahe zu treten. Auch Sergej war aufgewühlt, hatte er doch an diesem Abend nach rund zwanzig Jahren zum ersten Mal wieder den Namen Pawel Leschníkow gehört!

Sergejs Banknachbar von damals, er konnte es kaum glauben, saß nun bei einem Klavierkonzert in Tatjana Boleslawas Salon zufällig in seiner Nähe. Er musste ihn ansprechen!

Nach Ende der Darbietung machte Sergej sich mit ihm bekannt. Sie nahmen auf einem Sofa Platz und plauderten über die hervorragende Pianistin, die sicher eine große Zukunft vor sich habe, und anderes. Fjodor Alexejewitsch Petrow aus Twer war ein vornehmer Herr, zehn Jahre älter als Sergej, wie sich später herausstellte. Als Sergej ihn schließlich auf jene Veranstaltung in der Bauakademie ansprach, änderte sich überraschend Fjodor Petrows Verhalten, er verlor fast seine Contenance. Ohne Zurückhaltung und mit steigender Erregung sprach er von dem Unrecht, das ihm in seinem Leben zugestoßen war, und von dem Verbrecher Leschnikow, dem er das alles verdankte. Bei diesen Worten stockte Sergej der Atem: „Sie kennen Leschnikow?" Im anschließenden Gespräch stellten beide erstaunliche Gemeinsamkeiten fest. Fjodor hatte ebenfalls an der Universität in Petersburg studiert und dort fast dasselbe Schicksal wie Sergej erlebt, nur zehn Jahre früher. Auch er wurde auf Grund von Pawel

Leschnikows Aussage in die Verbannung nach Sibirien verschickt.

„Wussten Sie", fragte Petrow, „dass Leschnikow hier ist?" Sergej wurde blass: „In Berlin? Nein, das wusste ich nicht."

„Doch, vor einiger Zeit hatte ich von einem Bekannten erfahren, dass er häufig die Suppenküche für arme Leute in der Motzstraße aufsucht", erzählte Petrow. „Ich bin daraufhin öfter in der Gegend herumgeschlendert und habe nach ihm Ausschau gehalten. Und ihn dann tatsächlich gesehen! Als er mit dem Essen fertig war, wollte ich ihn verfolgen, um zu sehen, wo er hingeht, habe aber seine Spur verloren. Ich vermute, er treibt sich in irgendwelchen Unterkünften für mittellose russische Emigranten herum. Aber ich werde ihm auf den Fersen bleiben."

„Und dann", fragte Sergej, „wenn Sie ihn gefunden haben?"

„Dann bringe ich ihn um!" Petrow lachte, seinem Ton konnte Sergej nicht entnehmen, ob er seine Drohung ernst meinte oder nicht. Schließlich verabschiedete sich Sergej von ihm, ohne sich nach seiner Adresse erkundigt zu haben, was er bald bereute.

IM PARK UND AUF DEM SEE

Sergej, noch ganz in seine Gedanken versunken, schreckte auf, als Nikolaj ihn begrüßte. Zusammen gingen sie zum Parkwächterhaus.

Paula stand in der Küche am offenen Fenster und ärgerte sich. Heute hätte sie nur bis fünfzehn Uhr Dienst gehabt, dann hätte sie Egon ablösen sollen. Aber er kam wieder einmal nicht. Egon war zutiefst unzuverlässig, daher wahrscheinlich arbeitslos. Aber Egon schien seine Arbeitslosigkeit zu genießen, ermöglichte sie ihm doch ein zwangloses Leben. Er war Mitte zwanzig, groß und schlank, und hielt sich wegen seines attraktiven Aussehens für einen Frauentyp, nach Paulas Geschmack allerdings unbegründet. Den Ärger mit seiner Unpünktlichkeit hatte sie! Wiederholt hatte sie sich bei Egon beschwert, aber ohne Erfolg. Er hatte sich immer wortreich bei ihr entschuldigt, beteuert, dass er ihr dankbar war für ihr Ausharren und dass er ihr die Wartezeit natürlich bezahlen würde. Dann zückte er jedes Mal sein gut gefülltes Portmonee und gab ihr ein paar Mark. Beim ersten Mal hatte Paula verblüfft und misstrauisch gefragt: „Woher hast du denn das viele Geld? Geklaut?" „Wat denkstn du von mir? Allet ehrlich vadient! Mit harte Arbeit! Aber erzähl dis bitte nich rum." Paula hatte mit den Schultern gezuckt und das Geld eingesteckt: „Von mir muss niemand was erfahren." Aber sie konnte sich den plötzlichen Reichtum ihres Kollegen nicht erklären. Auch sein Äußeres, seine Kleidung veränderte sich, er lief wie ein Dandy herum, jedenfalls so wie sich Paula einen vorstellte: modische Schiebermütze, dazu meistens ein weißes Hemd mit einer zu den Hosen passenden Weste mit rotem Tüchlein und Krawatte. Außerdem umgab ihn neuerdings der Duft eines aufdringlichen Herrenparfüms. Leider beantwortete Egon ihre neugierigen Fragen nur mit unverbindlichen Allgemeinplätzen. Selbst auf ihre Frage: „Wenn du so viel Geld hast, warum arbeitest du dann noch hier?", entgegnete er nur ein unglaubwürdiges: „Macht doch Spaß", während er seinen weißen Verkaufskittel aus der Küchenschublade nahm und überzog.

Nun sah Paula Smirnow mit einer Aktentasche in der Hand den Mittelweg entlangkommen. Er ging geradewegs zu dem Mann, der schon seit ein paar Minuten auf der Bank an der Liegewiese wartete, und begrüßte ihn. Dann wies er auf das Parkwächterhaus und beide kamen herüber zu Paula. Smirnows Freund war jünger und hatte keinen Bart. Als die beiden Männer näherkamen, hörte sie, dass sie russisch sprachen. Sie lächelte ihnen entgegen und hielt schließlich Smirnow schon die Tasse Milch entgegen, die er gewöhnlich trank.

„Das nenne ich eine aufmerksame Bedienung", freute sich dieser, trank einen Schluck, und stellte die beiden einander vor: „Das ist Paula, die Nichte der Gräfin Hohenstein", fast schien es, als blinzelte er dem Freund zu, „und das ist mein Kamerad aus Studentenzeiten Sergej Iwanowitsch Popow, den ich durch Zufall jetzt in Berlin wiedergetroffen habe. Was möchtest du trinken, Serjoscha?" „Bitte auch Milch." Beide Russen sprachen jetzt Deutsch, mit hartem osteuropäischem Akzent.

Während Smirnow plauderte, über das trübe Wetter, den schönen Park und seine lange Freundschaft mit Sergej, blieb dieser stumm. Er hörte offensichtlich gar nicht zu, sondern starrte, fast unhöflich, Paula an, ließ seine Blicke über ihr Gesicht und ihre Figur gleiten und plötzlich mitten in die Ausführungen seines Freundes hinein, fragte er: „Woher haben Sie diese außergewöhnliche Kette?"

Irritiert griff sich Paula an den Hals. Sie trug heute nicht die Perlenkette von HERTIE, sondern die Kette ihrer Mutter. Aber was ging das den Fremden an? „Die habe ich geerbt", antwortete sie reserviert.

„Darf ich fragen, von wem?"

Nach kurzem Zögern sagte sie: „Von meiner Mutter."

Sofort kam die nächste Frage: „Sie sagen ‚geerbt'. Ihre Frau Mutter ist verstorben?"

Paula nickte und schaute ratlos zu Smirnow hin. Der lachte verbindlich: „Warte ab, Serjoscha, wenn Paulas Tante erst anfängt, ihren Schmuck an die Nichte zu verschenken, kannst du noch mehr edle Ketten an ihr bewundern. Aber ich denke, wir gehen jetzt weiter", und zu dem Mädchen gewandt, „wir wollen nämlich noch eine kleine Bootsfahrt auf dem See machen."

Sergejs Miene entspannte sich. „Ja, gern. Das erinnert mich so an früher. Unser Sommerschloss lag direkt an einem See, und wir Kinder sind ständig darauf herumgerudert und gepaddelt." Er lächelte Paula betont freundlich zu, fast als wolle er sich entschuldigen für sein seltsames Betragen: „Auf Wiedersehen, bis zum nächsten Mal! Und passen Sie gut auf Ihre Kette auf, Fräulein Paula, sie ist wertvoller als sie denken."

„Bis heute Abend", verabschiedete sich auch Smirnow. Dann schlenderten die beiden weiter.

Nachdenklich blickte das Mädchen den Männern hinterher. Offenbar ein richtiger russischer Fürst mit Sommerschloss! Der ‚Fürst' ihrer Tante war keiner, wie Auguste Paula erklärt hatte, sie nannte ihn nur so. Als Paula einmal genauer nach seinem Namen und seiner Herkunft fragte, winkte die Tante ab. Sie schien selbst nichts darüber zu wissen, aber sich auch nicht dafür zu interessieren. Allerdings hatte Smirnow, der Freund des Hauses, tatsächlich das vornehme Aussehen und die Verhaltensweisen eines Fürsten. Das stellte auch Paula fest.

Der andere Fürst war vielleicht tatsächlich einer. Immerhin hatte er sofort die Besonderheit und den Wert ihrer Kette erkannt. Sie wusste von ihrer Mutter, dass diese Kette ein altes erlesenes Schmuckstück war, das aus dem Besitztum einer adligen Familie stammte. Die Mutter, die früher als Dienstmädchen in vielen, auch fürstlichen Häusern gedient hatte, verriet nie die Herkunft dieser Kette. Paula vermutete, dass sie sie bei einer günstigen Gelegenheit gestohlen hatte.

Die beiden Männer waren inzwischen am Bootshaus angelangt. Der Pächter freute sich über die Gäste, denn heute hatte er erst wenige Boote wegen des regnerischen Wetters vermietet, half den beiden Herren ins Boot und legte Sergej die Ruder zurecht, der auch sogleich mit kräftigen Stößen das Boot vom Steg fortbewegte. Langsam fuhren sie über den See. Als sie an dem Haus von Lindemann vorbeifuhren, bat Nikolaj: „Hier an der Mauer halt mal an. Ich will es dir zeigen." Er sprach wie gewöhnlich mit dem Freund Russisch. Dieser bremste das Boot, Nikolaj zog aus seiner Aktentasche den Umschlag mit dem Testament der Gräfin heraus und gab ihm das Dokument: „Du siehst, sie hat mich zum Erben bestimmt." „Nicht so laut!" „Wieso? Hier versteht doch keiner russisch, außerdem ist niemand auf der Terrasse." Sergej studierte gründlich das Papier und nickte. „Wie gesagt, das erledige ich für dich." Schließlich ruderten sie weiter, durch den Tunnel unter der Neuen Kantstraße hindurch in den südlichen Teil des Lietzensees.

Nikolaj hatte sich getäuscht, sie waren belauscht worden. Hella Domba absolvierte am geöffneten Fenster im ersten Stock ihre täglichen gymnastischen Übungen. Sie unterbrach sie abrupt, als sie vom See her russische Laute hörte, die sie sofort an ihre Kindheit erinnerten und wehmütig werden ließen. Sie beugte sich weit aus dem Fenster, konnte aber die Männer nicht sehen, die sich in ihrer Sprache unterhielten. Doch als sie ein paar Gesprächsfetzen verstand, war ihre Melancholie augenblicklich verflogen.

Zur Stabilisierung ihrer Einkünfte war ihr neben der Einrichtung eines florierenden Spielsalons der Gedanke gekommen, vielleicht doch ihre Filmkarriere fortzusetzen. Denn immer, wenn sie sich, frisch geschminkt, im Spiegel, erblickte, sah sie mindestens sieben Jahre jünger aus, und mit achtundzwanzig Jahren konnte sie durchaus noch Liebhaberinnen spielen, wenn auch vielleicht eher reifere. Es gab genug Regisseure, die nicht an ihrem jugendlichen Alter zweifeln würden, zumal in ihrem Pass dann das Geburtsjahr mit 1897 angegeben ist. Ihr Problem, wen sie hinsichtlich einer Fälschung fragen könnte, schien plötzlich gelöst. Hella konnte ihr Glück kaum fassen: die beiden Russen sprachen über ein Dokument, das gefälscht werden sollte. Da unten auf dem See in einem Boot gab es den Mann, der Papiere, also auch ihren Pass „bearbeiten" konnte.

Nach kurzem Überlegen hatte sie auch schon einen Plan, wie sie die Bekanntschaft mit ihm einfädeln würde. Da die Herren noch ein Weilchen auf dem See unterwegs wären, hatte sie genügend Zeit, sich für eine Begegnung mit ihnen entsprechend herzurichten.

Die Freunde sprachen jetzt nur wenig miteinander, jeder hing seinen Gedanken nach, während sie ruhig über den See glitten. Auf dem Rückweg hatte Smirnow das Rudern übernommen und steuerte nun wieder das Bootshaus an. Als sie näherkamen, sahen beide neben dem Pächter eine attraktive junge Frau im modischen Sommerkleid stehen, die lebhaft auf ihn einsprach. Sie waren kaum ausgestiegen, als die Frau den Pächter, der unbehaglich zur Seite blickte, laut und lebhaft bat: „Fragen Sie doch bitte! Ich wage es nicht! Bitte, bitte!" und dabei die Ankömmlinge strahlend mit ihren dunklen Augen ansah. Popow und Smirnow lächelten zurück, beide mit demselben Gedanken: völlig unglaubwürdig, dass diese Frau irgendetwas nicht wagen würde! Sie stiegen aus. Endlich machte der Pächter den Mund auf: „Die Dame hier möchte Sie fragen, ob einer oder beide sie über den See rudern könnte. Allein traut sie sich nicht." Smirnow bedauerte aufrichtig: „Es tut mir sehr leid, aber ich kann nicht zur Verfügung stehen. Ich habe noch Verpflichtungen." Hella war es recht, der andere war jünger und gefiel ihr besser. „Bitte, haben Sie Zeit?", wandte sie sich an ihn und schenkte ihm einen vielfach erprobten fragenden Blick, vermischt mit einer kleinen Dosis Demut. Sergej nickte: „Vielleicht eine kleine Runde, soviel Zeit hätte ich noch." „Vielen, vielen Dank", jubelte Hella. „Einen Moment", mischte sich Nikolaj ein und hielt ihm die Aktentasche hin, „hier, nimm das bitte, aber pass auf, dass nichts nass wird." Mit einem „Viel Vergnügen und auf Wiedersehen!", verabschiedete er sich.

Die beiden fuhren los. Sergej kam sich vor wie im Traum, als er die Frau anschaute, die ihm gegenübersaß, so zierlich und nett, wie ein junges Mädchen. Er lächelte ihr zu, fühlte sich zurückversetzt in seine Jugend, als er mit den hübschen Töchtern von den Nachbargütern auf den Seen seiner Heimat umhergerudert war. Schon lange hatte er sich nicht so wohl gefühlt. „Ich heiße Sergej Iwanowitsch Popow. Und Sie?", begann er das Gespräch. „Helene Dombrowska", antwortete Hella und war über sich selbst überrascht, dass sie ihm nicht, wie gewöhnlich, ihren Künstlernamen nannte. Auch sie war in eine eigenartige Stimmung verfallen, angesichts des Mannes, der vor ihr saß, sie mit gleichmäßigen Bewegungen über den See ruderte und ihr sofort sympathisch war. Sie lächelte scheu zurück, die Rolle der aufgeregten jungen Dame, der ein Herzenswunsch erfüllt wird, hatte sie längst ausgespielt. „Ich wohne hier schon einige Zeit am See, aber noch nie bin ich gerudert, beziehungsweise habe mich rudern lassen. Es ist sehr nett, dass Sie das machen. Ein echtes Erlebnis." „Ja", meinte Sergej, „man sieht die Gegend vom Boot aus mit ganz anderen Augen." Dann schwiegen beide. Als sie in die Nähe der Mauer ihres Hauses gekommen waren, sagte Hella auf Russisch, im schmerzlichen Bewusstsein, das Einvernehmen zwischen ihnen unweigerlich zu zerstören: „Herr Popow, entschuldigen Sie bitte! Ich muss Ihnen etwas sagen. Ich habe Sie und Ihren Freund vorhin an dieser Stelle belauscht. Ich wohne im ersten Stock des Hauses."

Für Sergej fühlten sich ihre Worte an, als hätte er einen Schlag in die Magengrube bekommen. Sein Gesichtsausdruck wurde hart. Wie hatte er auch glauben können, dass diese attraktive Frau sich nicht ohne kühle Berechnung ihm, einem Unbekannten, so hartnäckig aufgedrängt hatte. Kalt und so ruhig er konnte, antwortete er, ebenfalls auf Russisch: „Ich verstehe! Erpressung! Wie sind Ihre Bedingungen?" Ihre Reaktion allerdings verwunderte ihn, denn nach einer Sekunde der Überraschung lachte Hella leise auf: „Sie irren sich, Sergej Iwanowitsch. Darf ich Ihnen meine Situation erklären?" Ohne eine Antwort abzuwarten, schüttete sie ihm, dem wildfremden Mann, mitten auf dem Lietzensee ihr Herz aus, und schloss mit den Worten: „Ich weiß nicht, wer von Ihnen beiden der Fälscher ist, aber ich möchte ihn einfach nur bitten, in meinem Pass mein Geburtsdatum zu verändern und mich jünger zu machen."

Während sie sprach, überkam Sergej ein Gefühl der Erleichterung und Genugtuung. Er hatte sich in ihr nicht getäuscht. Sie wollte ihn nicht betrügen oder erpressen, im Gegenteil, sie bat ihn um Hilfe. Nun lächelte er seine neue Bekannte an: „Ich bin der Fälscher, liebe Frau Helene, ich stehe Ihnen gerne zur Verfügung." Auch die so Angesprochene entspannte sich, indem sie gespielt aufgebracht rief: „Mein Name ist Hella! Wehe, Sie nennen mich noch einmal Frau Helene! Das klingt ja noch älter als ich in Wirklichkeit bin!" „Nie wieder!" versicherte Sergej fröhlich. Hella sah ihn dankbar an: „Ich bin so erleichtert, dass Sie mir helfen wollen!"

Inzwischen hatten sie das Bootshaus wieder erreicht. Der Pächter half ihnen auszusteigen, war zufrieden mit Hellas Trinkgeld und dass es nicht geregnet hatte, reichte auch Sergej die Aktentasche, die er im Boot vergessen hatte. Er sah seinen Gästen hinterher und wunderte sich ein wenig, weil die beiden so einträchtig davonschlenderten, als ob sie alte Freunde wären.

Vor dem Haus Nr. 10 blieb Hella stehen. „Hier wohne ich." Sie blickte ihren Begleiter an: „Ich schlage vor, dass Sie mich einmal besuchen und wir alles besprechen."

„Sehr gern! Wann wäre es Ihnen recht?", antwortete Sergej schnell, er stotterte fast vor Freude, dass ihre Bekanntschaft tatsächlich fortgesetzt werden sollte.

„Morgen? Zum Tee, um fünf Uhr?"

„Gut, da habe ich Zeit. Ich komme!"

„Dann auf Wiedersehen!"

DER EINBRUCH

Sergej ging wie in Trance nach Hause. Das war ein Tag gewesen! Vorhin, an der Milchverkaufsstelle, stand er da wie vom Blitz getroffen, als er unverhofft am Hals des jungen Mädchens Paula die Kette erblickte, die er vor zwanzig Jahren einem Dienstmädchen, in das er sehr verliebt gewesen war, geschenkt hatte. Diese Paula war vermutlich seine Tochter! Sie hatte nicht nur große Ähnlichkeit mit ihrer Mutter, dasselbe rundliche Gesicht und die blonden Haare, sondern auch mit ihm selbst, wie er mit Genugtuung feststellte. Ihre Kinnpartie und die hellen blauen Augen – eindeutig sein Erbe! Zum ersten Mal seit langer Zeit keimte in ihm ein Schimmer von Hoffnung und Zuversicht auf. Er fühlte es schon jetzt: die eventuelle Existenz einer Tochter gab seinem deprimierenden Dasein eine Wende.

Und dann diese Schauspielerin! Hella! Zu seiner eigenen Überraschung hatte er sich auf der Stelle verliebt, wie seit Jahren nicht mehr. Sie schien ihn auch zu mögen. Aber er würde vorsichtig sein und abwarten, wie sie zu ihm stand. Sicher hatte sie einen festen Liebhaber.

Zuversichtlich schritt er durch die dunklen Straßen zu seiner Wohnung. Er staunte, wie sein Leben sich zu verändern begann, wie er nie gekannte, fast heimatliche Gefühle zu dieser neuen Wohngegend entwickelte, die ihm nicht nur einen Park, ein russisches Restaurant und einige sympathische Landsleute beschert hatte, sondern vielleicht nun sogar eine Tochter und eine Freundin. Schon morgen würde er mit der

Neugestaltung seines Lebens beginnen und sich nach einer besseren Wohnung umsehen.

Sergej betrat das dunkle Hinterhaus, da ging das Licht an, ohne dass er den Lichtschalter betätigt hatte. Verwundert rief er: „Ist da jemand?", aber niemand antwortete. Während er den Schlüssel in sein halb verrostetes Schlüsselloch stecken wollte, ging das Licht im Treppenhaus aus. Er hörte Schritte, jemand lief im Dunkeln an ihm vorbei die Treppe herunter, dann das Geräusch der zufallenden Hoftür. Durch das Flurfenster sah er eine dunkle Gestalt zum Vorderhaus rennen.

Seine Gedanken wanderten zu seinem gerade gefassten Entschluss zurück. Ich werde aufhören zu trinken, nahm er sich vor, schränkte aber seinen Vorsatz auf dem Weg zur Küche ein, auf jeden Fall weniger.

Zwei Tage später erinnerte er sich wieder an die dunkle Gestalt, die im Haus herumgeschlichen war. Als er am Nachmittag sein Hinterhaus betrat, stürzte ein Mann in schwarzer Jacke, mit einer tief ins Gesicht gezogenen Schirmmütze auf dem Kopf die Treppe herunter und rannte ihn fast um. Von oben hörte Sergej schon Gejammer und Geschimpfe und fand dann Frau Wegner in heller Aufregung im Treppenhaus. Sie saß auf dem Boden des Treppenabsatzes, beide Wohnungstüren standen offen und sie schrie ihm entgegen: „Sie müssen die Bullen rufen. Der hat mir hinjeschubst. Eben war een Einbrecher in Ihre Wohnung. Wie jut, dis ick dit jemerkt habe."

Sergej half seiner Nachbarin wieder auf die Beine, während sie schnaufend von den Geräuschen aus seiner Wohnung erzählte, von der offenen Tür, wie sie hineinging und den Mann sah, der gerade die Tür zur Küche aufbrechen wollte. Sie habe laut um Hilfe geschrien. „Da hatta mich wegjestoßen und is wegjerannt. Ick wollte schon die Bullen holen, aber Jott sei dank sind Se ja nu jekommen!"

„Vielen Dank, liebe Frau Wegner! Das haben Sie gut gemacht. Einen Moment, bitte!" Sergej verschwand in seiner Küche und kam mit einer Wodkaflasche und zwei Gläsern zurück.

„Ah, een Schnaps!" Frau Wegners Laune hob sich. „Den kann ick jetzt jebrauchen!" „Aller guten Dinge sind drei", lachte Sergej und goss die Gläser mehrmals nach. Schließlich geleitete er sie in ihre Wohnung, damit sie sich vollends von diesem Schreck erholen konnte.

Erst jetzt betrachtete Sergej das Chaos in seiner Wohnung näher. Der erste Eindruck war: egal, was hier jemand gesucht hat, er hat gleichzeitig seiner Zerstörungswut nachgegeben. Stühle waren umgeworfen, die Schubladen und Türen des Schreibtischs geöffnet, alle Papiere im Zimmer verteilt, Tinte auf den Teppich gegossen, seine Garderobenstücke auf den Boden geworfen. Er wusste, dass er in der Schreibtischschublade immer ein paar Geldscheine aufbewahrte. Die waren gestohlen, aber sonst nichts, soweit er das beurteilen konnte. Eines allerdings verwunderte ihn: der Einbrecher musste doch wissen, dass es hier kaum etwas zu stehlen gab, wahrscheinlich in keiner der Wohnungen dieses ärmlichen Hinterhauses. Steckte etwas anderes dahinter? Aber was?

Nun öffnete Sergej die Küchentür. Hier standen seine Werkzeuge alle unberührt, wie er sie verlassen hatte. Er war erleichtert, niemals durfte ein Unbefugter hier hereinkommen, niemand durfte wissen, mit welchen kriminellen Aktivitäten er sein Geld verdiente. Daher würde er den Einbruch auf keinen Fall bei der Polizei anzeigen, auch wenn Frau Wegner ihn noch einmal aufforderte, die „Bullen" zu holen.

Jetzt trat er wieder ins Treppenhaus und rief in die Nachbarwohnung: „Frau Wegner, könnten Sie noch einmal bitte auf meine Tür achten. Ich will einen Schlosser holen, dass er mir ein neues Schloss einsetzt."

„Mach ick", rief Frau Wegner zurück.

Nach zwei Stunden hatte Sergejs Wohnungstür ein modernes, einbruchssicheres Schloss bekommen, Frau Wegner eine große Schachtel Pralinen als Dank für ihre Nachbarschaftshilfe und er selbst konnte sich nun ans Aufräumens machen. Währenddessen grübelte er ununterbrochen darüber nach, wer ihm das angetan haben könnte. Niemandem seiner Bekannten traute er einen solchen Einbruch zu. Er konnte sich auch an keine boshafte Handlung seinerseits irgendjemandem gegenüber erinnern, die diese Verwüstung rechtfertigte. Aber er musste sich, wann und wo auch immer, einen unversöhnlichen Feind erworben haben.

FAMILIENGESCHICHTEN (1)

Paulas Leben gestaltete sich sehr erfreulich und abwechslungsreich. Sie war verliebt wie noch nie in ihrem Leben und hoffte, dass Igor ganz genau die gleichen Gefühle für sie empfand. Aber sicher war sie sich leider nicht. Er kannte ihre Arbeitszeiten und kam sie oft im Parkwächterhaus besuchen, als Kunde, wie er betonte. Er erwarb immer ein Getränk, abwechselnd Wasser und Milch, und hatte dann das Recht, mit ihr zu plaudern. Auch Egon hatte er inzwischen kennengelernt und die Problematik mit seiner Unzuverlässigkeit.

Igor war stets gutgelaunt, scherzte mit ihr und wartete bisweilen auf sie, bis sie ihre Arbeit beendet hatte. Häufig gingen sie dann noch ein bisschen im Park spazieren, wie ein verliebtes Pärchen. Der Freund hörte sich gern ihre Berichte an, über die Tante und den ‚Fürsten' und ihre häuslichen Verhältnisse. Über den illegalen Spielsalon sprach Paula selbstverständlich kein einziges Wort, nur von abendlichen Gesellschaften im Freundeskreis. Igor begleitete sie immer bis zu ihrem Haus, auch wenn sie keine Zeit für einen Spaziergang vorher hatte, weil sie abends bei ihrer Tante Dienst tat, wie sie sich ungenau ausdrückte. Igor gefiel das große Wohnhaus mit dem pompösen Eingang sehr und er ließ sich von ihr die Fenster ihrer Wohnung zeigen. „Deine Tante muss ja reich sein", sagte er nachdenklich und Paula nickte. Igor erzählte auch von seinem Leben, dass sein Vater im Krieg gefallen sei und seine Mutter nur eine kleine Rente bekomme. Er könne sie aber leider nur wenig unterstützen. Auf Paulas Frage, womit er denn seinen Lebensunterhalt verdiene, lachte er nur: „Ich mach mal dies und das. Im Moment gebe ich Tennisstunden am Lehniner Platz, obwohl ich selbst gar nicht Tennis spielen kann!"

Trotz dieser großen Vertrautheit zweifelte Paula bisweilen an Igors Gefühlen für sie. Er legte zwar den Arm beim Spaziergang um ihre Schultern und drückte sie schon mal an sich, gab ihr auch ab und zu einen brüderlichen Kuss auf die Wange, aber noch nie hatte er Anstalten gemacht, sie richtig zu küssen, von anderen Zärtlichkeiten ganz zu schweigen. Vollkommen anders als die Burschen in ihrer Heimat, die sie sich oft mit Gewalt hatte vom Leibe halten müssen.

Inzwischen war es abends, es fand kein „Literaturclub" statt, der ‚Fürst' hatte sich bereits zurückgezogen und Auguste und ihre Nichte saßen zusammen im Salon. Es war eine vertraute Stimmung, die Tante blätterte im „Uhu" und schaute sich die neueste Mode an, Paula las wieder mal, pflichtbewusst, ein paar Seiten in dem wenig spannenden Buch „Der Schneesturm" von Tolstoi, das Igor ihr geschenkt hatte.

Heute konnte sie sich noch weniger konzentrieren als sonst, weil ihre Gedanken immer wieder zu einem Besucher des gestrigen Roulette-Abends zurückwanderten. Der Salon war gutbesucht gewesen wie immer. Für Paula war der ganze Ablauf eines solchen Abends mittlerweile zur Routine geworden. So gewandt und sicher füllte sie ihre Rolle aus, dass sogar der ‚Fürst' nicht mehr auf ihre Hilfe verzichten wollte. Wie immer stand sie mit der Tante an der Tür zum Salon und beobachtete die ankommenden Gäste. Wie üblich wies der ‚Fürst' am Eingang Fremde ab und vertröstete sie auf später.

Allerdings einen noch unbekannten Gast ließ er ein, einen jungen Mann, der vor Freude Paula und Auguste anstrahlte, als er an ihnen vorbei in den Salon ging. Beide grüßten ihn freundlich und Auguste bemerkte halblaut: „Das war heute sein dritter Versuch, bei uns aufgenommen zu werden. Nun freut er sich, dass er dazugehört."

Paula achtete nicht weiter auf ihn, denn das Bemerkenswerteste des heutigen Abends war für sie eindeutig die neue Anschaffung für den Spielclub, ein modernes Grammophon, das der ‚Fürst' zusammen mit einem Stapel Schallplatten mit populärer russischer Musik erstanden hatte. Es stand dekorativ im kleinen Salon, aber niemand konnte es bedienen. Paula machte sich, leider vergeblich, eine Weile an dem Grammophon zu schaffen, bis die Tante sagte: „Hör jetzt auf, du machst den Apparat nur kaputt. Morgen kann der Fürst sich damit beschäftigen." Da erklang hinter den beiden eine freundliche Stimme in gebrochenem Deutsch: „Ich helfen? Ich mich auskennen." Der junge Mann, der zum ersten Mal an dem Spieleabend teilnahm, schaute die Gräfin fragend an, und setzte, nachdem sie zustimmend genickt hatte, mit wenigen Griffen das Grammophon in Gang. Schon bald erklang das russische Volkslied von Kalinka, der Herzbeere, durch die Räume. Die Gäste waren entzückt! Sie jubelten, sie klatschten, manche sangen mit.

„Vielen Dank!", sagte die Tante erfreut, und zu Paula gewandt: „Lass dir mal von ihm die Bedienung zeigen!" Der junge Gast hatte sie offensichtlich verstanden, denn er nickte eifrig und sagte: „Gern, gern! Ich Dimitrij Morosow und du?" Paula lachte ihn an, er gefiel ihr und antwortete: „Paula Wolski!" Dimitri wurde ernsthaft: „Pass auf nun!" Und in der nächsten halben Stunde brachte er der gelehrigen Paula die korrekte Bedienung des Musikapparates bei. Zwischendurch lobte er sie immer wieder: „Gut du machen! Sehr gut!"

Aber als Paula nach Beendigung der Unterrichtsstunde Dimitrij zu einem Glas Champagner einladen wollte, winkte er ab: „Danke, nein! Ich nun gehen."

„Jetzt schon?", Paula war fast enttäuscht: „Haben Sie denn überhaupt schon gespielt?"

„Ja, ein bisschen!" Er reichte ihr seine Hand. „Nicht traurig sein, Fräulein Paula. Ich wiederkommen", sagte er und schaute sie mit großen Augen ernsthaft an. Dann ging er und ließ eine verwirrte Paula zurück.

Hoffentlich besucht er wirklich bald wieder einen Spielabend, dachte sie jetzt, er war so sympathisch. Nicht, dass ich mich in ihn verliebt hätte, schließlich liebe ich Igor. Sie blickte wieder in ihr Buch, aber dann klappte sie es zu. „Der Schneesturm" war einfach zu langweilig. Da war genauso wenig los wie bei Igor bezüglich richtiger Küsse. Vielleicht sollte sie mit der Tante mal darüber sprechen, der sie von ihrem Verehrer schon ein wenig erzählt hatte.

Paula gab sich einen Ruck: „Liebe Auguste, ich würde dich gern etwas fragen." Diese schaute neugierig von ihrer Zeitschrift hoch: „Was denn?" Paula suchte nach Worten: „Du kennst dich doch aus. Wie ist das: wenn ein Mann verliebt ist, will er dann nicht sein Mädchen küssen?"

Auguste hatte sofort verstanden, sie lachte kurz auf. „Sei froh, dass dein Freund so zurückhaltend ist. Alles andere kommt sowieso noch schnell genug. Und pass bloß auf! Sonst geht es dir wie deiner Mutter und du hast plötzlich ein Kind ohne Vater!"

„Er soll mich ja nur küssen!" murmelte Paula, während ihre Gedanken eine andere Richtung nahmen. Unvermittelt fragte sie: „Meine Mutter hat mir nie etwas erzählt. Auguste, weißt du, wer mein Vater ist?"

Irritiert blickte diese sie an: „Dein Vater? Nein, weiß ich nicht." Sie machte eine Pause. „Selma sagte mir nur, dass sie schwanger war und deswegen entlassen wurde."

Paula nickte: „Dasselbe hat sie mir auch gesagt. Und du?", fuhr sie ohne Umschweife fort, „du stammst aus derselben armen Familie wie meine Mutter. Wie wurdest du die reiche Gräfin Hohenstein?"

„Was stellst du plötzlich für Fragen?", protestierte Auguste „das geht dich nichts an. Darüber möchte ich nicht reden."

Paula schwieg. Auguste ließ ihr Magazin sinken und schaute in Gedanken versunken aus dem Fenster. „Das ist eine lange Geschichte", sagte sie leise nach einer Weile.

„Es muss aber eine gute Geschichte sein", erwiderte Paula, „so, wie du jetzt lebst."

Die Tante nickte mehrmals mit dem Kopf: „Das ist sie."

„Dann kannst du sie doch erzählen", bohrte Paula weiter, „mir jedenfalls, ich bin deine einzige Verwandte."

Jetzt blickte Auguste nachdenklich in das freundliche runde Gesicht ihrer Nichte: „Du hast recht. Ich werde alt und irgendwann sterben." Sie legte ihre Zeitschrift beiseite und sagte entschlossen: „Gut, du sollst alles erfahren." Sie lachte kurz auf: „Überschrift: Die drei Leben der Auguste Wolski. Aber wie gesagt, es wird eine lange Geschichte!" Und dann fing sie an.

Das erste Leben der Auguste Wolski begann 1882 mit ihrer Geburt als siebtes Kind eines armen Tagelöhners und seiner

Frau auf einem Gut in Westpreußen. Mit vierzehn Jahren ging sie in der nahen Kleinstadt als Dienstmädchen in Stellung, und diente dann bei kargem Lohn unter erbärmlichen Bedingungen verschiedenen Herrschaften, in der Gewissheit, diese elende Existenz bis an ihr Lebensende führen zu müssen. Aber sie sollte sich irren. Plötzlich, nach rund zwanzig Jahren, trat eine Wende in ihr Leben ein.

Damals hatte Auguste in der Nähe von Thorn eine Stellung auf dem großen Schloss der Familie Hohenstein, in dem die alte Gräfin und ihr Sohn Gregor nur einen Flügel bewohnten. Die Herrin des Hauses machte dem neuen Dienstmädchen vom ersten Tag an mit Schikanen das Leben schwer. Aber Auguste, im Laufe der Jahre abgestumpft, verrichtete ungerührt ihre tägliche Arbeit. Das Verhalten des Sohnes ihr gegenüber war allerdings ungewöhnlich. Er behandelte sie mit ausgesuchter Höflichkeit, kam sogar bisweilen heimlich in die Küche, um mit ihr ein wenig zu plaudern. Sie freute sich über seine Besuche und die damit verbundene Abwechslung und Anerkennung. Sie stellte fest, dass der junge Graf ein einsamer Mensch war. Es kamen selten Gäste in das Schloss. Sein einziges Vergnügen schienen kurze Reisen nach Thorn zu sein.

Die Gräfin empfand keine Zuneigung, nicht einmal Respekt für ihren Sohn. Schnell erkannte Auguste auch die Ursache für ihre ständigen Vorwürfe und den herablassenden oder zänkischen Ton ihm gegenüber. „Wie lange soll ich noch warten?", lamentierte sie. „Ich bin alt! Werde bald sterben! Ich will Nachkommen, hörst du? Tu endlich deine Pflicht!" Der Erbe von Hohenstein murmelte nur Unverständliches, Auguste verstand, er machte sich nichts aus Frauen.

Dann kam der entscheidende Tag. Gregor hatte bei einem Besuch in Thorn diesmal eine Bekanntschaft gemacht, die er auf das Schloss einlud. „Fürst Nikolaj", stellte er seiner Mutter den neuen Freund vor. Diese musterte erfreut den vornehmen Herrn mit graumeliertem Haar und Bart, der sie routiniert mit einem charmanten Lächeln und elegantem Handkuss begrüßte. Sie ließ aus dem Weinkeller einen besonders guten Tropfen holen und befahl Auguste, ein fürstliches Diner zu bereiten.

Das gemeinsame Mahl, der üppig fließende Wein und die Gespräche mit dem gut aufgelegten Gast, der sich als Spross einer uralten russischen Adelsfamilie offenbarte, machten den Abend für die Gräfin und ihren Sohn zu einem unvergesslichen Erlebnis. Sie staunten und amüsierten sich über die zahlreichen Einzelheiten und Anekdoten, die der Fürst aus dem Leben in seiner Heimat oder von seinen Geschäftsreisen durch ganz Europa erzählte. Auguste stand hinter der Tür und lauschte. Sie verstand nicht alles, auch nicht aus welcher Gegend genau der Gast kam und welche Geschäfte er eigentlich tätigte, aber das war ihr und offensichtlich auch seinen Gastgebern gleichgültig. Bevor sich die Gräfin in ihre Gemächer zurückzog, lud sie ihn mit nie erlebter Herzlichkeit ein, als Gast auf dem Schloss zu verweilen, solange er es wünschte.

Und der Fürst blieb! Mit ihm und seiner allzeit guten Laune veränderte sich nicht nur die Stimmung der alten Gräfin, sondern auch die ihres Sohnes. Jeden Abend zogen sich die beiden Freunde in Gregors Salon zurück. Auguste blieb zu ihrem Leidwesen größtenteils verborgen, wie sie sich die Zeit vertrieben. Manchmal schienen sie Karten zu spielen, manchmal flüsterten sie nur oder blieben stumm, manchmal redeten und lachten sie plötzlich wieder laut.

Eines Abends wurde Auguste, gegen alle Etikette, in den Salon des Sohnes eingeladen. Bei ihrem Eintritt lächelte Gregor ihr freundlich zu. Der Fürst bat Auguste, sich zu setzen und bot ihr ein Glas Wodka an. Auguste, nicht ahnend, was auf sie zukommen würde, trank es in einem Zuge aus, um sich Mut zu machen.

„Sehr gut", lobte der Fürst, und goss ein zweites Mal ein. Nachdem Auguste das dritte Glas geleert hatte, begann er zu sprechen.

„Fräulein Auguste", diese riss die Augen auf, noch nie in ihrem Leben hatte sie jemand so angesprochen. Der Fürst lächelte ihr aufmunternd zu und wiederholte: „Fräulein Auguste, mein Freund Gregor und ich wollen Ihnen einen Vorschlag unterbreiten." Nach einer kurzen Pause, diskretem Räuspern, fuhr er fort: „Gregor und ich haben uns in Thorn bei gemeinsamen Freunden kennengelernt. Er erzählte mir, dass es zwischen seiner Mutter und ihm ein unlösbares Problem gäbe, das ihn verzweifeln lässt. Die Gräfin verlangt von ihm Nachkommen, mein Freund hat aber andere Interessen. Ich habe versprochen, ihm aus seinem Dilemma zu helfen. Und mit Ihrer Mitarbeit, liebe Auguste, natürlich gegen eine angemessene Vergütung, könnten wir das Problem zur Zufriedenheit aller lösen."

Er goss das Glas noch einmal voll, sie trank und sagte: „Bitte, fahren Sie fort!"

„Wenn es Ihnen recht ist, werden wir folgendermaßen vorgehen: Gregor eröffnet seiner Mutter, dass er Sie, das Dienstmädchen, schon seit langem liebt, dass er aber nie wagte, der Gräfin diese Liebe zu gestehen, weil er ihre Reaktion, Rausschmiss, fürchtete. Dass er immer vorsichtig war bei Zusammenkünften mit Ihnen, aber dass Sie jetzt dennoch in andere Umstände gekommen seien. Und da sie, die Mutter, sich immer ein Enkelkind von ihm wünschte, könne er ihr dieses jetzt anbieten. Sogar ein standesgemäßes, wenn er seine geliebte Auguste heiraten dürfte."

Die Ausführungen des Fürsten wurden durch ein schrilles, fast hysterisches Lachen von Auguste unterbrochen. Sie verschluckte sich, hustete und zwischen weiteren Lachanfällen kreischte sie: „Ich kriege doch gar kein Kind!"

Der Fürst goss ihr das Wodkaglas wieder voll, behielt es aber in der Hand und sagte gütig: „Ich bin noch nicht am Ende. Die Gräfin wird außer sich sein, dann die Situation überdenken und schließlich zustimmen. Da sind wir uns sicher. Wenn Sie verheiratet sind, haben sie eben einen Abort. Das kommt vor. Dann wird es Gregor nochmal versuchen, und immer wieder." Beide Männer lächelten Auguste an. „Und schließlich ist die Gräfin nicht mehr die Jüngste", beendete der Fürst seine Ansprache und reichte Auguste das Glas.

Auguste goss den letzten Klaren in sich hinein, stand schwankend auf und sagte im Hinausgehen zu dem Fürsten, der ihr die Tür aufhielt: „Ich werde es mir überlegen." Es war eine Lüge, sie hatte sich bereits entschieden.

So begann 1916 das zweite Leben der Auguste Wolski, als Gräfin Auguste von Hohenstein. Alles lief nach Plan. In dem Maße, in dem Auguste ihren Bauch wachsen ließ – der Fürst besorgte die entsprechenden Kissen – schwand der Widerstand der alten Gräfin. Schließlich wurde ein neues Dienstmädchen angestellt, und für die zukünftige junge Schlossherrin eine standesgemäße Herkunft entworfen. Sie war nun die

Tochter einer befreundeten adligen Familie aus Litauen. Der Fürst besorgte mühelos, dank seiner guten Beziehungen, entsprechende Urkunden, brachte seiner gelehrigen Schülerin noch den letzten gesellschaftlichen Schliff bei, der ihr durch ihre jahrelange Arbeit in herrschaftlichen Häusern schon in den Grundzügen bekannt war, und dann konnte die Hochzeit, im kleinen Kreis natürlich, stattfinden. Das junge Ehepaar bezog zwei nebeneinanderliegende Zimmer. Durch Gregors Eheschließung änderte sich für ihn und seinen Freund nichts, für Auguste alles. Die schönste Zeit ihres Lebens begann. Allerdings währte sie zunächst nicht lange.

Auguste quälte das schlechte Gewissen. Je mehr sich die Gräfin über den kommenden Nachwuchs freute, sie hoffte auf Grund des großen Kissens sogar auf Zwillinge, desto unglücklicher und depressiver wurde die zukünftige Mutter. „Ich muss jetzt die Fehlgeburt bekommen", drängte sie den Fürsten. „ich halte diese Lügerei nicht mehr aus." „Ja, selbstverständlich, aber jetzt noch nicht", beschwichtigte sie der Freund. „Sie müssen warten, liebe Auguste! Der Gräfin geht es im Moment schlecht, sie hat Herzprobleme, der Tod ihres so heiß erwünschten Enkelkindes würde sie umbringen. Von einem guten Freund habe ich sehr wirksame Tropfen erhalten. Die werde ich ihr geben und dann können wir, wie geplant, vorgehen." Auguste willigte ein, bemerkte auch, wie der Fürst regelmäßig Tropfen in den Kaffee der Gräfin schüttete, aber es trat keine Verbesserung ihres Gesundheitszustands ein. Im Gegenteil, an einem Morgen fand das neue Dienstmädchen die Herrin tot im Bett vor. „Herzstillstand", diagnostizierte der herbeigerufene Arzt und tröstete die erschütterten Angehörigen, „sie ist friedlich eingeschlafen."

Eigentlich hätte mit dem Tod der Gräfin die geschäftliche Beziehung zwischen den Dreien beendet sein sollen. In diesem Fall war eine Scheidung vorgesehen mit einer anschließenden Abfindung für Auguste. Aber das Zusammenleben hatte sich für alle so harmonisch und zufriedenstellend entwickelt, dass sie zusammenblieben. Als zwei Jahre nach Ende des Weltkrieges, 1920, Westpreußen polnisch wurde, optierte Gregor von Hohenstein für Deutschland, verkaufte das Schloss und sämtliche Güter, erwarb dafür in Mecklenburg-Vorpommern ein Besitztum von ähnlicher Größe und ließ sich dort mit seiner Frau und seinem Freund nieder. Aber ein geruhsamer Lebensabend war ihm nicht vergönnt. Wie seine Mutter, litt auch er an einem schwachen Herzen, vergeblich rangen die Ärzte um sein Leben. Er starb und hinterließ eine trauernde Witwe und einen unglücklichen Freund. Auguste und auch der Fürst waren überrascht, dass die Gräfin allein das gesamte Vermögen erbte, der langjährige, treue Freund aber nichts. Aber auch jetzt sahen beide keine Veranlassung, sich zu trennen, sie blieben weiterhin zusammen. 1923, nach einer angemessenen Zeit der Trauer und als beide das Bedürfnis nach Veränderung und mehr Unterhaltung empfanden, schlug der Fürst vor, das Gut zu verpachten und in die Hauptstadt Berlin umzuziehen. Die Gräfin stimmte zu, verstand auch sein Bedürfnis nach der freizügigen Metropole mit den zahlreichen Möglichkeiten an Lokalen und Clubs für Männer wie ihn, anders als in der jetzigen ländlichen Umgebung. Ihr war das Privatleben ihres Geschäftsführers gleichgültig, solange er seine Arbeit pflichtgemäß erledigte. Smirnow hatte bald ein passendes herrschaftliches Mietshaus am Lietzensee gefunden, das auch der Gräfin gefiel. Sie kaufte es und zog dort in die Beletage ein. Bald schlug der Fürst vor, dort nicht nur zu wohnen, sondern auch ein Etablissement zu eröffnen, etwa einen Spielclub, natürlich illegal. „Warum nicht?", nickte Auguste, „Geld kann man immer gebrauchen."

„Und so begann mein drittes Leben als verwitwete Gräfin von Hohenstein und Chefin eines illegalen Spielsalons in Berlin-Charlottenburg am Lietzensee", schloss Auguste ihren Bericht. „Der Fürst ist übrigens kein richtiger Fürst, das weiß ich inzwischen, trotzdem bleibt er für mich immer der ‚Fürst'."

Fasziniert hatte Paula den Worten der Tante gelauscht, jetzt rief sie begeistert: „Unglaublich! Wie ein Märchen! Die Dienstmagd wird Königin!"

Auguste lachte: „Und du bist meine Prinzessin, meine Nachfolgerin und Erbin! Der ganze Reichtum hier wird einmal dir gehören!"

Paula blickte sich fast erschrocken um: „Das soll mir gehören! Und der ‚Fürst'? Dem hast du doch eigentlich alles zu verdanken!" Als die Tante keine Antwort gab, fügte sie hinzu: „Aber darüber müssen wir uns jetzt noch keine Gedanken machen. Du wirst uralt, das weiß ich!"

Nachdem Paula der Tante „Gute Nacht!" gewünscht und sich zurückgezogen hatte, blieb Auguste noch allein im Salon sitzen, versunken in ihre Gedanken.

Wie Paula gesagt hatte: Dies alles hatte sie dem ‚Fürsten' zu verdanken! Sie, eine Angehörige der Unterschicht, hatte durch Zufall und mit seiner Hilfe die Rolle einer Adligen angenommen, die sie auch recht erfolgreich spielte. Allein, auf sich gestellt, wäre sie unfähig, dieses elegante, reiche Leben zu gestalten. Das wusste der ‚Fürst' genau wie sie selbst und dafür bezahlte sie ihn, nicht nur mit einem offiziellen Gehalt als ihren Geschäftsführer, sondern auch, indem sie ihn gewähren ließ, sie in Maßen zu betrügen, vor allem mit dem Fälschen von Rechnungen. Bis jetzt hatte diese Übereinkunft funktioniert, aber in letzter Zeit war Auguste misstrauisch geworden. Obwohl ihre Schwiegermutter und ihr Mann ihre Geschäfte in einem ähnlichen Vertrauensverhältnis von dem ‚Fürsten' erledigen ließen, waren sie dennoch nach einer gewissen Zeit gestorben, trotz oder wegen seiner „Stärkungstropfen"? Sie wusste es nicht, spürte aber in letzter Zeit ebenfalls häufiger Herzbeschwerden, die der gute Dr. Wolter jedes Mal als unbedenklich erklärte. Aber vielleicht war das ein Anzeichen dafür, dass auch ihre Zeit abgelaufen war und nun sie mit den „Stärkungstropfen" versorgt wurde, ohne dass sie es merkte.

Auguste beschloss, den ‚Fürsten' unverzüglich über ihr neues Testament zu informieren, in dem sie ihrer Nichte Paula Wolski ihr gesamtes Erbe vermacht.

PARKWÄCHTER OTTO BERGER

Sechs Uhr, der Wecker klingelte im Parkwächterhaus. Otto Berger stellte ihn ab, stand auf, schlüpfte in seine Pantoffeln und legte wie jeden Morgen drei Schritte zum Fenster zurück. Er öffnete es, atmete tief die saubere, klare Luft ein, genoss die Stille und den Blick in „seinen" Park, auf die schönen alten Bäume und auf die große, von dichten Fliederhecken umgebene Liegewiese direkt gegenüber seinem Haus. Jeden Morgen, überkam den Parkwächter Berger mehrere Minuten lang eine Welle der Dankbarkeit und des Glücks, von der er den ganzen Tag zehrte, gleichgültig wieviel Arbeit und Ärger er ihm brachte.

Berger hatte viel Unglück erlebt, seine Frau war gestorben, er war arbeitslos, sogar obdachlos geworden und spielte mit dem Gedanken, selbst diesem Elend ein Ende zu machen. Aber dann blätterte sein Kumpel Willi, mit dem er seit einiger Zeit unter einer Spreebrücke hauste, einmal in einer Zeitung, die er gerade gefunden hatte. „Kiek mal", meinte er, „dit is villeicht wat vor dir! Du bist doch n Järtner. Hier, die suchen een, sogar mit Dienstwohnung!" Er staunte.

Otto hatte seine saubersten Sachen angezogen, seine Papiere vorgekramt, darunter auch das sehr gute Zeugnis zum Abschluss seiner Gärtnerlehre, und im Rathaus Charlottenburg sich um die Stelle als Parkwächter beworben. Obwohl die Zahl der Arbeitslosen in Berlin nach der Inflation noch weiter angestiegen war und sich entsprechend viele Männer um diese Stelle bemühten, wurde er genommen, er wusste nicht warum. Und so kam es, dass plötzlich sein erbärmliches Leben Vergangenheit war und er seit einigen Wochen in der ersten Etage dieses kleinen charmanten Landhauses mitten im Grünen wohnte. Unter ihm im Parterre befand sich eine Milchverkaufsstelle für die Spaziergänger, in der überwiegend eine nette junge Verkäuferin namens Paula Wolski bediente, unregelmäßig auch ein gewisser Egon. Mit Paula hatte er sich gleich nach seinem Einzug angefreundet. Er beruhigte und tröstete sie immer, wenn sie sich über Egons Unzuverlässigkeit ärgerte.

Otto zog sich an, ergriff sein großes Schlüsselbund und verließ wie jeden Morgen sein Parkwächterhaus, um die erste Pflicht des Tages zu erledigen: das Aufschließen der siebzehn Parktore. Abends, spätestens um einundzwanzig Uhr, musste er sie wieder abschließen, im Winter früher. Diese Bestimmung galt für alle Parks in Berlin, zum einen wurden die Kosten für eine nächtliche Beleuchtung gespart, zum anderen Halbwüchsige davon abgehalten, im Dunklen Unsinn zu treiben. Berger benötigte meistens mehr als eine Stunde für seinen Rundgang durch beide Teile des Parks. Um in den südlichen Teil zu gelangen, musste er auch die Neue Kantstraße überqueren. Dieser erste Rundgang war ihm der liebste, wenn die Natur im noch menschenleeren Park erwachte. Aufmerksam ging er die Wege entlang, hatte alles im Blick, registrierte jede Veränderung, freute sich über blühende Rabatten oder ärgerte sich über Schäden, über die er später Meldung machen würde. Nachts war er für den Park nicht zuständig, sein Dienst endete mit dem Abschließen der Parktore. Über den nächtlichen Radau krakeelender Jugendlicher in den Ruderbooten und auf der großen Wiese am

Witzlebenplatz ärgerte er sich sehr, vor allem auch, wenn sie über ein Tor stiegen und in seinen Park eindrangen. Aber er war nicht befugt, auch nicht gewillt einzugreifen.

Wieder zurück, schloss er seine Haustür auf und stieg auf der sehr schmalen Treppe in seine Etage. In der kleinen Küche machte er sich sein Frühstück und mit einer Marmeladenstulle auf einem Brettchen und einer Tasse heißen Muckefucks, setzte er sich auf den Balkon des Hauses und ließ es sich schmecken. Das Rauschen des Springbrunnens, das von der Kleinen Kaskade herübertönte, klang in seinen Ohren wie leise Musik.

Heute hatte er bei seinem Kontrollgang nichts Bemerkenswertes beobachtet. An dem weißen Holztor am Königsweg musste er endlich das Schloss ölen. Das Vogelhäuschen unterhalb der evangelischen Kirche, das schon eine Weile schief gegangen hatte, war nun endgültig herabgefallen. Er würde es nachher wieder fest annageln. Ernster nehmen musste er einige gelockerte Kantsteine, die eine Wiese an der Treppe zur Herbartstraße umfassten. Womöglich sind hier Kinder mehrmals auf die Wiese gelaufen, um dort zu spielen. Das konnte nicht geduldet werden. Die Besucher, auch die Kinder, sollten im Park spazieren gehen, und zwar auf den Wegen. Das Betreten der Wiesen war strengstens verboten, es standen genug entsprechende Schilder im Park. Schließlich gab es die große Volks- und Spielwiese gegenüber seinem Haus, auf dem sich alle Parkbesucher zweimal in der Woche, mittwochs und sonntags, aufhalten, auch spielen durften. Für die Kinder existierten zusätzlich noch zwei Spielplätze. Das musste reichen! Er nahm sich vor, die Kantsteine wieder fest in die Erde zu hauen und diese Ecke im Auge zu behalten.

Nach dem Frühstück setzte er sich an den Tisch im Wohnzimmer, um seine wöchentlichen Meldungen an das Gartenbauamt, seine vorgesetzte Dienststelle, zu schreiben. Diese schriftlichen Aufgaben machten ihm am meisten Mühe und den wenigsten Spaß. Zum Glück hatte er heute nur von einem einzigen Vorfall zu berichten.

Berger begann zu schreiben, natürlich erst im Unreinen, er überlegte, verbesserte, stellte um, bis ihm sein Text passabel erschien und er die Reinschrift begann:

Meldung

In den Abendstunden des Donnerstags der vergangenen Woche haben zwei jugendliche Täter im Park des Lietzensee's Nord auf der Wiese am Witzlebenplatz ein Hinweisschild ‚Betreten verboten, Hunde an die Leine' beschädigt. Die Täter wurden vom Parkwächter Berger gestellt und einer Polizeistreife übergeben, die sie zum Revier Kaiserdamm zwecks Feststellung der Personalien mitführten. Die Reparaturkosten (Materialkosten, Malerarbeiten, Handwerker, Einbautransport) betragen laut Rücksprache mit der Gärtnerei 12,59 M.

Zufrieden packte Berger seine Schreibgeräte wieder in die Schublade. Jetzt begann der schönste, gleichzeitig auch schwierigste Teil seiner Tätigkeit als Parkwächter: die Kontrollgänge durch den Park. Die meisten Begegnungen mit den Parkbesuchern, von denen er bereits eine Menge kannte, waren erfreulich. Bisweilen blieb er stehen, plauderte mit ihnen, gab Ratschläge oder half, er ermahnte aber auch oder tadelte, wenn es nötig war. Häufig musste er mit Kindern schimpfen, die in den Gebüschen Versteck spielten, und sie zu einem gesitteten Verhalten erziehen. Aber auch das sah er als seine Pflicht an, da offenbar niemand ihnen in dieser unruhigen Zeit Gehorsam beibrachte.

Heute Abend fiel er nicht, wie üblich, nach einem anstrengenden Arbeitstag erschöpft ins Bett, sondern er räumte ordentlich seine Wohnung auf. Denn heute wollte ihn zum ersten Mal sein Freund Willi besuchen, der ihm unter der Spreebrücke die Anzeige für diese herrliche Stelle gezeigt hatte. Es war ein herzliches Wiedersehen, sie hatten sich viel zu erzählen und tranken dabei nicht nur Bier, sondern auch teuren Wodka, den sich der Gastgeber geleistet hatte. Als sie so gemütlich zusammensaßen, kam Otto eine gute Idee: „Willi, pass mal auf! Fräulein Wolski, unser Milchmädchen, hat gesagt, dass die Hausbesitzer um den See herum vielleicht einen privaten Parkwächter einstellen wollen, der in warmen Nächten für Ordnung und Ruhe sorgt, wenn die Halbwüchsigen Krach machen. Wäre das nicht was für dich? Das wäre doch prima, wo wir uns so gut verstehen. Allerdings musst du dann pünktlich und zuverlässig sein und dein freiheitliches Obdachlosenleben einschränken!" Willi wiegte den Kopf hin und her: „Dit muss ick mir in der Tat jut überlejn!" Aber als sie sich trennten, weil Otto seinen Rundgang zum Abschließen der Tore begann, meinte Willi: „Weeste Otto, ick versuch et mal. Du kannst deiner Paula Bescheid sagn."

Hocherfreut ging der Parkwächter seiner Pflicht nach.

DIE HAUSBESITZER WERDEN AKTIV

„Ruhe da unten!", brüllte Lindemann und beugte sich über das steinerne Geländer seiner Terrasse. „Es ist neun Uhr durch! Verschwindet! Es ist Nacht!"

„Vielleicht für dich, Opa!", rief eine leicht besoffene Stimme zurück, jemand klatschte mit dem Ruder so heftig auf das Wasser, dass Lindemann ein paar Spritzer abbekam: „Das wird euch noch leidtun! Ihr werdet mich kennenlernen", schrie er nach unten in die Dämmerung.

„Reg dich doch nicht so auf! Komm, setz dich und nimm schon mal einen Schluck Bier." Agnes hielt ihrem Mann ein Glas hin, und als es klingelte, meinte sie: „Ich geh schon!"

Lindemann hatte drei Hausbesitzer rund um den Lietzensee eingeladen, seinen Freund Erwin Buchner vom Königsweg, Werner Heilberger aus der Herbartstraße. und Wilhelm von Kobel, Rittmeister a. D., der nicht nur ein Gut in der Prignitz, sondern auch ein Haus am Witzlebenplatz besaß. Sie alle fühlten sich in höchstem Maße durch den nächtlichen Lärm im Park belästigt und sannen auf Abhilfe.

Nacheinander trafen die Herren ein und ließen sich auf den bequemen Gartenstühlen nieder. Heilberger, ein beleibter Mittsechziger, blickte sich schnaufend um und nickte anerkennend: „Beneidenswert diese große Terrasse, direkt am See!" Nachdem Agnes ein Wägelchen mit ausgewählten Getränken und Rauchwaren zu den Besuchern geschoben und die Terrassenbeleuchtung eingeschaltet hatte, verschwand sie unauffällig, setzte sich allerdings gleich hinter der Tür in ihren Lieblingssessel, um in ihrem neuen Roman zu lesen oder, wenn das Gespräch interessant wurde, zu lauschen.

Herr von Kobel, konnte das Lob seines Nachbarn nicht unwidersprochen hinnehmen: „Die Balkons an meinem Haus sind mindestens ebenso großzügig", bemerkte er, während er den Inhalt der Zigarrenkiste inspizierte und sachkundig eine Zigarre der teuersten Sorte auswählte.

Schnell mischte sich Buchner ein, um das unweigerlich drohende Gezänk zu verhindern, und bemerkte: „So laut ist es heute eigentlich gar nicht!"

„Warte ab, wenn es dunkel ist!", versprach Lindemann grimmig: „Dann geht es richtig los!"

Es klingelte. Die Anwesenden schauten sich überrascht an. „Haben Sie noch jemanden eingeladen?", fragte Kobel, aber Lindemann schüttelte den Kopf. „Ich geh schon!", rief Agnes aus dem Salon.

Nach ein paar Minuten erschien die Hausherrin in Begleitung eines distinguierten älteren Herrn mit eindrucksvollem Bart, der höflich lächelnd hinter Agnes an der Terrassentür stehenblieb. „Das ist Herr Smirnow, ein Nachbar, der fragen wollte, ob er an dem Gespräch teilnehmen darf", stellte Agnes den Neuankömmling vor. Dieser verbeugte sich dezent und ergänzte mit unverkennbar russischem Akzent: „Entschuldigen Sie bitte die Störung! Mein Name ist Nikolaj Michailowitsch Smirnow. Ich bin Geschäftsführer und Freund der Gräfin von Hohenstein, der Besitzerin des Hauses gegenüber. Frau von Hohenstein hat von diesem Treffen gehört und bat mich, wenn es irgend möglich ist, daran teilzunehmen, da auch sie sehr durch den Lärm im Park belästigt wird."

„Selbstverständlich, bitte nehmen Sie Platz!". Lindemann, erfreut über die exklusive Erweiterung der Runde, sprang zuvorkommend auf und rückte dem Gast den Stuhl zurecht, den Agnes unterdessen herbeigeholt hatte.

Nach einer noch etwas steifen Vorstellungsrunde lockerte sich schnell die Atmosphäre, auch dank der üppig ausgeschenkten Getränke.

„Wie wollen wir vorgehen?", fragte Heilberger gemütlich und steckte sich die zweite Zigarre an.

Lindemann erklärte seine bisherigen Aktionen. „Ich kenne jemanden von der Charlottenburger Deputationsstelle für Siedlungs- und Wohnungswesen im Rathaus und habe ihm meine Beschwerde vorgetragen, auch dass gerade nachts wegen des Ruderbetriebs überhaupt keine Ruhe herrscht. Aber dieser Ignorant lachte nur und meinte, da kann man nichts machen."

Empörtes Gemurmel in der Herrenrunde. „Die sollen uns kennenlernen", drohte der Rittmeister a. D.

Lindemann fuhr fort: „Ich habe nun an die obige Dienststelle folgenden Brief entworfen, den ich mit Ihnen gerne besprechen würde." Er räusperte sich, nahm ein Blatt vom Tisch und während der Lärm der nächtlichen Parkbesucher von der großen Wiese am Witzlebenplatz und von den auf dem See Rudernden mal anschwoll, mal wieder abebbte, begann er: „Adresse, Anrede usw. Dann Folgendes:

Die Herstellung und Erschließung des Parks hat neben der Schönheit des Anblicks eine sehr starke Unruhe mit sich gebracht, da der Park täglich von ungezählten Menschen aufgesucht wird. Aber damit nicht genug! Vor allem die Personen, die sich nach Schließung des eigentlichen Parks am Abend in dem nicht abschließbaren Teil der Anlagen aufhalten, verstärken die Unsicherheit und Unruhe der Gegend. Dieser Lärm wird für die unmittelbaren Anwohner des Lietzensees noch häufig an schönen Abenden bis zur Unerträglichkeit gesteigert durch den ausgedehnten Ruderbetrieb, der seit einiger Zeit von der Stadt auf dem See zugelassen worden ist. Die Stadt scheint nicht in der Lage zu sein, die dadurch hervorgerufenen Störungen der Anwohner zu steuern und vor elf Uhr abends den Ruderbetrieb dem Pächter zu verbieten. Die Unsicherheit ist in der unmittelbaren Nachbarschaft so groß, dass neben den nicht ausreichenden städtischen Wächtern die Anwohner planen, privatim noch einen eigenen Wächter anzustellen."

Triumphierend schaute Lindemann in die Runde: „Das ist meine Idee! Wir stellen selber einen Mann ein, der durchgreift, dass den Randalierern Hören und Sehen vergeht." Und mit einem Blick in die besorgten Gesichter seiner Gäste, fuhr er fort: „Ich weiß, was Sie einwenden werden: wer soll das bezahlen? Aber wenn wir zusammenlegen, muss der einzelne nur eine geringe Summe aufbringen. Ich vermute sogar, es werden sich noch andere Hausbesitzer rund um den See an dem Unternehmen beteiligen. Schließlich steigert ja eine ordentliche und ruhige Umgebung den Wert der anliegenden Häuser entschieden."

Stille. Smirnow war der erste, der sich äußerte: „Die Idee ist nicht schlecht. Die Gräfin von Hohenstein wäre sicher bereit, um ihrer nächtlichen Ruhe willen, einen Obolus zu entrichten."

„Bei diesen Massen von Arbeitslosen heutzutage müssten wir wahrscheinlich gar nicht viel zahlen", überlegte Buchner. „Die sind doch froh, wenn sie überhaupt Arbeit bekommen."

Auch von Kobel schien sich mit dem Gedanken angefreundet zu haben: „Ich hätte schon ein paar geeignete Burschen im Visier, die ich ansprechen könnte."

„Doch nicht etwa Soldaten der Schwarzen Reichwehr?", fragte Heilberger herausfordernd. „Ich bezweifle, dass die hier in unsere gutbürgerliche Gegend passen."

Erbost konterte der Rittmeister a. D.: „Was wissen Sie denn, Sie Zivilist! Sie haben ja nicht mal gedient! Ich …"

„Ich sehe", unterbrach ihn Lindemann, „dass mein Vorschlag bei Ihnen Anklang findet. Wollen wir abstimmen? Wer würde sich an der Anstellung und Bezahlung eines privaten Parkwächters beteiligen?" Alle Herren hoben die Hand.

„Du meine Güte!", dachte Agnes hinter der Terrassentür besorgt. „Hat Heinrich vergessen, dass er fast pleite ist? Wenn es nicht klappt mit Einnahmen aus Hella Dombas Spielsalon, dann Gute Nacht!"

Wieder ergriff Smirnow das Wort: „Die Gräfin von Hohenstein wird sich über Ihren Beschluss freuen. Da sich inzwischen der Unmut über den Lärm und unsere Pläne herumgesprochen haben, erfuhr ich neulich von dem Parkwächter Berger, dass sein Freund Willi Schütte willig sei, diese Aufgabe zu übernehmen. Es gibt also schon einen passenden Anwärter für das Wächteramt. Wenn Sie wollen, treffe ich mich mit ihm, um seine Eignung zu prüfen." Die Anwesenden blickten beeindruckt, wie souverän der Russe das Problem lösen konnte.

„Natürlich, gern!", rief Lindemann begeistert, alle stimmten ihm zu. „Darauf müssen wir anstoßen!" Der Hausherr und seine Gäste beglückwünschten sich lebhaft zu ihren klugen Vereinbarungen, die ihnen ein angenehmeres Leben und außerdem großes Ansehen unter den übrigen Lietzensee-Anwohnern bescheren würden, und natürlich Respekt und Bewunderung bei den sicherlich überraschten Bürokraten im Rathaus.

Inzwischen war es Nacht geworden, der Ruderbetrieb um dreiundzwanzig Uhr schon lange eingestellt und von der großen Wiese klangen jetzt nur wenige gedämpfte Geräusche herüber. Aber es herrschte dennoch keine Ruhe am See, weil auf der Terrasse von Nr. 10 fünf Männer laut feierten, tranken, lachten und lärmten.

Gerade überlegte Agnes, wie sie geschickt die feuchtfröhliche Runde beenden könnte, als plötzlich ein empörter Ruf: „Ruhe da unten!" erscholl. Schnell erhob sie sich und ging auf die Terrasse, um beim Aufbruch behilflich zu sein. Die Männer schauten ungehalten nach oben. Lindemann, peinlich berührt, über das schändliche Benehmen eines seiner Mieter, wollte sich mit schwerer Zunge entschuldigen. Smirnow aber, der am wenigsten getrunken hatte, erhob sich schnell: „Wir werden jetzt alle gehen. Und herzlichen Dank für Ihre Einladung. Es war ein gelungener und erfolgreicher Abend! Ich habe übrigens noch eine Frage an Sie, Herr Lindemann." Er senkte seine Stimme: „Es geht das Gerücht, dass demnächst in Ihrem Haus ein illegaler Spielsalon eröffnet werden soll. Ist da etwas Wahres dran?" Lindemann, zu betrunken, um unverfänglich zu antworten, wollte gerade eine Erklärung abgeben, als sich Agnes einmischte. „Wie bitte?" Sie lachte amüsiert. „Tut mir leid, mein Herr, aber einen Spielclub, legal oder illegal, können wir Ihnen leider in unserm Haus nicht bieten." Mit einem Handkuss verabschiedete sich Smirnow von der Dame des Hauses, die diese

Geste geschmeichelt zur Kenntnis nahm. Agnes lächelte ihn an, er gefiel ihr außerordentlich, aber in ihrem Innern tobte es: Konnte denn diese dumme Domba nicht ihren Mund halten? Wenn sie jetzt schon von ihrem illegalen Spielclub überall herumerzählt, haben wir die erste Razzia bereits zur Eröffnung!

EIN NEUER GAST IM SPIELSALON

Wieder begann ein Spielabend im Salon der Gräfin Hohenstein. Wie immer stand sie, elegant und gutaussehend, neben ihrer Nichte Paula, an der Tür des Salons, um die Gäste zu begrüßen. Jedem Besucher schenkte sie ein persönliches Lächeln. Niemand sah ihr die Sorgen an, die sie sich um ihr Herz machte, das heute wieder übermäßig heftig in ihrer Brust klopfte, obwohl sie ihre Tropfen genommen hatte.

Plötzlich vernahm Auguste von der Eingangstür her einen ungewöhnlich lauten Disput. Der ‚Fürst' schien einen Besucher nicht akzeptieren zu wollen, stieß aber auf Widerstand. Auguste trat näher und blickte in das schon ältliche Gesicht einer treuen Club-Besucherin, der Baronin Olga Baranoff, die sich in Begleitung eines jüngeren, gutaussehenden Mannes befand. Diesen versuchte Smirnow abzuweisen, aus welchen Gründen auch immer.

„Frau Gräfin", rief Olga Baranoff ihr in gebrochenem Deutsch zu, „ich nicht verstehe, warum verboten ist ein Besuch für meinen Freund."

„Bitte lassen Sie den Herrn hinein", befahl Auguste ihrem Geschäftsführer und begrüßte die beiden Gäste. Olgas Begleiter schenkte ihr dafür einen dankbaren, warmen Blick, der sie geradezu umhüllte, und küsste ihr die Hand.

„Ich kenne den Mann", raunte der ‚Fürst' ihr zu, als die beiden im Spielzimmer verschwunden waren. „Er ist ein Betrüger."

Der Abend nahm seinen gewohnten Verlauf. Die Gäste spielten, gewannen oder verloren, tranken und plauderten. Die Baronin Baranoff saß auf dem Sofa eng neben ihrem Freund, den sie als Anton Golubew vorgestellt hatte, lächelte ihn verliebt an und genoss ganz offensichtlich das vertraute Zusammensein mit ihm. Ab und zu stand sie auf und warf ein paar Jetons auf bestimmte Felder des Tisches, so wie „Toscha" es ihr vorgeschlagen hatte. Ihr Gewinn wie ihr Verlust hielten sich in Grenzen. Toscha setzte kaum. Er musterte lieber die illustre Gesellschaft und führte gutgelaunt kleine Gespräche mit einzelnen Gästen in ihren Spielpausen.

Paula, die pflichtgemäß mit ihren Tabletts hin- und herlief, volle Gläser servierte und leere abräumte, dabei immer ein freundliches Lächeln im Gesicht, bemerkte erstaunt, wie Olga Baranoffs Freund ihre Tante Auguste mit seinen dunklen, fast stechenden Augen intensiv anschaute, und wenn sich ihre Blicke trafen, er sie anlächelte. Auguste schien dieses Spiel zu gefallen, denn sie lächelte kurz zurück. Das verwunderte Paula etwas, denn sie wusste, dass Auguste unter den männlichen Gästen viele Verehrer hatte, die gern mit ihr in eine nähere Beziehung auch außerhalb der abendlichen Stunden beim Roulette-Spiel getreten wären. Aber die Tante ließ nie solche Bekanntschaften zu. Allerdings, das musste Paula zugeben, war dieser Mann besonders attraktiv, nicht nur wegen seiner schlanken Figur und den ebenmäßigen Gesichtszügen, sondern auch wegen einer bemerkenswerten Ausstrahlung. Als der Fremde sich erhob und wie zufällig an Augustes Tischchen vorbeiging, wunderte sich Paula daher nicht, dass diese ihn einlud, sich zu ihr zu setzen. Sie goss ihm selbst ein Glas von ihrem Rotwein ein und stieß mit ihm an. Bald waren sie in einem angeregten Gespräch vertieft, lachten zusammen und einmal zog der Gast sogar einen Notizblock und einen Stift aus seiner Jackettasche und schrieb auf, was Auguste ihm diktierte. Beide schienen nicht zu bemerken, dass sie von zwei Personen im Saal misstrauisch beobachtet wurden. Der Gräfin Baranoff und dem ‚Fürsten‘ war diese offensichtliche Harmonie höchst zuwider.

Als Paula wenig später in der Küche einige Gläser abwusch, hörte sie die Stimmen von Smirnow und des Freundes der Gräfin Baranoff. Überrascht stellte sie fest, dass die beiden sich kannten und heftig stritten. Smirnow hatte den anderen Mann offenbar auf dem Weg zur Toilette abgefangen. „Was treibst du dich hier herum?", fuhr er den Mann mit kaum unterdrückter Wut an. „Hier hast du nichts zu suchen! Verschwinde!" Der andere erwiderte amüsiert: „Du willst mir Vorschriften machen? Da muss ich aber lachen. Kennst du nicht das Sprichwort vom Glashaus? Sei froh, wenn ich dein Etablissement hier nicht anzeige! Jetzt lass mich durch! Und die Gräfin gehört *mir*, wenn ich will!" fügte er bissig hinzu. Paula war fassungslos. Was ging hier vor? Ich muss die Tante warnen!

Wenig später, noch vor Mitternacht, verließen Olga Baranoff und ihr Begleiter den Spielsalon. „Beehren Sie uns bald wieder", verabschiedete sich Auguste bei ihnen und wollte ihnen die Hand reichen. Aber die Baronin ging wortlos an ihr vorbei, anders als Olgas charmanter Begleiter. Dieser küsste Auguste beim Abschied wieder die Hand und versprach mit einem liebevollen Blick: „Ich komme sehr gern wieder, meine teuerste Gräfin!"

Spät in der Nacht legte sich Auguste zu Bett mit einem nie gekannten Gefühl. Ihre Gedanken kreisten unentwegt um die Bekanntschaft, die sie heute gemacht hatte, um diesen Mann, der anders war als andere Männer. Sie wusste nicht, was mit ihr geschehen war, nur, dass sie ihn unbedingt wiedersehen musste. Auch Herr Gobulew wollte die Freundschaft mit ihr vertiefen, das spürte sie, außerdem hätte er sie sonst nicht um ihre Telefonnummer gebeten.

Auch Paula lag noch wach. Das Gespräch vorhin zwischen den beiden Männern, das sie zufällig belauscht hatte, beunruhigte sie. Aber die Tante, der sie bei Gelegenheit von dem Streit berichten würde, hätte sicher eine Erklärung für diese merkwürdige Auseinandersetzung.

FREUNDSCHAFTEN GERATEN INS WANKEN

Gutgelaunt und sehr diszipliniert absolvierte Hella am offenen Fenster ihre täglichen Gymnastik-Übungen. Sie fühlte sich nicht nur wie eine junge Frau von achtundzwanzig Jahren, sie war es auch! Serjoscha, ihr neuester Liebhaber, hat sie tatsächlich sieben Jahre jünger gemacht. Er war ein Künstler, mehr noch, ein Zauberer!

Schon sein erster Besuch zum Teetrinken in ihrer Wohnung war ein Erlebnis für sie gewesen. Dieser russische Fürst, so vornehm und zurückhaltend, aber trotzdem selbstbewusst, und sie so sehnsüchtig, aber beherrscht anschauend – ein solcher Mann hatte schon lange nicht mehr auf ihrem Sofa gesessen. Sie war auf der Stelle in ihn verliebt. Nach dem ersten Treffen hatte sie beim Abschied einen zarten Kuss auf seine Wange gehaucht und spürte, wie heftig er darauf reagierte. In den nächsten Tagen besuchte er sie mehrfach, um mit ihr Einzelheiten über das zu erstellende Dokument zu besprechen. Ihre Wangenküsse mit angedeuteten Umarmungen zum Abschied wurden allmählich intensiver. Und dann kam der große Tag, an dem er ihr zwei Pässe überreichte! Ihren eigenen, echten, unveränderten, und einen zweiten, neuen mit dem „aktuellen" Geburtsdatum.

Sie war glücklich, jubelte, umarmte ihn, tanzte durch den Salon mit den Pässen in der Hand, küsste ihn immer wieder, jetzt nicht nur auf die Wange, holte Champagner aus dem Eisschrank und zog ihn zu sich auf das Sofa. Sie tranken schnell und lachten zusammen. Auch Sergej hatte jede Zurückhaltung abgelegt und ließ seinen Gefühlen freien Lauf. Schließlich ergriff Hella seine Hand und Sergej ließ sich willig in ihr Schlafzimmer ziehen. Sie liebten sich leidenschaftlich, nicht nur an diesem Tag.

Zwischen beiden entwickelte sich eine enge Beziehung. Sie sahen sich häufig. Hella begann verstärkt und mit wachsender Begeisterung russisch, die Sprache ihrer Kindheit, zu sprechen. Sie lebten im Hier und Heute, sprachen viel miteinander, respektierten aber unbewusst bestimmte tabuisierte Bereiche. Sergej weigerte sich, Hella von der Art seines Berufes zu erzählen oder sie in seine Wohnung mitzunehmen. Sie ließ ihn im Unklaren, wie oft und mit welchen Leuten sie sich traf, in ihrer Wohnung oder anderswo. Das seien alles berufsbedingte Zusammenkünfte, erklärte sie ihm, unbedeutend und für ihn uninteressant. Die Veranstaltungen von großen Festen, die ihre Mitbewohner im Haus gestört hatten, hatte sie vorerst sowieso aus Kostengründen reduziert. Und während Serjoscha Hellas Fragen nach seinem früheren Leben zwanglos beantwortete, vermied die Freundin in ähnlicher Weise Auskunft über sich zu geben.

Sergej besuchte auch mit Hella das „Samowar" und sie war ebenso begeistert von seinem Stammlokal und den Besuchern wie er selbst. Nur in einem Punkt waren sie unterschiedlicher Meinung. Als Hella dem Freund auf einem Spaziergang ihre Pläne hinsichtlich eines Bakkarat-Clubs erwähnte, reagierte er zu ihrer Überraschung heftig abweisend. „Fang damit gar nicht erst an! Einen illegalen Spielclub zu organisieren und durchzuführen, ist alles andere als einfach!

Du bist jetzt wieder jung. Versuche lieber bei einer anderen Filmgesellschaft neue Rollen zu bekommen. Die Schauspielerei ist dein Metier! Ich schlage vor, morgen gehen wir zur Abwechslung nicht ins Samowar, sondern ins Romanische Café an der Gedächtniskirche. Oder in die Weinstuben von Viktor Schwannecke in der Rankestraße. Da gibt es entsprechendes Publikum, viel Künstlervolk, Dichter, Schauspieler, Filmemacher, alle schon arriviert und bekannt. Da können wir uns mal umhören! Oder wir fahren raus nach Babelsberg zu den UFA-Studios." Hella nickte zustimmend, murmelte: „Mal sehen!" und sprach nicht mehr über ihre diesbezüglichen Pläne, war aber fest zu deren Umsetzung entschlossen.

Die Liebe zu Hella und die Existenz einer Tochter, deutete Sergej als ein klares Signal des Himmels, unter sein bisheriges Leben einen Schlussstrich zu ziehen und ab jetzt seiner Herkunft und Bildung angemessen zu leben. Gleichzeitig erfüllten ihn die notwendigen Veränderungen mit Unbehagen, die er dafür in Gang bringen musste. Die drei wichtigsten waren: erstens sich um eine neue Verdienstmöglichkeit bemühen, noch hatte er Erspartes, von dem er eine Weile leben konnte. Zweitens endlich den Vorsatz, eine neue Wohnung zu suchen, in die Tat umsetzen. Und drittens, da er mit Smirnow nicht mehr zusammenarbeiten, schon gar nicht seine eigene Tochter und ihre Tante betrügen wollte, eine gütliche Trennung von Nikolaj anstreben. Sergej wollte in Freundschaft mit ihm auseinandergehen. Er beschloss, Smirnow bei der nächsten Übergabe der gefälschten Abrechnungen wieder in seine ärmliche Wohnung zu bitten und ihm in einem freundschaftlichen Gespräch die neue Situation zu erklären. Er würde auch über die beiden Frauen sprechen, die plötzlich in sein Leben getreten waren und es so radikal verändert hatten.

Aber es kam anders.

Eines späten Abends, als er und Hella nach einem Besuch des „Samowar" durch die Suarezstraße nach Hause gingen, begegneten sie Smirnow vor seiner Haustür. Sergej lachte ihn an: „Das trifft sich gut! Schon lange wollte ich dir meine Bekannte vorstellen, Hella Domba! Du kennst sie, die Dame vom Bootshaus. Ich habe mich mit ihr angefreundet." Liebevoll legte er den Arm um Hella und ihr stellte Smirnow vor: „Das ist Kolja, ein alter Freund von mir!" Sie lächelte und reichte ihm die Hand: „Nett, Sie kennenzulernen. Serjoscha hat schon viel von Ihnen erzählt."

Wegen der Dunkelheit konnte das Paar nicht erkennen, wie Nikolaj erblasste. Er antwortete ebenso konventionell, dass es auch für ihn ein Vergnügen sei, sie kennenzulernen, verabschiedete sich dann aber von ihnen wegen wichtiger Pflichten, die er heute noch zu erledigen hätte und fügte, zu Sergej gewandt, noch hinzu: „Wir sehen uns ja morgen bei mir!" Schnell betrat er sein Haus, kaum konnte Sergej ihm noch hinterherrufen: „Nein, Kolja, komm du bitte zu mir! Das ist mir diesmal aus bestimmten Gründen lieber."

In seinem geräumigen Wohnzimmer ließ sich Nikolaj in einen Sessel fallen und kippte mehrere Wodkas in sich hinein, bis er sich einigermaßen beruhigt hatte. Er hörte nicht die Sirenen der ausfahrenden Einsatzwagen der Feuerwehr, die seinem Wohnhaus direkt gegenüber lag und die ihn gewöhnlich verärgerten, sondern dachte nur an die Schereien, die sich auf ihn zubewegten. Es war gekommen, wie er befürchtet hatte. Diese Dame und Serjoscha waren ein

Liebespaar und an ihrer Seite würde er sein schäbiges Fälscherleben beenden und wieder die ihm angestammte Rolle des Fürsten Sergej Iwanowitsch Popow übernehmen. Anders ausgedrückt: Sergej wird ihm morgen das Ende ihrer Geschäftsbeziehung eröffnen! Und sollte er doch noch ihm, Kolja, zuliebe seine Tätigkeit eine Weile fortsetzen wollen – diese elegante Hella würde nie eine solche schmutzige Arbeit ihres Liebhabers dulden. Nicht einmal anzeigen konnte er seinen ehemaligen Partner, ohne sich selbst zu belasten. Er trank weiter, bis er im Sessel einschlief.

Das Gespräch am nächsten Abend verlief genauso, wie Nikolaj es erwartet hatte. Serjoscha schenkte ihm einen Wodka nach dem andern ein und versuchte dabei mit freundlichen Worten, ihm seine Zustimmung zu einer einvernehmlichen Trennung ihrer Geschäftsbeziehung zu entlocken. Doch Smirnow ließ sich darauf nicht ein, er widersprach erregt, beschimpfte ihn laut und hemmungslos, zwischendurch immer wieder zum Glas greifend: „Ausgenutzt hast du mich. Monatelang war ich dein Freund und Partner, habe dir ein reichliches und leichtverdientes Auskommen ermöglicht! Das ist der Dank dafür? Und dabei brauchst du doch mich und mein Geld! Oder willst du dich von dieser Frau aushalten lassen? Ekelhaft!"

Sergej versuchte zwar, ihn zu unterbrechen, aber ihm fehlte die Energie zur Auseinandersetzung. Auch er trank lieber seinen Wodka und ließ Kolja reden, bis er am Ende und erschöpft war. Dann erwiderte er mit Entschiedenheit, allerdings schon mit schwerer Zunge: „Jetzt hör mal gut zu! Ich verstehe deine Wut. Aber ich fälsche nichts mehr. Ich suche mir einen anderen Beruf! Basta!" Er machte eine Pause, Smirnow schwieg, er wusste, dass er diesen Kampf verloren hatte. Sergej suchte nach versöhnlichen Worten: „Es gibt genug gute Fälscher in Berlin! Ich werde noch ein bisschen wie gewohnt für dich arbeiten. In der Zeit kannst du dir einen anderen Mitarbeiter suchen. Schließlich bist du ja früher auch ohne mich ausgekommen."

Wütend fuhr Nikolaj hoch: „Du hast ja keine Ahnung, wie schwierig das ist! Such du mir doch einen zuverlässigen Fälscher! Schließlich bist du schuld an allem!" Inzwischen waren beide schon ziemlich betrunken. „Hör auf, so dummes Zeug zu reden", nuschelte Sergej. „Wer sagt überhaupt, dass du die Gräfin betrügen musst! Du kannst auch eine richtige Buchhaltung machen, dann brauchst du gar keinen Fälscher!" „So weit kommt es noch! Ich gehe jetzt." Doch Smirnow stand nicht auf, sondern trank weiter. „Bleiben wir Freunde?" lallte Sergej. „Njet!", schrie Nikolaj.

„Aber ich bestehe darauf, dass wir uns einvernehmlich trennen", Sergej war kaum noch zu verstehen. Ebenso wenig sein Gregenüber: „Ich wüsste nicht, wie wir uns sonst trennen sollten." Sergej goss die Gläser wieder voll. „Prost Kolja!" „Prost, Serjoscha! Du bist jetzt wieder mein Freund", versicherte Nikolaj betrunken, „darum warne ich dich! Deine Braut redet zu viel. Alle Welt weiß inzwischen, dass sie demnächst einen illegalen Spielclub aufmacht. Wahrscheinlich auch die Polizei. Die schenkt ihr dann zur Eröffnung ihres Clubs einen Besuch im Gefängnis", er lachte über seinen Witz. „Also rede ihr das lieber aus!" „Mach ich!"

Smirnow war noch etwas Wichtiges eingefallen: „Du musst mir noch das Testament von der Gräfin wiedergeben."

„Richtig", Sergej wankte zum Schreibtisch und nahm den Umschlag mit dem Dokument aus der Schublade.

Kolja schaute hinein: „Wo ist denn die Fälschung?"

Sein Freund lachte und lallte: „Hast du das immer noch nicht verstanden? Ich fälsche nicht mehr!"

Nikolaj war empört: „Aber das wolltest du doch noch machen!"

„Ja, wollte ich, aber jetzt nicht mehr."

„Warum nicht?"

„Weil die Nichte Paula von der Gräfin meine Tochter ist."

Smirnow lachte betrunken: „Du lügst. Jetzt bist du total verrückt geworden."

„Stimmt! Ich geh ins Bett. Du kannst hier auf dem Teppich schlafen."

„Ich sag's ja. Du bist verrückt, ich geh nach Hause."

Sergej schlief ein, in der beruhigenden Gewissheit, dass die Trennung von seinem Geschäftspartner gütlich und sehr einvernehmlich erfolgt war. Dass er Kolja im Suff erzählt hatte, dass Paula seine Tochter ist, war ärgerlich, aber das würde der ihm sowieso nicht glauben oder vergessen. Mit Hella würde er ein ernstes Wörtchen reden.

Smirnow war unterdessen aus der Wohnung getorkelt, verpasste dann aber die erste Stufe der Treppe und stürzte mit Gepolter hinunter.

Während er mühsam aufstand und seine schmerzenden Glieder betastete, wurde oben die andere Wohnungstür aufgerissen und die Nachbarin, schlaftrunken und wütend, bedachte ihn mit einer Auswahl aus ihrem umfangreichen Schatz von Beschimpfungen.

ANFANG UND ENDE EINER GROSSEN LIEBE

„Kommst du mit?"

„Wohin?", erstaunt ließ Lindemann das „Berliner Tageblatt" sinken und blickte seine Frau an, die ausgehbereit vor ihm stand. Sie hatte sich ihr Hütchen aufgesetzt und wegen der abendlichen Kühle über ihre dünne Bluse eine Strickjacke angezogen. „In den Park! Es ist gleich zehn Uhr. Ich will mal sehen, wie unser neuer Parkwächter mit den Jugendlichen umgeht. Bis jetzt hat er erstaunliche Erfolge erzielt."

„Stimmt! Es ist ruhiger geworden. Aber ich bin müde, du musst allein gehen." Lindemann nahm wieder die Zeitung zur Hand. „Ich gehe heute früh ins Bett."

„Gut! Bis morgen!", verabschiedete sich Agnes.

Wie hatte sie es nur so lange mit diesem Mann aushalten können, wunderte sie sich zum wiederholten Male, als sie durch den Flur ihres Hauses ging. Vielleicht weil mir die Wohnung und dieses Haus so gut gefällt, machte sie sich lustig über sich selbst. Siebzehn Jahre verheiratet! Davon mindestens vierzehn Jahre Langeweile. Nicht einmal Kinder hatten sie bekommen. Nun passierte gar nichts mehr, seit langem schliefen sie in getrennten Schlafzimmern. Sollte das alles gewesen sein? Sie war doch gerade erst vierzig Jahre alt geworden.

Agnes lief am Ufer des Sees entlang. Dummerweise hatte sie auch noch ihre neuen Schuhe mit Absatz angezogen, sie drückten. Als sie am Haus der Gräfin vorbeikam, trat gerade Nikolaj Smirnow aus der Türe. „Oh, guten Abend, Herr Smirnow!", rief sie ihm zu. Der Angesprochene überquerte spontan die schmale Straße und begrüßte sie: „So spät noch und allein unterwegs?" Sie lächelte ihn an. Smirnow war immer noch eine blendende Erscheinung, trotz seiner sicher sechzig Jahre und sprach mit einem interessanten russischen Akzent, der ihn in ihren Augen noch anziehender machte.

„Ich wollte einmal nach unserm Wächter sehen, wie er die Jugendlichen aus dem Park manövriert. In letzter Zeit ist es ja deutlich ruhiger geworden, meinen Sie nicht?" Agnes ging langsam weiter.

Smirnow ebenso: „Doch, das haben die Gräfin und ich auch bemerkt. Ich will mich nicht aufdrängen, liebe Frau Lindemann, aber darf ich Sie begleiten? Mich interessiert das Ganze natürlich auch."

„Selbstverständlich", Agnes nickte und bemühte sich, ihre Freude über diesen gemeinsamen Spaziergang zu verbergen. Plaudernd gingen sie nebeneinander. Plötzlich bemerkte Agnes spontan: „Entschuldigen Sie, wenn ich Sie das sage. Sie haben einen so melodischen russischen Akzent. Alles, was Sie sagen, klingt wie ein Lied der Don Kosaken, deren Konzert wir im April in der Philharmonie gehört haben. Fantastisch!"

Smirnow lachte: „Ja, das habe ich auch schon festgestellt: unser Akzent ist in Ihrem Land sehr beliebt."

„Nein", widersprach Agnes energisch, „nicht jeder Russe spricht so angenehm. Unser Dienstmädchen hat neuerdings einen russischen Freund, der neulich bei ihr in der Küche saß. Der sah brutal aus und hatte einen grässlichen Akzent! Ich habe ihn gleich des Hauses verwiesen. Aber Käte, unser Mädchen, scheint an ihm zu hängen, sie weinte, als er gehen musste."

„Warum denn?"

Agnes zuckte mit den Schultern: „Sie hat eine wirre Geschichte erzählt, dass die Polizei seinen Bruder überfahren und dann noch seinen Laden beschlagnahmt hat. Ihr Freund steht jetzt ohne Bruder und Geld da. Ich hoffe, sie gibt ihm nichts von dem bisschen, das sie bei uns verdient."

Inzwischen hatten sie das Bootshaus erreicht. Agnes wunderte sich, weil der Ruderbetrieb bereits eingestellt war, lange vor dreiundzwanzig Uhr, der vorgeschriebenen Schließungszeit. Dann schlenderten sie weiter zur großen Wiese und beobachteten nun ihren Parkwächter Willi bei der Arbeit.

Willi war ein großer, korpulenter Mann, aber von einer unaufgeregten, fast gemütlichen Wesensart. Seine Arbeitgeber sahen, wie er zu den einzelnen Grüppchen ging, sie zum Verlassen der Wiese aufforderte, freundlich, aber unnachgiebig, auch immer wieder zurückkam, wenn sie sich nicht rührten. Inzwischen kannten die Halbwüchsigen den neuen Nachtwächter und hatten gelernt, dass er sie so lange bedrängte, bis sie wirklich weggingen. „Bis morgen!", rief er ihnen gutgelaunt hinterher. Agnes und Smirnow waren sehr zufrieden mit Willi und sagten es ihm auch, als er seine Tätigkeit beendet hatte.

„Dit freut mir", bedankte sich Willi. „Dit macht mir ooch richtig Spaß. Die Jungs sind alle so nett und jehorchen ooch. Wat will man mehr! Ick hoffe, ick kann dis noch ne Weile weitermachen."

Agnes fragte: „Wie kommt es denn, dass der Bootsverleiher jetzt schon immer so früh Schluss macht? Wir hören seit einiger Zeit keinen nächtlichen Lärm mehr von den Ruderern."

Willi blickte Smirnow irritiert an. „Weeß ick och nich!"
Dieser erklärte Agnes schmunzelnd: „Ich kenne eine Mäzenin, die durch eine milde Gabe den Pächter dazu bringt, um zwanzig Uhr zu schließen."

„Die Gräfin? Das ist aber nett von ihr."

Smirnow blickte verschwörerisch: „Es ist ein Geheimnis. Sie will nicht, dass davon viel Aufhebens gemacht wird. Also, bitte –!", er legte den Zeigefinger auf die Lippen.

Agnes lächelte ihn verliebt an: „Von mir erfährt niemand etwas."

„Uff Wiedersehn", verabschiedete sich nun Willi. „Ick jeh nach Hause, pennen. Ick wohn ja hier im Park bei meen Freund Berja, den Parkwächter. Tagsüba helfe ick dem bei seine Arbeet. Ick hoffe sogar, dis mir der Bezirk anstellt."

Smirnow brachte Agnes bis vor die Haustür. Mit den Worten: „Es war mir ein großes Vergnügen, liebe Frau Lindemann, diesen abendlichen Kontrollgang mit Ihnen zu machen. Ich würde ihn gern einmal wiederholen!", verabschiedete er sich.

Agnes Antwort kam schnell und ehrlich: „Ich auch, Herr Smirnow, sehr gern sogar! Aber morgen Abend sind mein Mann und ich bei der Familie eines Freundes eingeladen. Zum Hauskonzert! Die beiden Töchter spielen Klavier und Geige." Agnes verdrehte kurz die Augen. „Aber übermorgen vielleicht?"

Smirnow schien ihren letzten Satz nicht gehört zu haben, er lächelte charmant: „Gut! Dann sagen wir ‚Auf Wiedersehen in einer Woche'!"

Agnes nickte, das Gefühl, von diesem attraktiven Mann verehrt zu werden, war herrlich. Beschwingt schloss sie ihre

Wohnungstür auf und wollte in den Salon gehen, als sie Geräusche aus der Küche hörte. Seltsam, dachte sie, um diese Zeit schläft doch Käte bereits. Hat sie etwa, trotz des strikten Verbots, wieder Besuch von diesem Russen? Während sie zur Küche ging, wurde es plötzlich ganz still. Sie öffnete die Küchentür, alles dunkel, in der Mädchenkammer lag Käte im Bett, ebenfalls im Dunkeln, zugedeckt bis zum Hals, und tat, als ob sie schlief. Agnes hatte jetzt keine Lust, Käte zur Rede zu stellen. Falls ihr russischer Freund tatsächlich wieder bei ihr herumgesessen hatte, war er längst über die Dienstbotentreppe aus dem Haus verschwunden.

Zurück im Salon ließ sie bei einem Glas Wein noch einmal diesen wunderbaren Abend mit Herrn Smirnow in Gedanken Revue passieren und überlegte, wie sie am geschicktesten diese Bekanntschaft vertiefen könnte. Aus ihrem Schlafzimmerfenster konnte sie den schräg gegenüberliegenden Eingang des Hauses der Gräfin Hohenstein sehen, daher auch beobachten, wann Herr Smirnow kam und ging. Vielleicht könnte sie ihn „zufällig" öfter treffen, wenn er das Haus verließ. Sie nahm sich vor, es einmal zu versuchen.

Zwei Tage später allerdings fand ihre Liebe zu dem schönen Nachbarn ein abruptes Ende. Agnes hatte sich mit ihrer Freundin Emmy Buchner verabredet, um in der Tauentzinstraße die Modegeschäfte zu inspizieren und natürlich auch dem KaDeWe einen Besuch abzustatten. Emmy wollte sich ein neues Sommerkleid kaufen, Agnes sollte sie beraten. Diese bemerkte nebenbei, dass sie selbst genügend modische Garderobe besäße und nichts Neues im Moment benötigte. In Wirklichkeit hatte Agnes nicht gewagt, ihren Mann um Geld zu bitten, angesichts seiner prekären Geschäftslage.

Die Freundinnen mussten fast rennen, um noch die Straßenbahn an der Haltestelle Kuno-Fischer-Straße zu erreichen. Lachend und noch prustend ließen sie sich auf die Bank fallen, als Agnes den Mann ihrer Träume, Herrn Smirnow, im vorderen Teil des Wagens sah.

„Guck mal, Emmy", flüsterte sie der Freundin zu, „da sitzt ein Bekannter von mir, heißt Smirnow, ein Russe. Sieht er nicht phantastisch aus?"

„Ja, ganz gut", Emmy war unbeeindruckt. „Du bist doch nicht verliebt in ihn?"

„Doch, ein bisschen", gestand Agnes. „Mal sehen, wo er aussteigt."

Sie selbst wollten bis zur Endhaltestelle am Bahnhof Zoo fahren, und dann zu Fuß an der Gedächtniskirche vorbei bis zum KaDeWe spazieren. Smirnow hatte offenbar dasselbe vor. Auch er stieg am Zoo aus und ging in ihre Richtung. Die Frauen folgten ihm in gebührendem Abstand. Aber dann bog Smirnow in die Rankestraße ein und betrat gleich im ersten Haus durch eine schmale Tür ein Lokal mit dem Namen „Je taime". „Ich liebe dich", übersetzte Emmy. Agnes war neugierig und zog die widerstrebende Freundin mit sich: „Komm, wir gehen auch rein!" Als sie die Tür öffnen wollte, merkte sie, dass sie verriegelt war. Doch ein Mann in einer roten Seidenbluse und engen schwarzen Hosen, der sie wohl durch den Spion gesehen hatte, machte sie kurz von innen auf, schnauzte die beiden Freundinnen an. „Eintritt für Frauen verboten!" und schloss die Tür wieder.

Mit großen Augen sahen sich Agnes und Emmy an. „Nur für Männer?", stotterte Agnes. Emmy grinste: „So ist es, dein

Freund ist vom anderen Ufer! Der macht sich nichts aus Frauen!" Agnes schüttelte verständnislos den Kopf: „Aber das ist doch verboten." Jetzt lachte Emmy sie aus: „Sag mal, wo lebst du denn? Hier bei uns schert sich doch keiner darum."

Agnes hörte kaum hin, trauerte nur ihrer verschwundenen Liebe nach: „Das sieht man ihm überhaupt nicht an. Und er war so charmant zu mir, dass ich dachte, er ist auch in mich verliebt."

Nach einem erfolgreichen Kleiderkauf schlenderten die Freundinnen nach einiger Zeit auf der Tauentzienstraße zurück zur Straßenbahnhaltestelle am Bahnhof Zoo. Als sie im Vorbeigehen in die Rankestraße blickten zu dem Lokal, in dem Smirnow verschwunden war, blieben sie überrascht stehen. Gerade trat Smirnow zusammen mit einem jungen blondlockigen Mann aus dem Club, den er mit einer Hand um den Arm fasste, mit der anderen winkte er ein Taxi herbei. Als es hielt und die beiden einsteigen wollten, stürzte aus dem Lokal ein zweiter Mann und schrie: „Der gehört mir! Du kannst mir den nicht einfach wegnehmen! Cherie, Liebling, komm zu mir zurück!" Er weinte fast. Andere Passanten blieben ebenfalls neugierig stehen. Smirnow stieß seinen neuen Liebhaber in das Taxi, ging dann zu dem andern Mann und redete beruhigend auf ihn ein. Aber vergeblich. Der Verstoßene schlug nach ihm und kreischte so laut, dass noch mehr Passanten innehielten: „Das wirst du bereuen! Ich bringe dich um! Ich hole ihn mir zurück!" Während Smirnow einstieg und das Auto losfuhr, schrie der enttäuschte Liebhaber ihm noch immer seine Morddrohungen hinterher.

„Mein Gott, wie peinlich!", stöhnte Agnes, „wenn ich das gewusst hätte! Du darfst das auf keinen Fall jemandem weitererzählen, Emmy! Schwöre es!"

Emmy lachte: „Beruhige dich! Ich schwöre es!" und hob die Hand zum Schwur.

TOSCHA GOBULEW KOMMT

Der Besuch von Olga Baranoff und ihrem Liebhaber Anton Gobulew im Salon der Gräfin blieb nicht ohne Folgen.

Auguste wartete ungeduldig darauf, diesen Mann, in den sie sich verliebt hatte, wieder zu sehen, oder wenigstens am Telefon seine Stimme zu hören. Sie wollte, sie musste ihn näher kennenlernen!

Smirnow war wütend und beunruhigt über Gobulews Auftauchen, spürte Augustes Anspannung und Erregung wegen dieses Mannes. Er zerbrach sich den Kopf, wie er die Gräfin und damit auch seine eigene Stellung in ihrer gut funktionierenden geschäftlichen Beziehung vor dem Einfluss dieses Betrügers und Heiratsschwindlers bewahren konnte. Es schien fast aussichtslos. Smirnow kannte Gobulew noch aus Petersburg, aus der Zeit kurz vor der Revolution, und hatte mehrmals die Möglichkeit gehabt, seine außergewöhnliche Anziehungskraft auf nicht mehr ganz junge Frauen kennenzulernen. Allerdings auch seine Art, die in ihn verliebten Frauen ohne Skrupel oder gar Mitgefühl bis zum letzten Pfennig auszupressen. Nie hatte er es verstanden, wie diese Frauen, meistens Damen der Gesellschaft, in ihm den Mann sahen, auf den sie schon immer gewartet hatten, der ihrer zwar reichen, aber liebeleeren Existenz einen Sinn gab. Smirnow befürchtete, dass Gobulew jetzt in der Gräfin ein lohnendes Opfer sah, er alle Register seiner Verführungskunst ziehen und auch sie sich mit seiner bewährten Methode von ihm abhängig machen würde.

Da Auguste von Paula über den Streit zwischen den beiden Männern vor ein paar Tagen informiert war, stellte sie sich an den nächsten Spielabenden im Flur so hin, dass sie die eintretenden Gäste sah, damit Smirnow ihren Verehrer nicht wegschicken konnte. Drei Abende wartete sie vergeblich, dann kam endlich Toscha, wie Auguste ihn schon heimlich nannte, erwartungsgemäß allein, ohne seine Freundin Baranoff. Auguste war entzückt als sie ihn sah, ein Bild von einem Mann, wunderschön und elegant mit seinem weißen Hemd, der schwarzen Fliege und dem hellen Strohhut. Dazu diese Augen, die von einer tiefen Liebe zu ihr sprachen! Schon von Weitem begrüßte Auguste ihn übermütig und ging ihm entgegen: „Herzlich willkommen, mein lieber Herr Gobulew! Ich freue mich, Sie zu sehen!" Mit einem hämischen Blick ging dieser an Smirnow vorbei und ließ sich von der Hausherrin persönlich in den Roulette-Salon führen. Paula, die die Szene beobachtet hatte, erkannte ihre sonst eher kühle und beherrschte Tante nicht wieder.

Anton Gobulew spielte nicht, sondern saß die ganze Zeit neben Auguste an ihrem Tischchen und plauderte mit ihr. Immer wieder sprach er von seiner Liebe zu ihr. Wie ein Blitz sei sie durch ihn gefahren und ließ ihn alle früheren Erlebnisse mit anderen Frauen vergessen. Er wollte jede Einzelheit über ihr vergangenes und ihr gegenwärtiges Leben wissen, und Auguste erzählte und konnte dabei ihren Blick von seinem lieben Gesicht nicht abwenden.

Nachdem Gobulew kurz nach Mitternacht gegangen war, verabschiedete sich Auguste ebenfalls bei Smirnow und Paula: „Ich ziehe mich jetzt auch zurück. Die letzte Stunde schafft ihr allein. Gute Nacht!"

Die beiden blickten ihr sorgenvoll hinterher. „Ich muss morgen unbedingt mit ihr reden und sie eindringlich vor diesem Mann warnen", murmelte Smirnow.

Aber dazu kam es nicht. Als Smirnow am nächsten Vormittag zur üblichen Zeit in die Wohnung am Lietzensee kam, wollte die Gräfin gerade ausgehen. „Ich bin verabredet", sagte sie, „aber Sie können alles mit Paula besprechen, lieber Fürst. Viel ist es ja heute nicht!"

„Darf ich fragen, mit wem Sie verabredet sind?" Smirnow musterte ihr geblümtes, für ihr Alter etwas zu jugendliche Sommerkleid:

„Lassen Sie mich raten. Mit Herrn Gobulew!"

„Jawohl", Auguste schaute ihn abweisend an. Auf der Straße hupte ein Auto. „Ich werde abgeholt. Auf Wiedersehen!" Sie ergriff die Tasche, an den Händen zarte, weiße Handschuhe und verließ den Raum.

„Wollen wir wetten", rief ihr Smirnow hinterher, „dass Ihr Begleiter leider seine Geldbörse vergessen hat und sich von Ihnen einladen lassen muss? Sie werden alles bezahlen, glauben Sie mir!"

Auguste antwortete nicht. Im Weggehen schaukelte die Feder auf ihrem Hütchen. Smirnow und Paula schauten aus dem Fenster. Sie sahen Gobulew vor einem luxuriösen, modernen Benz-Kabriolett stehen und warten.

„Nur geliehen!" stellte Smirnow fest. „Auch diese Rechnung muss die Gräfin bezahlen. Das wird nicht billig!"

Als Auguste aus der Tür trat, stürzte ihr Kavalier, schmuck im weißen Anzug, ein dunkelblaues Tuch locker um den Hals geschlungen, mit allen Anzeichen des Entzückens auf sie zu, begrüßte sie überschwänglich und geleitete sie zum Auto.

Beglückt ließ sich Auguste von ihm hineinhelfen. Sie fuhren davon.

Am Abend erst, als Smirnow schon längst das Haus verlassen hatte, kehrte die Gräfin mit ihrem Verehrer zurück. Dieser brachte sie hinauf in die Wohnung, hatte aber wegen einer wichtigen geschäftlichen Verabredung keine Zeit mehr für einen Abschiedstrunk mit seiner Freundin: „Ich muss leider sofort gehen! Sie wissen, liebe Auguste, es geht um meine Besitzung in der Sächsischen Schweiz. Ich muss über gewisse Baumaßnahmen entscheiden. Mein leitender Bauingenieur hatte nur noch diesen Abendtermin für die Besprechung frei!" Mit einem zärtlichen Kuss auf die Wange verabschiedete er sich. „Vielen herzlichen Dank für diesen wunderschönen Tag mit Ihnen! Morgen habe ich leider keine Zeit, aber übermorgen komme wieder, wenn Sie erlauben. Ich kann es kaum erwarten!"

Paula, die im Salon auf die Tante gewartet hatte, hörte seine Abschiedsworte. Sie verstand Auguste nicht, merkte sie denn gar nicht, wie unecht alles klang, was ihr Verehrer sagte? Er sprach wie die reichen und edlen Liebhaber in den Liebesromanen von Hedwig Courths-Mahler, die sie und die Tante so gern lasen. Aber ihr Leben war kein Roman, sondern normale Wirklichkeit! Das musste Auguste in ihrem Alter doch unterscheiden können! Selbst sie, Paula, das unbedarfte Mädchen vom Lande, ohne viel Lebenserfahrung, spürte doch den Unterschied.

Aufgekratzt und mit roten Wangen ließ sich Auguste in einen Sessel fallen: „Das war der schönste Tag meines Lebens!", rief sie theatralisch. „Bitte, bring uns ein Glas Schampus, Paula, ich möchte mit dir anstoßen. Auf den Mann, dessen tiefe

Liebe meinem ganzen Leben plötzlich einen Sinn gegeben hat!"

Paula ging in die Küche und kam mit zwei Gläsern zurück: „Zum Wohle! Nun erzähl' mal, was ihr den ganzen Tag gemacht habt."

Und Auguste erzählte: von der großartigen Autofahrt in diesem wunderbaren Benz, um den sie alle Menschen, die sie sahen, beneidet haben. Es war zwar nur ein Leihwagen, aber Toscha wollte prüfen, ob es sich lohne, dieses Modell zu kaufen. Sie jagten über die AVUS, himmlisch!, und machten Halt in einem exquisiten Restaurant außerhalb Berlins, wo Toscha einen Tisch bestellt hatte, aufmerksame Bedienung, großartige Speisen und Getränke, wunderbare Gespräche. Dann Weiterfahrt nach „den Namen habe ich vergessen!" Auguste redete ununterbrochen, bis Paula sie unterbrach: „Das klingt alles sehr gut. Ich freue mich, dass du so einen schönen Tag hattest und", sie zögerte, „dein Toscha hat doch die Rechnungen bezahlt, oder nicht?"

Auguste lachte hell auf: „Du glaubst es nicht. Er hatte tatsächlich sein Portmonee zu Hause vergessen. Er suchte in allen Taschen, es war ihm furchtbar peinlich! Er tat mir richtig leid. Da habe ich natürlich bezahlt. Ich habe ja genug Geld." Sie lachte noch einmal: „Du brauchst keine Angst zu haben, liebe Paula, für dich bleibt trotzdem noch genug übrig. Allerdings werde ich Herrn Gobulew eine gewisse Summe überweisen beziehungsweise Smirnow damit beauftragen, für den Ausbau seines Schlosses. Er ist im Moment nicht so beweglich mit seinen Finanzen, wie er mir erklärte. Aber letzten Endes ist es egal, da wir zusammenbleiben wollen."

Paula war fassungslos: „Wie? Hat er dir schon einen Heiratsantrag gemacht?"

„Nein, nein, aber eine Frau spürt es, wenn der Mann es ernst meint. Das wirst du auch erleben, meine liebe Nichte." Auguste lächelte wissend und fuhr fort: „Übermorgen holt mich Toscha wieder ab. Diesmal bleiben wir in Berlin. Wir wollen einen Einkaufsbummel auf dem Kudamm machen. Er hat dort bei einem exquisiten Herrenausstatter seinen Traumanzug gesehen, den er sich kaufen will. Ich habe mir vorgenommen, ihm diesen Anzug zu schenken. Hoffentlich erlaubt er es mir!"

Paula hatte es die Sprache verschlagen, Smirnow, dachte sie nur, Smirnow muss eingreifen.

„Nachmittags wollen wir zum Tanztee gehen im Hotel Eden! Das wird herrlich!", träumte Auguste.

Energisch beendete Paula ihr Gespräch: „Jetzt gehen wir aber erstmal ins Bett und du schläfst dich aus. Morgen sehen wir weiter!"

Aber als Smirnow am nächsten Tag die Gräfin mit Details der Machenschaften ihres Verehrers in Petersburg vor rund zehn Jahren konfrontierte und mehrmals wiederholte: „Er ist ein Heiratsschwindler, liebe Gräfin, er nutzt ihre Gefühle aus, er will nur Ihr Geld! Dann lässt er sie fallen", blieb diese unbeeindruckt.

Lächelnd erwiderte sie: „Ich glaube Ihnen, dass er früher so gehandelt hat. Aber das ist vorbei, mir gegenüber fühlt er anders. Er hat in mir endlich die Frau seines Lebens gefunden, wie er mir gestand. Das ist für mich die Hauptsache. Seine Vergangenheit interessiert mich nicht."

Smirnow schwieg angesichts der Sinnlosigkeit seiner Bemühungen, die Gräfin zu beeinflussen. Er musste gegen Golubew vorgehen, wenn er die Gräfin und seinen Status in ihrem Haushalt retten wollte.

Am nächsten Tag wartete Smirnow auf der Straße vor dem Haus auf Gobulew. Die Haustür hatte er abgeschlossen. Als sein Gegner kam, ihn wegdrängen und ins Haus gehen wollte, verstellte Smirnow ihm den Weg: „Verschwinde! Ich habe der Gräfin von deinem verlogenen und schamlosen Verhalten gegenüber leichtgläubigen Frauen erzählt. Sie war entsetzt und will dich nie wiedersehen! Also, hau ab!"

Gobulew musterte ihn höhnisch: „Das könnte dir gefallen, aber das soll mir Auguste persönlich sagen!"

„Sie hat mich dazu beauftragt, los, verschwinde!"

Gobulews Gesicht verzog sich vor Wut, aber er beherrschte sich: „Gut, ich kann auch anders! Ich werde dafür sorgen, dass sie dich entlässt. Du weißt, sie macht, was ich will! Am liebsten würde sie mich heiraten!" Er lachte ironisch: „Bei dem Reichtum, den sie besitzt, beiße ich vielleicht sogar in diesen sauren Apfel."

„Und du weißt", konterte Smirnow, „ich könnte das jederzeit verhindern, und dich, solltest du das tun, ins Gefängnis bringen."

„Vorher aber würde ich dich umbringen!" Außer sich vor Wut verließ Gobulew den Schauplatz.

Vergeblich wartete Auguste auf ihren Liebsten. Smirnow scheute keine Mühe, auf seinen unzuverlässigen und schlechten Charakter hinzuweisen, den sie nun kennenlerne. Bis das Telefon klingelte! Nach einem kurzen Gespräch erklärte die Gräfin: „Toscha hat sich vielmals entschuldigt, dass er nicht gekommen ist, aber er wurde aufgehalten. Wir treffen uns nun am Bahnhof Zoo. Ich nehme mir eine Taxe."

FAMILIENGESCHICHTEN (2)

Die Gräfin verbrachte viele Stunden mit ihrem Liebhaber, aber die abendliche Tätigkeit in ihrem Spielclub nahm sie pflichtbewusst und ohne Unterbrechung wahr. Mit einer gewissen Beruhigung stellte Smirnow fest, dass Gobulew bisher offensichtlich mit der Gräfin nicht über ihn gesprochen und auf seine Geschäftsführung im Salon keinen Einfluss genommen hat. An den Abläufen hatte sich nichts geändert.

Paula störte die häufige Abwesenheit der Tante kaum, ihre Gedanken beschäftigten sich mit einem anderen Menschen. An jedem Roulette-Abend hoffte Paula auf einen erneuten Besuch des jungen Russen und Grammophon-Erklärers Dimitrij, aber vergeblich. Ihr Freund Igor dagegen besuchte sie auch weiterhin regelmäßig, immer fröhlich, immer neugierig, was sie so trieb. Aber auch noch von einem anderen Mann erhielt Paula – allerdings sehr rätselhafte – Besuche bei ihrer Arbeit an der Milchverkaufsstelle. Smirnows Freund, Sergej Iwanowitsch Popow, besuchte sie wiederholt im Parkwächterhaus, immer allein. Er trank seine Milch, plauderte unverbindlich mit ihr und schließlich bat er sie sogar um ein Treffen. Er sagte, er als Russe wolle sie einmal gern in ein russisches Lokal einladen. „Hier ganz in der Nähe!", um sie näher kennenzulernen und etwas Wichtiges mit ihr zu besprechen. Paula schaute ihn abweisend an, sie ahnte nicht im Entferntesten den Grund dafür. Er konnte unmöglich auch in sie verliebt sein. Aber er sah sympathisch aus und bat so eindringlich, dass sie schließlich unter einer Bedingung zustimmte: „Ich muss erst meine Tante fragen." Popow nickte erleichtert, die Tante hätte sicher nichts dagegen, meinte er, schließlich sei er ein Freund ihres Geschäftsführers Smirnow. Auguste war über die Einladung ebenso überrascht wie ihre Nichte, gab aber ihre Einwilligung.

Wenige Tage später betraten Sergej und Paula kurz nach neunzehn Uhr das „Samowar" in der Pestalozzistraße. Paula hatte eines ihrer eleganten Kleider angezogen und auf Wunsch ihres Gastgebers auch die Kette ihrer Mutter angelegt. Auf dem Weg zum Lokal hatte sie sich sehr unwohl gefühlt, auf die Gesprächsversuche ihres Begleiters nur befangen reagiert und schon ihre Zustimmung zu diesem Treffen bedauert. Aber jetzt sah sie sich neugierig um, es war ihr erster Besuch in einem russischen Restaurant. Das Lokal war schon gut besucht, von Emigranten, aber auch von mindestens genauso vielen deutschen Besuchern, wie sie dem Sprachengewirr entnehmen konnte. Sergej erklärte ihr, dass unter den Berlinern die zahlreichen russischen Lokale wegen ihrer Atmosphäre und dem Essen sehr beliebt seien und sie auch gern ihre auswärtigen Gäste dorthin einladen, um ihnen etwas Besonderes zu bieten. Denn russische Lokale existierten in anderen Städten nur vereinzelt. Paula fühlte sich sofort wohl in der lockeren Stimmung, alle tranken, redeten und lachten laut.

„Kommen Sie", sagte Sergej und führte Paula, zu einem Tisch an einer Seite, von dem sie einen guten Blick in den Raum und auf die Bühne hatten. „Das ist mein Stammplatz, setzen wir uns." Der Kellner, wie alle Ober im Kosakenhemd, der gewohnt war, Sergej in Hellas Begleitung zu sehen, zwinkerte ihm so auffällig zu, dass dieser ihn auf Russisch anzischte: „Lass den Unsinn, Oleg, das ist meine Tochter!" Oleg erwiderte vornehm auf Deutsch „Guten Abend, die Herrschaften, Aperitif wie üblich? Kwasja?" „Ja, zwei doppelte bitte!"

Paula ließ ihre Blicke umherschweifen: „Ich dachte, die russischen Emigranten sind arm, aber diese hier nicht, wie es scheint."

„Das ist unterschiedlich", meinte Sergej, „in unserer Gegend hier allerdings wohnen keine wirklich Armen. Da drüben zum Beispiel an dem Tisch", er winkte hinüber, „sitzen einige Lehrer des Russischen Gymnasiums und Studenten des Studentenvereins. Alles gebildete und für jetzige Verhältnisse gutsituierte Russen. Ich sitze oft mit ihnen zusammen und wir unterhalten uns." Als diese unmissverständliche Gesten machten, dass die beiden sich zu ihnen setzen sollten, stand Sergej mit den Worten auf: „Entschuldigen Sie mich bitte einen Moment!" und ging an den Tisch der Freunde, sprach kurz mit ihnen und erklärte nach seiner Rückkehr: „Ich habe gesagt, dass wir uns ein andermal gern dazusetzen würden, aber heute etwas Wichtiges zu besprechen hätten."

In diesem Moment brachte der Kellner ein kleines Tablett mit zwei Gläsern, die Sergej ergriff: „Jetzt müssen wir anstoßen! Das ist ein typisch russisches Getränk aus Kwas und Wodka! Prost!" Paula zögerte, dann nahm sie einen kleinen Schluck und verzog das Gesicht: „Das schmeckt aber komisch." „Sie müssen mehr trinken! Man gewöhnt sich dran!" Paula nahm noch einen Schluck, blieb aber noch skeptisch. „Und woher haben diese Emigranten hier so viel Geld?" fragte sie weiter. Sergej antwortete: „Unterschiedlich. Manche konnten Teile ihres Vermögens oder ihres Schmucks außer Landes schmuggeln. Davon kann man schon eine Weile leben. Oder man verkauft seinen Pelz, den jeder Russe besitzt. Für einen erstklassigen Zobel zum Beispiel kann man heute in Berlin bis zweihunderttausend Mark bekommen."

„So viel?" Paula riss die Augen auf. Sergej lachte kurz auf. „Oder sie machen dunkle Geschäfte und werden reich! Aber ich werde jetzt unser Essen bestellen. Hier gibt es eine erstklassige russische Küche. Was möchten Sie essen, Minzküchlein oder Kaviar, Bortsch, Piroggen, oder andere Spezialitäten?" Paula schüttelte den Kopf: „Das sagt mir alles nichts. Bestellen Sie bitte für mich!" „Es ist mir ein Vergnügen!"

Nachdem ihr Kellner die Vorspeisen serviert hatte, begannen sie zu essen. „Die Gäste des Restaurants werden hier übrigens von ehemaligen Offizieren des Zaren bedient, auch Oleg stammt aus einer alten adligen Familie aus Moskau", erklärte Sergej. „Sie sind dankbar über die Möglichkeit, sich im Exil etwas Geld zu verdienen."

Paula kostete im Laufe des Abends mit immer größerem Vergnügen von den unbekannten Speisen, war schon beschwipst von Kwasja und Rotwein – „Saperavi-Traube, aus dem Kaukasus, sehr populär" hatte ihr Gastgeber erklärt –, und fragte frech: „Und mit welchen dunklen Geschäften verdienen *Sie* Ihr Geld und können diese Restaurantbesuche bezahlen?"

Ein lautes Lachen war die Antwort: „Ist doch klar, ich habe einen meiner vielen Zobel verkauft!" Sergej hob sein Glas, prostete Paula zu und sagte auf Russisch: „Sie gefallen mir! Ihnen schmeckt die russische Küche und Sie stellen kesse Fragen. Aber Sie sind ja auch meine Tochter!" Er beugte sich zu ihr hinüber und gab ihr einen Kuss auf die Wange.

Paula zuckte zurück, wischte sich mit der Hand über das Gesicht. Was will der alte Mann von mir? So grob, wie sie konnte, fuhr sie ihn an: „Was fällt Ihnen ein und sprechen Sie gefälligst deutsch!"

Jetzt wurde Sergej ernst, es schien, als rang er nach Worten: „Entschuldigen Sie", begann er. Dann wiederholte er langsam auf Deutsch seine Worte.

Paula starrte ihn sprachlos an, da redete er schon weiter: „Die Halskette!" Unwillkürlich fasste sie nach ihrer Kette. „Ich habe sie verschenkt an eine Frau, in die ich sehr verliebt war und von der ich Abschied nehmen musste, Ihre Mutter. Sie haben große Ähnlichkeit mit ihr."

„Sie lügen!", brachte Paula mit Mühe hervor.

Sergej schaute sie versonnen an und schüttelte den Kopf: „Diese Kette ist ein Unikat. Meine Mutter hatte sie von meinem Vater zur Hochzeit geschenkt bekommen. Als ich in die Verbannung verschickt wurde, hat sie mir diese sehr wertvolle Kette gegeben, damit ich mir mit dem Erlös ein bisschen das harte Sträflingsleben erleichtern könnte. Ich habe diese Kette aber nicht mitgenommen, sondern sie zum Abschied Ihrer Mutter geschenkt, bevor ich die lange Reise in das Straflager antrat."

„Sie waren in der Verbannung, im Straflager?" fragte Paula hilflos.

„Ja, in Kara, in Ostsibirien, dort waren die Goldbergwerke des Zaren. Die Arbeit dort war die grausamste Form der Zwangsarbeit, auf Russich heißt sie Katorga."

„Zwangsarbeit? Was hatten Sie denn verbrochen?" Paula schluckte.

„Nichts! Das ist eine lange Geschichte, eine ziemlich schreckliche. Willst du sie wirklich hören?"

„Ja!" Paula nickte, schob ihren Teller zurück und hörte auf zu essen.

„Gut!" Ihr Vater begann zu erzählen, von seinem Elternhaus, von seinem Studium, von den Diskussionsabenden mit den Kommilitonen, von der Verhaftung der Gruppe wegen Verschwörung gegen den Zaren, von der Verurteilung allein auf Grund der Aussage eines erbärmlichen, niederträchtigen Spitzels: „Pawel Leschnikow! Nie werde ich seinen Namen vergessen! In langen Kolonnen traten wir zur Zwangsarbeit den weiten Weg nach Sibirien in ein Straflager an, teilweise zu Fuß, teilweise mit der Eisenbahn." Seine Stimme bekam einen ironischen Ton, als er bemerkte: „Die Strafen waren so unbeschreiblich hart, weil der Zar und seine Leute in Todesangst lebten, damals schon 1905! Weil sie wussten, dass die Revolution und damit ihr eigener Untergang nicht mehr aufzuhalten waren."

Paula, ohne Kenntnisse der historischen Vorgänge in der Spätphase des Zarenreiches, hörte ihm mit großen Augen zu, wollte etwas fragen, aber ihr Vater schüttelte den Kopf: „Genug davon, sprechen wir von deiner Mutter. Ich hatte einen Studienfreund, Eduard, Sohn eines baltischen Barons in Estland, den besuchte ich häufig auf seinem Schloss. Seine Schwester hatte ein junges Dienstmädchen, in das ich mich sofort verliebte und mit dem ich mich mehrmals heimlich traf. Ich konnte mich nicht von ihr verabschieden, aber Eduard hat mich noch einmal im Gefängnis in Petersburg besucht. Ich gab ihm die Kette für deine Mutter als Andenken, dass sie mich nie vergisst."

„Sie sind wirklich mein Vater?", Paula schaute ihn ungläubig an. „Meine Mutter hat mir nie etwas über ihn erzählt, nichts über die Kette. Nur, dass sie eine gute Stelle bei einem baltischen Baron gehabt hatte, die sie aber verlassen musste, als sie schwanger war. Daraufhin kehrte sie zurück nach Westpreußen zu ihren Eltern. Dort wurde ich geboren." Nach einer kleinen Pause: „Verbannung, Zwangsarbeit klingt grauenhaft. Wie lange waren Sie, warst du denn in Sibirien?"

Sergej lächelte sie liebevoll an und ergriff ihre Hand: „Du spürst es auch: Ich bin dein Vater! Ich war elf Jahre in Sibirien, bis zur Revolution 1917. Fünf Jahre, bis 1910, im Gefängnis. Nach der Entlassung wurde mir, wie den meisten ehemaligen Sträflingen, eine Rückkehr in die Heimat verboten. Wir mussten in Ostsibirien wohnen bleiben, besser hausen. Es war eine Maßnahme des Zaren zur Besiedlung dieser menschenleeren Gebiete, da kaum ein Russe freiwillig dorthin zog. Darüber gäbe es viel zu erzählen, aber ein andermal. Das ist vorbei, wenn auch nicht vergessen. Mich macht etwas anderes unruhig. Ich habe noch immer keinen Kontakt zu meiner Familie, obwohl ich schon einen Notar mit der Suche nach ihr beauftragt habe. Ich weiß nicht, wo sie ist." Sergej seufzte. Dann lächelte er seine Tochter an: „Aber jetzt habe ich dich gefunden! Du hast eine große Familie, meine liebe Paula, sie wird dich lieben."

Vielleicht auch nicht, ich bin nur ein Bastard, dachte sie skeptisch, schwieg aber.

Sergej fuhr fort: „Ich freue mich schon, dir später einmal Petersburg und mein Elternhaus zu zeigen. Wir hatten auch einen großen, wunderschönen Sommersitz in der Nähe von Zarskoje Selo. Mein Vater war ein hoher Beamter im Innenministerium. Nach der Abdankung des Zaren stand er auf der Seite der Weißrussen, war Mitglied der provisorischen Regierung. Aber nach dem Bürgerkrieg, den die Roten, Lenin und die Bolschewiken, gewonnen haben, mussten er und meine

Familie fliehen. Als ich 1918 aus Sibirien endlich wieder nach Petersburg kam, war mein Elternhaus leer, besser gesagt, es hausten dort marodierende rote Soldaten mit ihrem Anhang. Die Salons waren verschmutzt und zerstört, es war ein Jammer. Ich fragte die wenigen alten Bekannten, die noch da waren, aber niemand wusste, wohin meine Familie geflüchtet war. Die meisten Russen waren nach Paris oder London oder Berlin emigriert. So kam ich hierher. Hier gibt es eine ausgedehnte russische Emigrantenszene. Aber jetzt erzähle von deiner Mutter und dir. Wie ist es euch ergangen?"

Nun berichtete Paula, von ihrem Leben in der westpreußischen Kleinstadt, von ihrer Mutter, die sie beide mit Näharbeit ernährt hatte, von ihrem Tod und Paulas Umzug nach Berlin zu ihrer inzwischen reich gewordenen Tante Auguste. Sergej hörte gebannt zu, unterbrach sie nur mit wenigen Fragen. Er war glücklich, ein Stück Vergangenheit wiedergefunden zu haben.

Sie hatten inzwischen ihr Abendessen beendet, Paula aß gerade eine russische Süßspeise zum Nachtisch, als auf der Bühne zwei Balalaika-Spieler und ein Kosakensänger ihren Platz einnahmen. Sie wurden mit begeistertem Klatschen und Rufen empfangen, die Gespräche verstummten fast vollständig. Die Musiker begannen zu spielen, russische Musik, Volkslieder, Kirchenlieder, alles, was jeder Anwesende kannte und liebte. Schwermütige, sehnsüchtige Melodien, die die Zuhörer zu Tränen rührten, wechselten ab mit lauten, rhythmischen Liedern, die von den Russen mit Begeisterung mitgesungen wurden. Auch Sergej war wie verwandelt, sang mit, trank den echten russischen Wodka und fühlte sich, alles um sich vergessend, wie zurückversetzt in seine alte Welt, die noch nicht zerstört war. Paula war fasziniert, beobachtete ihren Vater und die übrigen fröhlichen Menschen, und wunderte sich über eine nie gekannte Stimmung, die die ganze Atmosphäre und diese Melodien in ihr hervorriefen. War das Einbildung oder sollte tatsächlich eine bisher unbekannte russische Seele in ihr erwachen?

Als die Musiker eine Pause machten, setzten sie ihr Gespräch fort. Paula fragte: „Und der ‚Fürst'? Gehört der auch zu deiner großen Familie?"

„Der ‚Fürst'?" Sergej, noch außer Atem, lachte. „Der ‚Fürst' ist kein Fürst, er heißt einfach Kolja Smirnow. Ich habe ihn in der Verbannung kennengelernt, politische und kriminelle Sträflinge wurden in den Gefängnissen nicht getrennt. Kolja stammt aus Tobolsk, war wegen schweren Diebstahls und zahlreichen Betrügereien verurteilt. Er war ein Lebenskünstler, auch im Gefängnis! Hatte guten Kontakt zu allen, wusste über alles Bescheid, war beliebt beim Personal, sogar für den Gefängnisdirektor war er unverzichtbar. Der machte ihn zu seinem Freund, lud ihn häufig zu sich nach Hause zum Feiern ein und holte ihn herbei, wenn ausländischen Delegationen ein Sträfling vorgeführt werden musste, der über das tägliche Leben in der Katorga berichten sollte. Kolja hatte ein gutes Gespür zu entscheiden, wann er die Verhältnisse eher grausam oder eher harmlos schildern musste. Schließlich sollten die Gäste die Verhältnisse im Lager als vorbildlich empfinden und nach ihrer Rückkehr von einem großartigen Direktor und seiner beispielhaften Führung des Gefängnisses berichten."

Sergej schwieg, dann fragte er: „Kennst du Dostojewski?" Paula schüttelte den Kopf. „Ein russischer Dichter, der Mitte vorigen Jahrhunderts auch jahrelang in Ostsibirien verbannt war, als die Verhältnisse sogar noch schlimmer waren. Er hat später seine Erinnerungen aufgeschrieben, sie heißen auf Deutsch ‚Aufzeichnungen aus einem Totenhaus'. Auch Tolstoi hat über die Verbannung ein Buch geschrieben." „Tolstoi kenne ich, gerade lese ich seinen ‚Schneesturm'", erwähnte Paula beiläufig und bedankte sich innerlich bei Igor, dem sie ihre bescheidenen Kenntnisse über die russische Literatur verdankte.

„Smirnow habe ich hier in Berlin zufällig wiedergetroffen, im ‚Russki Ugolok', einem beliebten Lokal am Nollendorfplatz." Sergej lachte: „Du kannst dir unsere Überraschung und Emotionen und unser Geschrei vorstellen, als wir uns sahen. Das ganze Lokal feierte mit uns. Da war Kolja schon zu Geld gekommen, war immer elegant und reich gekleidet."

„Ich kenne ihn nicht so genau, aber er ist ein Freund meiner Tante und hat ihr schon in manchen Notlagen beigestanden."

„Mein Freund ist er nicht, eher Partner. Ich habe gute Geschäfte mit ihm gemacht."

„Was für Geschäfte denn? Dunkle?"

Sergej lachte: „Das werde ich dir gerade auf die Nase binden! Du bist meine Tochter, ich habe großes Vertrauen zu dir. Aber bitte erzähle noch niemandem, dass wir verwandt sind."

„Aber meiner Tante darf ist es doch erzählen? Die würde sich so freuen für mich!"

Sergej nickte: „Gut, aber nur ihr!" Er hob sein Glas: „Prost!"

Paula, ebenfalls nach ihrem Rotwein greifend, der ihr nach mehreren Gläsern schon sehr viel besser schmeckte, rief aufgeregt: „Ich kann es nicht glauben! Mein ganzes Leben lang war ich das vaterlose Kind einer armen Dienerin, nun bin ich plötzlich die Tochter eines russischen Fürsten und Nichte einer reichen Gräfin. Prost!" Sie trank das Glas aus, lachte so laut und fröhlich, dass sie den Lärmpegel und die Musik übertönte. Andere Gäste, auch die Lehrer vom Russischen Gymnasium hatten sie gehört, prosteten ihr zu und fragten laut nach dem Grund ihrer Freude, bereit, sofort mit ihr zu feiern.

Für Sergej war jetzt der Zeitpunkt gekommen, den Abend zu beschließen. Er winkte nach Oleg. „Müssen wir schon gehen?", fragte Paula enttäuscht. „Es so schön hier." „Du bist müde. Wir kommen bald wieder her", tröstete Sergej sie. Auf dem Nachhauseweg lehnte Paula den Kopf an die Schulter ihres Vaters. Nachdenklich blickte er zu ihr hinunter: Ich habe ihr noch so viel zu sagen, dachte er gerührt, auch von meiner Liebe zu Hella, aber zum Glück haben wir dazu noch jede Menge Zeit.

Zu Hause angekommen, leerte er im dunklen Treppenhaus seinen Briefkasten und warf die Post im Zimmer auf den Tisch, um sich erst noch ein letztes Glas Wodka aus der Küche zu holen. Da fiel sein Blick auf den Absender des obersten Umschlags, es war die Adresse seines Rechtsanwaltes. Sergej riss den Brief auf, las den Text, ließ sich auf einen Stuhl fallen, stützte den Kopf in die Hände und weinte. Julius Wedekind hatte von einem Wiener Kollegen nach dessen ausgiebigen Recherchen endlich den Wohnort von Sergejs Schwester Maria Iwanowna erfahren, die mit ihrer Familie in Wien lebte. Wedekind schrieb ihm ihre Adresse und kündigte einen baldigen Brief seiner Schwester an. Sergej verbrachte eine schlaflose Nacht. Er konnte es nicht fassen, wie das Schicksal in den letzten Wochen sein Leben so vielversprechend verändert hatte. Er entwarf Pläne für ein Treffen beider Familien, denn mit Paula und Hella bildete er ebenfalls eine Art

Familie. Auch die einvernehmliche Trennung von Smirnow erleichterte ihn sehr, sie war genau zum richtigen Zeitpunkt geschehen. Allerdings musste er sofort endlich eine angemessene Wohnung suchen, möglichst auch am Lietzensee, denn seine jetzige Unterkunft konnte er niemandem von seiner Familie zumuten. Es graute schon der Morgen, als er schließlich einschlief.

Paula schlief schon lange. Vor dem Einschlafen allerdings wunderte sie sich, dass sie ihrem Vater weder von Augustes Liebhaber berichtet hatte, noch von ihrer großen Liebe zu Igor. Aber bei der Fülle der Themen war sie nicht dazu gekommen. Sie nahm sich vor, ein Treffen mit beiden Männern vor dem Parkwächterhaus zu verabreden, damit sie sich kennenlernten. Wenige Tage später ergab sich von selbst eine entsprechende Situation. Während Sergej seine Milch trank und mit Paula plauderte, sah sie Igor von Weitem kommen. Sie winkte ihm zu und erklärte ihrem Vater: „Das ist mein Freund Igor. Jetzt kannst du ihn mal kennenlernen." Sergej drehte sich um und sah ihm entgegen. Da schlug sich plötzlich Igor an die Stirn, blieb stehen und rief: „Ich habe etwas vergessen! Bis später!" Im Nu hatte er sich umgedreht und ging mit schnellen Schritten den Weg zurück.

Paula war enttäuscht: „Schade. Dann eben ein andermal." Sergej schaute ihm misstrauisch hinterher: „Seltsames Benehmen. Was macht denn dein Freund beruflich?" „Ich weiß nicht, mal dies, mal das. Aber er ist ein fleißiger und ordentlicher Mensch", behauptete Paula. Ihr Vater hatte seine Zweifel, schwieg aber.

TOSCHA VERSCHWINDET WIEDER

Paula hatte ihrer Tante ausführlich von dem Besuch im „Samowar" berichtet, und betont, dass sie sich mit dem Fürsten sehr gut verstand. „Jetzt erzähle ich dir noch etwas, was du aber niemandem weitersagen darfst." Auguste, neugierig: „Was denn noch? Du hast doch schon alles erzählt." Paula wiederholte: „Es muss aber, wie gesagt, ein Geheimnis bleiben." Dann platzte sie mit der Neuigkeit heraus: „Popow ist mein Vater!"

„Dein Vater?" Ungläubig schüttelte Auguste den Kopf. „Er und Selma?"

„Ja", lachte Paula. „Er war wahnsinnig verliebt in sie."

Lange saßen sie zusammen, sprachen über die unglaublichen Entwicklungen ihrer beider Leben und konnten sie dennoch kaum begreifen.

„Jetzt erzähle ich dir auch etwas, was du noch niemandem sagen darfst, schon gar nicht Herrn Smirnow", verriet Auguste, „ich werde heiraten!"

„Anton Gobulew?" Paula konnte kaum ihr Entsetzen verbergen. „Ja, meinen lieben Toscha! Ich werde sehr glücklich mit ihm werden! Ich fahre morgen zu Herrn Wedekind, meinem Rechtsanwalt am Nollendorfplatz. Er soll mir ein neues Testament aufsetzen. Aber keine Angst, liebe Nichte, du bekommst einen großen Anteil meines Erbes."

„Und Herr Smirnow?"

Auguste schüttelte den Kopf: „Der verdient hier bei mir genug! Der braucht nicht noch zu erben."

„Aber Herr Gobulew erbt von dir?"
„Nach unserer Hochzeit! Ja!"
Das muss Smirnow erfahren, dachte Paula in Panik, er muss beides verhindern, Hochzeit und Testament! Augustes Gedanken waren schon bei einem anderen Thema: „Ich bin nachher zum Kaffee bei Frau Dimitroff eingeladen. Hast du nicht Lust mitzukommen? Sie mag dich so sehr. Diese Kaffeeeinladungen dauern auch nie länger als ein bis zwei Stunden." Paula nickte: „Ich kann dich gern begleiten!" Eine Ablenkung würde ihr guttun. „Ich muss auch pünktlich zurück sein", fuhr Auguste fort, „abends holt mich Toscha zu einem Spaziergang ab."

Sie gingen zu Fuß in die Lindenallee, wo Irina Dimitroff mit ihrem Mann, einem Beamten in der Sowjetischen Botschaft, die obere Etage einer Villa bewohnte. Irina genoss diese privaten Treffen mit ihren Freundinnen sehr und empfand sie als eine erholsame Abwechslung zu den langweiligen Verpflichtungen, die sie an der Seite ihres Mannes absolvieren musste.

Als Auguste und Paula das große Wohnzimmer betraten, kam Frau Dimitroff ihnen mit ausgebreiteten Armen entgegen: „Seien Sie willkommen, liebe Gräfin! Und wie schön, dass Sie Ihre Nichte mitgebracht haben. Lene, leg noch ein Gedeck auf!", rief sie dem Dienstmädchen zu.

Irina stellte die Damen vor, soweit sie sich noch nicht kannten, dann setzte man sich an den Tisch, der beladen war mit typisch russischem süßem Gebäck, Krebli, Kartoschka, Watruschki, Trubotschki, Paula schwirrte der Kopf, erst recht, als die Hausherrin begann, die Unterschiede ihrer Backwaren zu erklären. „Den müssen Sie auch unbedingt kosten", fügte sie hinzu und zeigte auf einen Kuchen. „Meine Spezialität, ein Medovnik, eine russische Honigtorte." Dazu wurde russischer Kaffee getrunken, eine Mischung aus Mokka, Wodka, Zucker und Sahne.

Die Damen plauderten lebhaft in einer Mischung aus Deutsch und Russisch über aktuelle Ereignisse und gemeinsame Bekannte. Paula, satt und müde durch den Kaffee und die Süßigkeiten, beteiligte sich kaum am Gespräch, fuhr allerdings aus ihrem Halbschlaf hoch bei der Frage einer Dame: „Ich vermisse unsere Freundin Olga Baranoff in dieser Runde. Ist sie verreist?" „Nein, im Gegenteil", erklärte Irina mit gerunzelter Stirn, „sie geht zurzeit nicht aus dem Haus. Sie hat Liebeskummer."

Die Freundinnen wechselten teils mitfühlende, teils schadenfrohe Blicke. „Das war ja abzusehen", meinte eine. „Dieser Gobulew hat sie nach Strich und Faden ausgenommen und jetzt sitzen gelassen." Eine andere fügte hinzu: „Wir alle haben sie gewarnt. Aber sie wollte nichts hören, glaubte an die große Liebe! Wie kann man nur in ihrem Alter so dumm sein und auf einen solchen Heiratsschwindler hereinfallen!" Auch eine dritte Freundin konnte noch etwas zu diesem Thema beitragen: „Gobulew hat schon längst ein neues Opfer gefunden. Ich habe ihn neulich am Kurfürstendamm gesehen, als er aus dem ‚Marmorhaus' kam, er hat mich sogar begrüßt. Die Dame an seiner Seite sah nicht schlecht aus und himmelte ihn an! Es ist nicht zu glauben, wie unverfroren dieser Kerl vorgeht und die Frauen immer wieder auf ihn hereinfallen."

Paula spürte, wie ihr vor Aufregung das Blut in die Wangen schoss. Verstohlen schaute sie zu ihrer Tante hinüber. Sie saß kerzengerade und mit unbeweglicher Miene auf ihrem Platz. War sie vielleicht diese Dame gewesen? Auguste ging mit ihrem „lieben Toscha" ja häufig ins Kino. Aber nein, dann hätte Frau Dimitroffs Besucherin sie doch erkannt! Dieser Verbrecher beglückte mit seiner Liebe neben Auguste wahrscheinlich noch eine zweite Frau, vermutlich sogar noch weitere, dachte Paula empört.

Das Gespräch wandte sich jetzt dem Kino und den Leinwandstars zu. Eine Dame schwärmte von dem amerikanischen Film „Goldrausch", dem neuesten Werk von Charlie Chaplin, eine andere hielt das für banal, im Gegensatz zu dem aufwühlenden Drama „Streik" des sowjetischen Regie-Künstlers Sergej Eisenstein. Als unter den Anwesenden keine Einigkeit über die Definition, was unter echter Filmkunst zu verstehen sei, abzusehen war, sah die Gastgeberin den Zeitpunkt gekommen, ihre Kaffeeveranstaltung zu beenden. Unter lauten Dankesbezeugungen verabschiedeten sich die Damen von ihr und untereinander und freuten sich schon auf die nächste Einladung.

Schweigend ging Auguste nach Hause. Wenn Paula eine belanglose Bemerkung über den unterhaltsamen Nachmittag, oder über die zu süßen Kuchen machte, reagierte sie nicht. Paula verstand, sie braucht Zeit, um das Gehörte zu verkraften und sich auf ein neues Leben einzustellen, ohne ihren Liebhaber, den Heiratsschwindler Anton Gobulew. Smirnow war noch in ihrer Wohnung, hatte gerade seine Arbeit beendet und fragte die beiden, wie denn ihr Nachmittag verlaufen sei, aber Auguste antwortete nicht, sondern zog sich sofort in ihr Zimmer zurück. Paula berichtete ausführlich von dem Fiasko, das ihre Tante erlitten hatte. Aber beide waren sich einig, dass es eine heilsame Lehre für sie gewesen war und sie nun ganz sicher reinen Tisch mit dem Betrüger machen werde. Aber sie sollten sich irren! Nach einer gewissen Zeit erschien Auguste elegant und bereit zum Ausgehen wieder im Salon. „Gehst du weg?" wunderte sich Paula.

Auguste lächelte sie an: „Ja, das habe ich dir doch gesagt. Toscha holt mich gleich ab."

„Aber du hast es doch heute Nachmittag gehört, liebe Auguste! Dein Toscha belügt und betrügt dich! Er liebt dich nicht! Er nutzt dich aus! Du musst ihn wegschicken! Rauswerfen!" Paula weinte fast.

Die Tante blieb überlegen: „Was kümmert mich das Geschwätz von anderen? Ich liebe ihn und weiß, dass er mich auch liebt. Sollte er tatsächlich noch andere Beziehungen haben, so wird er sie jetzt alle beenden. Und dann werden wir heiraten!"

Jetzt mischte sich Smirnow ein: „Das geht nicht, verehrte Gräfin!"

Diese blickte ihn spöttisch an: „Doch, auch ohne Ihre Erlaubnis!"

„Gobulew kann Sie nicht heiraten, weil er bereits verheiratet ist!"

Jetzt verlor Auguste doch ihre Beherrschung, sie wurde blass: „Was sagen Sie da?"

„Ja, er ist verheiratet, seine Frau Sinaida wohnt auch in Berlin, allerdings nicht mit ihm zusammen. Er liebt seine Frau, er würde sich nie scheiden lassen. Heiratsschwindel ist sein Beruf, ein sehr einträglicher übrigens."

„Sie lügen!", kaum brachte Auguste diese Worte hervor.

„Nein, ich habe Anton Gobulew und Sinaida schon vor vielen Jahren kennengelernt, damals noch in Petersburg.

Hier in Berlin weiß allerdings niemand außer mir über ihre privaten Verhältnisse Bescheid. Es tut mir leid für Sie", fügte Smirnow hinzu, als er Augustes hoffnungslosen Gesichtsausdruck sah. Sie schien plötzlich um Jahre gealtert.

Es klingelte. „Das ist er", flüsterte Paula, „soll ich aufmachen?"

„Nein", Auguste riss sich zusammen. „Du kommst mit mir. Herr Smirnow, bitte lassen Sie Herrn Gobulew herein und beenden Sie in meinem Namen unsere Bekanntschaft. Ich will ihn nie wiedersehen." Dann verließ sie mit Paula den Raum.

Das Gespräch zwischen beiden Männern verlief kurz und aggressiv. Gobulew schrie „Ich habe dich gewarnt, Smirnow, dich in meine Aktivitäten einzumischen. Das wirst du bereuen!", und in höchster Erregung fügte er hinzu: „Ich bringe dich um!" Dann stürmte er die Treppe hinunter.

Auguste und Paula, die hinter der Tür gelauscht hatten, atmeten auf, als Anton Gobulew sich endgültig und für immer entfernt hatte. Als Smirnow ihre ängstlichen Gesichter sah, beruhigte er sie: „Seien Sie unbesorgt! Sie dürfen seine Drohungen nicht so ernst nehmen! Das ist unser russisches Temperament!"

STREIT MIT HELLA

Sergej lag im Bett. Seit langer Zeit hatte er sich wieder betrunken, er ärgerte sich darüber, aber er konnte sich verstehen. Zum ersten Mal hatte er heute heftigen Streit mit Hella gehabt und sie im Zorn verlassen, da sie sich weigerte, trotz seiner Erklärungen, Mahnungen und sogar Drohungen, ihre Idee eines illegalen Spielclubs aufzugeben. Dass sie von ihrem Vorhaben schon an verschiedenen Stellen Andeutungen gemacht hat, sah sie nicht wie er als gefährlich an: „Wenn ich den Salon eingerichtet habe, muss ich doch sowieso Werbung dafür machen."

„Nein, musst du nicht!", rief Sergej, ungeduldig wegen dieser sinnlosen Diskussion, „du fängst mit einigen zuverlässigen Freunden an, die dann andere mitbringen. So läuft das!"

„Du hast mir gar nichts zu sagen! Ich mache, was ich will!", schrie Hella zurück. Wortlos stand Sergej auf und verließ die Wohnung. Anschließend betrank er sich auf seinem wackligen Eisenbett liegend, hin und hergerissen zwischen seiner Liebe zu Hella und dem Ärger über ihre Unvernunft und ihrem Zwang zu widersprechen.

Am nächsten Tag war mit seinem Rausch auch der Zorn über Hellas Verhalten verflogen, er nahm sich vor, sie sofort zu besuchen und sich mit ihr auszusprechen. Seine gute Stimmung steigerte sich ins Unendliche, als er einen Brief seiner Schwester Maria aus dem Kasten nahm. Es war ein einziger Jubelschrei darüber, dass sie sich endlich gefunden hatten! Mascha berichtete in Kurzfassung von ihren Erlebnissen in den letzten Jahren und dem Haus in Wien, wo sie jetzt wohnten, im Gegensatz zu ihren Eltern, die noch in Paris beim Onkel lebten. Leider könnte sie ihn zurzeit nicht besuchen wegen der Krankheit ihres Mannes, Gastritis, aber Darja, ihre Tochter, vierundzwanzig Jahre alt, brennt darauf, ihn und die Metropole Berlin kennenzulernen. Darja, die bei einer russischen Zeitung in Wien arbeitete, müsste allerdings noch einen journalistischen Auftrag erledigen und könnte erst in circa drei Wochen kommen.

Sergej atmete auf, Gott sei Dank! Er hatte noch eine Gnadenfrist hinsichtlich der Wohnungssuche und auch schon eine Idee. Vom Königsweg aus, oberhalb des Parkwächterhauses, wurde schon seit mehreren Monaten eine große Wohnanlage bis hinauf zur Riehlstraße gebaut. Das Haus, das direkt dem Park gegenüber am Königsweg lag, gefiel Sergej besonders. Dorthin ging er jetzt, er wollte sich endlich erkundigen, wann es bezogen werden konnte. Hella musste warten. An der Baustelle betrachtete er auf einer Tafel noch einmal den Grundriss der entstehenden Wohnungen: Viereinhalb Zimmer, Balkon zum Park hin, Fahrstuhl, für seine Bedürfnisse bestens geeignet. Hier würde er sich einmieten. Zufällig traf er den Architekten, der die Durchführung seiner Pläne kontrollierte. Sie kamen ins Gespräch, aber auf Sergejs Frage nach der endgültigen Fertigstellung des Hauses, legte er sich nicht fest: „Wir hoffen im Oktober."

Sergej, dennoch zufrieden, überquerte den Königsweg und eilte durch den Park zu Hella. Er war begierig, sich mit ihr zu versöhnen und sie an seiner großen Freude, dem Brief seiner Schwester, teilhaben zu lassen, außerdem wollte er sie fragen, ob seine Nichte Darja bei ihrem angekündigten Besuch in einem ihrer Gästezimmer wohnen könnte. Und heute würde er ihr auch endlich, unter dem Siegel der Verschwiegenheit, eröffnen, dass das Milchmädchen Paula seine Tochter sei.

Aber Sergej wurde enttäuscht, vergeblich klingelte er an Hellas Tür, sie war nicht zu Hause. Die Nachbarin, die zufällig ihre Tür öffnete, erklärte ihm, sie hätte gesehen, wie zwei gutaussehende Männer, wahrscheinlich Freunde aus der Filmbranche, Frau Domba vor einer halben Stunde mit dem Auto abgeholt hätten.

Ernüchtert machte Sergej kehrt. Er sah auf die Uhr, Paula hatte noch Dienst, er konnte bei ihr ein Glas Milch trinken und wenigstens ihr die Familien-Neuigkeiten berichten. Als er sich dem Parkwächterhaus näherte, stand Paula nicht wie üblich am großen Fenster. Verwundert schaute Sergej in die Küche und konnte sich nur mit Mühe ein Lachen verbeißen: Egon saß heulend auf einem Hocker, das Gesicht mit Schürfwunden und blauen Flecken verunstaltet, sein modischer hellbeiger Anzug verdreckt. Paula betupfte mit einem nassen Taschentuch seine Wunden und redete laut und besorgt auf ihn ein, er solle sich nicht dauernd mit zweifelhaften Elementen herumtreiben, das sei gefährlich, das hätte er nun davon. „Was ist denn hier los?", hörte Sergej eine Stimme hinter sich und drehte sich um. Der kräftige Mann in einem Kittel des Gartenamtes stellte sich vor: „Berger, Parkwächter. Was ist denn bei Ihnen los, Fräulein Wolski?"

„Egon ist überfallen worden. Ich erzähle es Ihnen später. Ihnen auch, Fürst Popow. Ich habe jetzt zu tun."

Sergej ging zur nächsten Bank, um auf seine Tochter zu warten. Als sie lächelnd auf ihn zukam und sich zu ihm setzte, hatte er eine bessere Idee: „Ich habe so viel mit dir zu besprechen. Wollen wir heute Abend wieder ins ‚Samowar' gehen, einfach nur ein Glas Wein oder Limonade trinken? Ich hole dich ab." „Gern, Papa!" Beide lachten.

Als sie dann im Restaurant an ihrem Tisch saßen, hatten sie tatsächlich so viel Gesprächsstoff, dass sie sich kaum durch freundschaftliche Begrüßungen oder Balalaika-Musik ablenken ließen.

Überglücklich informierte Sergej seine Tochter: „Ich habe endlich Kontakt zu meiner – unserer Familie!", und erzählte ihr von dem Brief seiner Schwester und dem bevorstehenden Besuch Darjas, seiner Nichte und ihrer Kusine. „Ich habe ihr gleich zurückgeschrieben!" Allerdings erwähnte er vor seiner Tochter nicht, dass er in seinem Brief weder sie noch Hella erwähnt, schon gar nicht die Adresse seiner dürftigen Behausung angegeben hatte. Er musste erst in Ruhe überlegen, was und wieviel er von seinem Leben der Schwester berichten wollte, und daher vorerst über den Notar den Kontakt mit ihr halten. „Was ist mit dir?", fragte er erstaunt, als er Paulas ernste Miene sah, „freust du dich denn gar nicht?" Leise, ohne ihren Vater anzublicken, sagte sie: „Ich habe Angst. Ich bin illegitim, nur das Kind eines Dienstmädchens." Sergej verstand, legte seinen Arm um ihre Schulter und sagte mit Nachdruck: „Du bist auch *mein* Kind, ich werde dich adoptieren! Alle werden dich lieben! Dafür sorge ich! Wir werden auch zusammenwohnen, wenn du willst", und er erzählte ihr von seiner Wohnung am Park, die er mieten würde. In Paulas Kopf wirbelte alles durcheinander, jeder Tag brachte etwas Neues, Unerwartetes. Wo war das Mädchen geblieben, dachte sie, das noch vor einem Jahr ein langweiliges, unaufgeregtes Leben in Westpreußen führte?

Sergej wechselte das Thema: „Wer hat denn Egon so fürchterlich zusammengeschlagen?" Paula, abgelenkt, lachte und erzählte: „Ich wollte es nicht glauben, aber er war der Liebhaber einer alten Frau, irgendwo in Wannsee, sagenhaft reich! Er hat sie bei einem Tanztee am Zoo kennengelernt. Sie hat ihn in ihre Villa eingeladen, ihm Geld gegeben, damit er sich modisch kleidet und so weiter. Ihr Chauffeur, ein Gangster, wie Egon sagte, der bisher ihr Liebling gewesen war, hat Egon angeschwärzt, behauptet, dass er sie bestiehlt. Ihr den Schmuckkasten gezeigt, wo eine Brosche fehlte. Egon sagt, der Gangster hat die Brosche selbst geklaut. Jedenfalls sagte die Alte: ‚Schmeiß ihn raus!', was der Gangster tat, aber erst, nachdem er ihn nach Strich und Faden verprügelt hatte. Der arme Egon, das hat er nicht verdient!" Sergejs Mitleid hielt sich in Grenzen. Stattdessen fragte er nach Smirnow: „Wie geht es ihm? Ich habe ihn länger nicht gesehen, ich mache mit ihm keine Geschäfte mehr."

„Warum nicht?" Als der Vater schwieg, fuhr Paula fort: „Ich glaube, meine Tante hat Probleme mit ihm, aber Genaues weiß ich nicht."

„Hast du deiner Tante schon von unserer Verwandtschaft erzählt?" „Natürlich, sie erwartet deinen Besuch."

„Gut, ich komme!"

Die Tür wurde aufgestoßen und in das schon gut gefüllte Restaurant drängte laut und lachend eine größere Gruppe, dem ungenierten Auftreten und äußeren Erscheinungsbild nach der Kunstszene angehörend. Schnell wurden zwei Tische zusammengeschoben, an denen sich die Gäste niederließen. Sergej erstarrte, seine Augen blieben an einer attraktiven, schon leicht angetrunkenen Frau hängen: Hella! Sie blickte ebenfalls ungläubig zu ihm hin, sah ihn sitzen neben einem jungen Mädchen, um deren Schulter er vertraulich seinen Arm gelegt hatte, auf dem Tisch vor ihnen zwei Weingläser. Sergej erhob sich schnell, wollte die Situation aufklären, aber Hella hatte sich schon abgewandt und setzte sich zu ihrer Clique. Sergej ging zu ihr, sagte halblaut: „Hella, es ist nicht so, wie du denkst! Das Mädchen ist – eine Verwandte von mir!" Sie reagierte nicht, sondern schmiegte sich lachend an einen der jungen Männer.

Mit Interesse hatte Paula das Geschehen verfolgt und fragte Sergej, als er an den Tisch zurückkehrte: „Ist das nicht die Schauspielerin aus ‚Wundersam ist das Märchen von Liebe'. Den Film habe ich mit Auguste gesehen, der war gut. Kennst du sie privat?", bewundernd schaute Paula ihren Vater an.

„Ja, ich bin mit ihr befreundet", meinte Sergej leichthin.

Aber er konnte Paula nichts vormachen: „Sie hat dich aber nicht begrüßt, sondern weggeguckt. Denkt sie, ich bin deine Freundin?"

„Vielleicht!"

Paula lachte: „Da wäre sie aber schön dumm, du bist doch viel zu alt für mich! Soll ich sie mal besuchen und mich vorstellen? Ich würde sie gern kennenlernen. Ich könnte ihr auch alles erklären!"

Sergej winkte ab: „Bitte nicht, ich regele das schon allein!"

IN DER ROTEN BURG

In dem gewaltigen Gebäude des Berliner Polizeipräsidiums am Alexanderplatz, Rote Burg genannt, waren die Mitglieder der „Abteilung IV – Kriminal- und Sittenpolizei, Inspektion D – Betrug, Schwindel, Falschmünzerei, Unterbereich Bekämpfung von illegalem Glücksspiel", zur täglichen Lagebesprechung zusammengekommen. Obwohl im Raum stickige Luft herrschte, kam niemand auf die Idee, ein Fenster zu öffnen, da sofort von draußen der endlose Verkehrslärm in das Amtszimmer im ersten Stock dringen würde. Besonders unerträglich war das Geräusch der Straßenbahnen, die alle paar Minuten, grausam in den Schienen quietschend, über den Platz fuhren.

„Wir beginnen", eröffnete der Inspektionsleiter Manfred Schüler die Sitzung, während er die Papiere vor ihm auf dem Tisch sortierte.

„Moser ist noch nicht da", bemerkte einer der drei anderen Beamten, die um den runden Tisch saßen. Moser war der Jüngste des Teams, ein sehr einfallsreicher und tüchtiger Polizist, aufgrund dessen Ermittlungsarbeit sie schon einige erfolgreiche Razzien durchgeführt haben. So gelang es ihnen vor einiger Zeit nach Mosers Recherchen in einer Aufsehen erregenden Aktion eine florierende, russische Fälscherwerkstatt in der Nähe des Nollendorfplatzes auszuheben. Dieser Coup schlug große Wellen, auch in der Presse, und ihr Dezernat wurde von allen Seiten mit Lob und Anerkennung überhäuft. Über das Unglück, zu dem es dabei gekommen war, wurde kaum ein Wort verloren. Die verantwortlichen Einsatzkräfte hatten nämlich nicht aufgepasst, der Besitzer der Werkstatt konnte sich der Festnahme entziehen und fliehen. Auf der Straße allerdings rannte er in ein Auto und war auf der Stelle tot.

Mosers kriminalistische Fähigkeiten waren erstaunlich und lobenswert, leider aber war er auch bis an die Schmerzgrenze seines Vorgesetzten unordentlich und unpünktlich. Schüler zog verärgert die Stirn kraus: „Immer dasselbe! Wenn der so weitermacht, schicke ich ihn zum Buddha. Der wird ihm Manieren beibringen!" Die andern feixten über die leere Drohung ihres Vorgesetzten, aber schwiegen. Schüler hatte bis zur Übernahme der Inspektion D unter dem bekannten Leiter der „Inspektion A – Mord und Körperverletzung" Ernst Gennat gearbeitet. Dieser, wegen seines regelmäßigen Konsums von Sahnetorte und entsprechendem Körperumfang mit dem Spitznamen „Buddha" bedacht, war berühmt-berüchtigt wegen seiner eindeutigen Art, seine Leute auf Trab zu bringen. Alle Mitglieder in Schülers Inspektion kannten seine große Verehrung für Ernst Gennat und sein Bemühen, es ihm gleichzutun, was ihm aber zu seinem Leidwesen bei Robert Mosers Erziehung zur Pünktlichkeit bisher nicht gelungen war.

Jetzt ging die Tür auf und der Nachzügler versuchte möglichst schnell und geräuschlos seinen Platz einzunehmen. Die Kollegen grinsten, Schüler zog die Stirn in Falten: „Wieder zu spät! Wann lernen Sie es endlich!"

Moser riss bedauernd seine Augen auf: „Tut mir leid! Aber dafür habe gute Nachrichten!"

„Dann fangen Sie gleich mal an."

Mosers Einsatzgebiet war die Gegend um den Nollendorfplatz, also dem überwiegend von russischen Emigranten bewohnten Viertel, wo er auch die Fälscherwerkstatt entdeckt hatte. Da er selbst kein Russisch sprach, hatte er für Ermittlungen in diesen Kreisen eine Art Assistenten, einen jungen Russen, der aber auch gutes Deutsch sprach und ihm je nach Bedarf als Spitzel oder Dolmetscher diente.

Allerdings war Moser stärker noch mit der organisierten Kriminalität der Einheimischen beschäftigt. In den verwinkelten Straßen mit Mietskasernen und mehreren Hinterhöfen existierte eine unübersehbare Zahl von Kneipen, Kaschemmen, Clubs und ähnlichem, alles Orte, in denen das Verbrechen blühte. Fast überall wurden auch illegale Glücksspiele angeboten, vorwiegend für naive, erlebnishungrige Touristen. Schlepper brachten sie in entsprechende geheimnisvolle Etablissements, wo sie erst nach Strich und Faden ausgenommen wurden, bis der fürsorgliche Chef sie mit einem Aufschrei: „Polizei!" warnte und ihnen den Hinterausgang zeigte, über den sie dankbar und kopflos flüchteten. Leider fanden sich nur wenige der Betrogenen am nächsten Tag auf einem Polizeirevier ein, um Anzeige zu erstatten. Dann erst konnten Schüler und seine Leute aktiv werden. Mit der Planung einer Razzia in einem angezeigten Club schloss Moser seinen Bericht.

Schüler hatte noch eine letzte Frage: „Haben Sie etwas über diesen Spielsalon in Charlottenburg herausfinden können?" Moser schüttelte den Kopf: „Noch nichts Genaues. Wir wissen, dass sich in einem Haus am Lietzenseeufer ein Kreis ausgewählter Russen in regelmäßigen Abständen trifft. Angeblich ist das ein Literatursalon, wo die Mitglieder russische

Werke lesen und darüber diskutieren. Wir vermuten aber, dass das nur eine Tarnung ist für einen illegalen Spielclub, wahrscheinlich Roulette. Ich habe bald genügend Informationen, um dort eine Razzia durchzuführen. Aber von einem anderen Gerücht habe ich gehört: In Kürze soll dort, auch ein Bakkarat-Club eröffnet werden, der auf jeden Fall illegal und für jedermann zugänglich sein soll."

Schüler schüttelte erstaunt den Kopf: „Das klingt ja fast so, als wenn sich diese vornehme Gegend am Lietzensee zu einem Schwerpunkt für illegales Glücksspiel entwickelt."

„Warum nicht? Die bessere Gesellschaft will auch zocken, aber dabei unter sich bleiben", lachte Moser.

DER ÜBERFALL

Otto Berger befand sich auf seiner abendlichen Runde, den Park abzuschließen. Er bemühte sich, gerade zu gehen und sich nichts anmerken zu lassen. Aber er hatte ein schlechtes Gewissen, weil er gegen die Vorschriften verstieß. Willi war zum letzten Mal als Besuch bei ihm. Da er auf die Hausbesitzer einen guten Eindruck gemacht hatte und sie ihn jetzt stundenweise als privaten Parkwächter eingestellt haben, trat er mit Beginn der nächsten Woche seine Stelle an. Sein Leben als Arbeits- und Obdachloser war beendet und er gehörte nun hierher. Willi würde bei Otto im Parkwächterhaus als Untermieter wohnen, sogar mit Erlaubnis des Gartenamtes, weil der nette Herr Barth, der den Park vor fünf Jahren so schön gestaltete, ein gutes Wort für Otto eingelegt hatte. Otto war nämlich sein Freund geworden, weil er seine Parkschöpfung so fachmännisch und liebevoll pflegte. Diese sehr positive Entwicklung musste gefeiert werden mit viel Bier und Wodka. Der Promillegehalt in seinem Blut interessierte seinen Arbeitgeber nicht, wohl aber die korrekte Ausführung seiner Aufgaben. Und die ließ heute zu wünschen übrig. Willi und er feierten so herrlich und ausgiebig, dass Otto erst gegen Mitternacht sich wieder an seine Pflichten erinnerte. Sofort brachen beiden, reichlich schwankend, zur Umrundung und zum Abschließen des Parks auf. In der lauen Nacht sorgte dieser Spaziergang sogar für eine gewisse Erholung und machte den Kopf etwas klarer.

Nachdem Otto und sein Freund die Tore an der Großen Kaskade geschlossen hatten und auf dem Weg zum Kuno-Fischer-Platz waren, sahen sie an der Ecke Suarezstraße, wie ein Mann einen anderen zusammenschlug, noch auf ihn eintrat, als er schon am Boden lag. Er stieß dabei laute Beschimpfungen aus in einer Sprache, die Otto nicht verstand.

Aber der Schläger hatte nicht mit Willi gerechnet. „So nicht, mein Herr!" schrie er, stürzte sich auf den Mann und setzte ihn, noch beflügelt durch die Wirkung des teuren Wodkas, mit gekonnten Boxhieben in kurzer Zeit außer Gefecht. Otto stand daneben und bewunderte das Schauspiel. Die Schiebermütze flog dem Angreifer vom Kopf und Otto sah ein rundes Gesicht mit den hohen Wangenknochen, vermutlich ein Russe. Schließlich lag der Angreifer am Boden, rappelte sich mühsam auf und begann den Rückzug, nicht ohne mit der Faust zu drohen und wütende Kommentare in Willis Richtung zu brüllen. Dieser machte einige Schritte auf den Mann zu, der sofort zurückwich, und schrie ihm etwas hinterher. Dann drehte er sich grinsend um und, während er seine geschundenen Hand- und Fingerknöchel massierte, ließ er sich von Otto mit Anerkennung und Lob überhäufen. In diesem Moment bewegte sich der Überfallene und versuchte aufzustehen. Schnell beugten sich die beiden über ihn und halfen ihm hoch. Er stellte sich mühsam hin und versuchte seine Retter anzulächeln: „Vielen Dank, dass Sie mir geholfen haben!" Dann betastete er seine Glieder: „Ich glaube, ich bin nicht verletzt." „Da fragen Se erstmal Ihrn Spiegel!", meinte Willi gemütlich. „Aba ne kaputte Nase, uffjeplatzte Lippe und n zujeschwollenes Ooche is ja nüscht!"

Der Überfallene sah seine Retter jetzt genauer an und meinte überrascht zu Otto: „Wir kennen uns doch! Sie sind doch der Parkwächter!", und reichte ihm die Hand. „Mein

Name ist Popow. Ich bin oft ein Gast bei dem Milchmädchen Paula. Da haben wir uns schon mal getroffen."

„Richtig", freute sich Otto, „der russische Fürst!" und zu Willi gewandt: „Ein sehr netter Herr! Wir werden ihn jetzt nach Hause bringen."

„Nein, nein!", wehrte Sergej ab, „Ich kann allein gehen! Nur noch eine Frage. Haben Sie verstanden, warum der Russe mich verfolgt hat. Während er auf mich einschlug, hat er mich beschimpft, mich mit dem Tod bedroht, aber keinen Grund dafür genannt."

„Ick hab n ooch nich vastanden. Der hat so komisches Zeugs jeschrien", erklärte Willi. „Es klang wie ‚Ville Jrüße' und dann kamen lauta Namn, aber och keene richtjen: ‚Ruda', ‚Bilo' ‚Nolle' und so. Also ick weeß nich, wat er damit jemeent hat. So jut is meen Russisch nu ooch wieder nich. Am Ende hab icks aba vastanden, da schrie er ‚Ick komme wieda, ick mach den kalt!' Dis darf man aba bestimmt nich ernstnehm", versuchte Willi ihn zu beruhigen.

Als Sergej schließlich allein den Nachhauseweg antrat und in die Rönnestraße einbog, blickten ihm die beiden Freunde besorgt hinterher.

Das war Nikolaj Smirnow, dachte Sergej, das war seine Rache. Anscheinend haben wir uns doch nicht im gütlichen Einvernehmen getrennt, wie ich in Erinnerung hatte. Ich muss noch einmal mit ihm sprechen.

Während die Freunde ihre Runde fortsetzten, fragte Otto: „Woher kannst du eigentlich so gut boxen?"

Willi lachte geschmeichelt: „Ick war Soldat in Russland. Da lernt man sowat!"

„Und woher kannst du so gut Russisch?"

„Dis hab ick von einem russischen Dorfmädchen gelernt", lachte Willi ein zweites Mal.

Als sie schließlich wieder vor dem Parkwächterhaus standen, musste Otto leider Willis Bitte nach einem Absacker ablehnen, da er morgen früh pünktlich seinen Dienst antreten wollte.

DER RÄCHER

Jewgenij Tarassow drehte sich noch einmal um und drohte seinem Gegner in gebührendem Abstand mit der erhobenen Faust, während er schnellen Schrittes die Suarezstraße in Richtung Amtsgericht entlanglief. Schon lange war er nicht mehr so verprügelt worden, kaum konnte er diese Demütigung ertragen. Er hielt sich für einen routinierten, kampferprobten Schläger, aber diesen Koloss, der sogar russisch sprach, hatte er nicht bezwingen können. Vorsichtig betastete Jewgenij seine Nase, sah, dass sie blutete, aber immerhin war sie nicht gebrochen. Auch sonst hatte er, bis auf sicher zahlreiche blaue Flecken, keine Verletzungen davongetragen.

Müde und demoralisiert lief Jewgenij durch die Straßen, deren Verlauf er in den letzten Tagen zur Genüge kennengelernt hatte. Bisher war die Verfolgung und Bestrafung des Mannes Sergej, des Mörders seines Bruders Grischa, ganz nach Plan verlaufen. Und jetzt dieser Rückschlag!

Er bog um eine Ecke, vor ihm lag eine Front hoher dunkler Bäume, der Eingang des Parks, den er schon gut kannte und den er nun betrat. Der Mond schien und zeigte ihm den Weg am Bootshaus vorbei zur großen Wiese. Jewgenij wusste, dass der Park nachts abgeschlossen war und ein Wächter darüber wachte, dass niemand über den Zaun kletterte. Aber der Parkteil an der großen Wiese gehörte offenbar nicht zum Park, jedenfalls war er unbewacht. Er setzte sich auf die Bank, auf der er gestern schon ungestört die Nacht verbracht hatte. Unglaubliche Stille herrschte, Heimweh überkam ihn.

Plötzlich war er wieder der kleine Schenja aus dem russischen Dorf im fernen Gouvernement Tula, der in der Kate seiner Eltern, geborgen im großen Bett zwischen fünf Geschwistern, die Nächte verbrachte. Aber er ließ keine Sentimentalität aufkommen. Er musste einen klaren Kopf behalten, er hatte eine Aufgabe zu erledigen, nämlich den Mord an Grischa zu rächen.

Wie in der vergangenen Nacht legte sich Jewgenij zum Schlafen auf die Bank. Er besaß zwar eine Unterkunft, hauste jetzt mit anderen Emigranten in einem der Flüchtlingsheime, die die Stadt Berlin auf dem Tempelhofer Feld für die ins Elend abgestürzten russischen Flüchtlinge errichtet hatte. Die Holzbaracken waren primitiv ausgestattet, er schlief auf einem Feldbett in einem großen Saal für Männer. Auch die im Lager untergebrachten Familien hatten keine eigenen Wohnungen, sondern waren nur durch Vorhänge oder Holzverschläge voneinander getrennt.

Jewgenij zog eine weitere Nacht zum Schlafen auf dieser Bank vor. Der Weg nach Tempelhof war zu weit und umständlich, zudem konnte er hier am nächsten Tag sofort die Verfolgung des Mörders wieder aufnehmen. Den elenden Gestalten in dem Barackenlager fühlte er sich ohnehin nicht zugehörig. Er war kein Gescheiterter. Er hatte nur großes Pech gehabt, seine gesicherte Existenz war zerstört worden durch diesen Sergej, dessen vollständigen Namen er nicht einmal kannte, und den er jetzt verfolgte und töten wollte.

Schenja und Grischa hatten vor drei Jahren ihr Heimatdorf verlassen, um in Berlin bei Grischas Schulfreund Alexej Kusnezow ein neues, aufregenderes Leben zu beginnen. In ihrer Heimat ging es ihnen nicht schlecht, aber auch nicht gut. Hinzu kam die brutale Vorgehensweise der neuen bolschewistischen Regierung gegenüber der Landbevölkerung, die sie abstieß und unsicher machte. Niemand wusste, ob er sich hatte etwas zuschulden kommen lassen und vielleicht zur Zwangsarbeit in einem Gulag verurteilt werden würde.

Alexej hatte sich im Laufe der Jahre eine bewundernswerte Fertigkeit im Fälschen von Dokumenten angeeignet und sich eine Werkstatt in der Bülowstraße eingerichtet. Seine Spezialität war das Fälschen von Geldscheinen. Die Anzahl der Aufträge war so erheblich, dass er zwei weitere, vertrauenswürdige Mitarbeiter einstellen wollte und den Brüdern vorschlug, in sein Geschäft einzusteigen. So kamen Grischa und Schenja nach Berlin. Die Brüder fühlten sich in der riesigen Stadt unter den vielen Landsleuten wohl, stellten sich auch sehr geschickt an beim Erlernen des Fälscher-Handwerks und die Zusammenarbeit mit dem Schulfreund aus der Heimat verlief von Beginn an vortrefflich. Es gab neben dem großen Raum mit den Maschinen und Werkbänken noch einen kleineren Extraraum, in dem ein gewisser Sergej arbeitete, ein schweigsamer Mann, angeblich ein russischer Adliger, vielleicht sogar ein Fürst, mit dem Jewgenij kaum ein Wort gewechselt hatte. Dieser erledigte eigene Aufträge, spezielle Fälschungen, die einen gewissen künstlerischen Anspruch erforderten. So arbeiteten sie in der gemeinsamen Firma zusammen ohne Komplikationen, noch ewig hätte es so weitergehen können.

Doch vor einem Jahr begann das Unglück. Alexej hatte eine Frau kennen und lieben gelernt, die es nicht mehr aushielt in dem lauten widerwärtigen Berlin, sondern die unbedingt nach Russland und zu ihrer Familie zurückkehren wollte. Sie überredete Alexej, sich ihr anschließen. So kam es, dass dieser dem älteren Bruder Grischa den Laden verkaufte und dieser mit dem kleinen Bruder Schenja allein die Arbeit fortführte. Auch Alexejs Hilfskraft Andrej ging fort, der weit weg in einer gewissen Rönnestraße wohnte, wo ihn Jewgenij einmal besucht hatte. Der schweigsame Sergej packte ebenfalls seine Instrumente ein und zog in Andrejs Wohnung.

Die Brüder waren nun allein, aber die Kunden blieben ihnen treu. Das ausgeklügelte System, mit dem Stammkunden neue Interessenten an sie weiterleiteten, funktionierte nach wie vor. Sie brauchten niemanden zu fürchten, der sie verriet. Dachten sie!

Als am Tag vor der Razzia ein Mann erschien, der sich auf Sergej aus der Rönnestraße berief und ihnen einen größeren Auftrag für US-Dollars erteilte, ahnten beide Brüder nichts Böses. Erst am nächsten Tag, als die Razzia schon vorbei war, wurde Schenja klar, dass der gestrige Auftraggeber, den Sergej zu ihnen geschickt hatte, ein Polizeibeamter war. Jewgenij selbst war an diesem Morgen noch gar nicht in der Werkstatt gewesen, sondern hatte einem Kunden die bestellten Druckerzeugnisse geliefert und das Geld kassiert. Er kam gerade in die Bülowstraße, als Polizeiwagen mit quietschenden Bremsen vor der Hofeinfahrt hielten, schwerbewaffnete Polizisten heraussprangen und in die hinteren Höfe stürmten. Er zog sich sofort in einen gegenüberliegenden Hauseingang zurück und beobachtete den Einsatz, immer noch in der Hoffnung, dass er dem illegalen Spielsalon im zweiten Hinterhof galt. Aber seine schlimmsten Befürchtungen wurden übertroffen, als er wenig später sah, wie sein Bruder von zwei Polizisten aus dem Haus geführt wurde. Aber offensichtlich hatten sie vergessen, ihm Handschellen anzulegen, denn plötzlich riss er sich los und rannte auf den Fahrdamm. Doch in diesem Moment kam ein Auto und fuhr direkt auf ihn zu. Grischa flog durch die Luft, schlug auf den Boden auf und blieb reglos liegen. Mit anderen Passanten, die auch den Unfall gesehen hatten, rannte Jewgenij zu dem Bruder. Er blutete am Kopf und schien nicht mehr zu leben. Schenja wollte sich weinend über Grischa werfen, aber hielt sich im letzten Moment zurück, um sich nicht zu verraten. Nach ein paar Minuten erschien ein Krankenwagen, ein Arzt untersuchte den Leblosen. Dann packten zwei Sanitäter ihn in eine weiße Hülle, die am Kopfende geschlossen wurde. Grischa war tot. Leise weinend ging Schenja zurück in den Hauseingang. Von dort aus sah er zu, wie die Polizisten den größten Teil der Einrichtung ihrer Fälscher-Werkstatt herausschleppten und in die Wagen luden. Schenja zitterte, er hatte in einer halben Stunde alles verloren, was sein Leben ausmachte: den Bruder, die Werkstatt und auch ihre Wohnung in der Nebenstraße mit all ihrem Hab und Gut. Er wagte nicht, dorthin zurückzugehen, um ein paar Sachen zu holen, denn in Kürze würden auch dort die Polizisten alles auseinandernehmen und denen wollte er nicht in die Arme laufen. Wenigstens besaß er zurzeit noch genügend Geld, das er am Morgen von seinem Kunden bekommen hatte.

Ziellos und tränenblind lief er durch die Straßen, betrat am Nollendorfplatz ein Lokal und trank mehrere Wodkas. Er konnte keinen klaren Gedanken fassen, wusste nicht, wie sein Leben weitergehen würde. Die Tür wurde aufgestoßen, eine Gruppe russischer Taxifahrer betrat lärmend ihre Stammkneipe, um Pause zu machen, von denen Jewgenij die meisten kannte. Trotz ihres jetzigen Berufes entstammten viele ursprünglich einer besseren Gesellschaft, sie waren alle „Gewesene", Offiziere, einer ein Universitätsprofessor, einer ein Lehrer, aber auch ein Bauernsohn wie er. „Was besäufst du dich denn hier am helllichten Tag?", fragte Wanja und lachte, „hat dich Grischa wegen Faulheit rausgeschmissen?" Schenja konnte sich nicht mehr beherrschen. Stockend und die Tränen unterdrückend erzählte er den Kameraden, die sich um ihn scharten, von dem Schicksalsschlag, der ihn eben getroffen hatte. Die mitleidigen oder empörten Kommentare der anderen trösteten ihn. Auf die Frage: „Und? Was machst du jetzt?", zuckte Jewgenij nur mit den Schultern, blickte aber nach kurzer Überlegung entschlossen in die Runde: „Eines weiß ich genau, ich werde diesen Mann töten, so, wie er meinen Bruder getötet hat!" Die Taxifahrer wechselten besorgte Blicke und als einer von ihnen meinte: „Das lass mal lieber. Ich glaube, du musst erstmal zur Besinnung kommen", stimmten sie ihm lebhaft zu.

Jewegenij beachtete die Ratschläge nicht.

Nachdem er bei Wanja die erste Nacht nach der Razzia verbracht und ein Bekannter von Wanja ihm einen Schlafplatz im Lager auf dem Tempelhofer Feld vermittelt hatte, begann Schenja seine Zukunft zu planen. Er zögerte, ob er in die Heimat zurückkehren oder sich hier in Berlin eine andere Verdienstmöglichkeit suchen sollte. Aber gleichgültig, wie er sich entschied, zuerst würde er den Mord an seinem Bruder rächen. Die Voraussetzungen dafür waren günstig. Schenja kannte die Wohnung und das Aussehen seines Opfers, wusste auch, dass er von ihm nie so genau angesehen worden war, um wiedererkannt zu werden. Jewgenij würde ihn und seinen Tageslauf ausspionieren, feststellen, wann er wegging und wohin, um ihn dann bei einer günstigen Gelegenheit zu überfallen und totzuschlagen oder mit einem Messer zu erstechen.

Bald hatte Jewgenij die wichtigsten Kenntnisse gesammelt, wo sich der Verräter gewöhnlich aufhielt, mit wem er sich traf, welche Lokale er besuchte und wie spät in der Nacht er gewöhnlich nach Hause ging. Einmal war er in seine Wohnung eingebrochen, durchwühlte sie, stahl Geld, hätte auch gern seine Arbeitsgeräte zerstört, wurde aber durch das Gekreisch der Nachbarin vertrieben.

An dem heutigen Abend hatte Jewgenij geduldig in der Nähe eines Hauses am Lietzensee, in dem der Verräter sich häufig aufhielt, auf ihn gewartet, bis er es wieder verließ. Das Warten hatte sich gelohnt. Es war so spät, dass kein Mensch sich mehr auf der Straße aufhielt. Jewgenij verfolgte sein Opfer die Kuno-Fischer-Straße entlang bis zu der dunklen Ecke in der Nähe des Parks. Er zitterte vor Erregung bei dem Gedanken, dass jetzt der Zeitpunkt gekommen war, seinen Bruder Grischa zu rächen. Lautlos schlich er sich von hinten an sein Opfer heran und versetzte ihm einen schweren Schlag, dass er taumelte. Dann schlug er zu, immer und immer wieder und begleitete seine Schläge mit wütenden Beschimpfungen. Sein Feind wehrte sich kaum, lag schließlich gekrümmt am Boden und versuchte den Fußtritten des Angreifers auszuweichen. Es fehlte nur Weniges und Schenja hätte sein Ziel erreicht. Aber dann tauchte plötzlich aus der Finsternis dieser fremde Mann auf und schlug so auf ihn ein, dass er nun seinerseits um sein Leben fürchten musste.

Aber er hatte ja Zeit, dachte Jewgenij, bevor er auf seiner Bank einschlief. Vielleicht ergibt sich schon morgen eine neue Gelegenheit zur Rache. Auf einen Tag mehr oder weniger kommt es nicht an.

ODESSA

Am nächsten Tag besuchte Sergej seinen ehemaligen Freund Smirnow, um ihn zur Rechenschaft wegen des Überfalls zu ziehen. Er wusste, dass Nikolaj sich gewöhnlich um diese Zeit in der Wohnung der Gräfin aufhielt, auch, dass Paula jetzt in ihrer Milchverkaufsstelle arbeitete. Sergej hatte sich einen Hut mit besonders breiter Krempe aufgesetzt, der fast sein ganzes Gesicht verdeckte. Nur Smirnow sollte seine Verletzungen sehen.

Das Dienstmädchen führte Sergej in den Salon und ließ ihn auf dem Sofa Platz nehmen. Er wartete, setzte dann demonstrativ den Hut ab, als Smirnow eintrat.

Kühl sah dieser ihn an: „Wie siehst du denn aus? Hast du dich geprügelt?" Sergej sprang auf und stieß mit unterdrücktem Zorn hervor: „Spiel hier nicht den Dummen! *Dir* habe ich das doch zu verdanken! *Du* hast mir diesen Schläger auf den Hals gehetzt!"

Jetzt erwachte bei Smirnow ein gewisses Interesse an der Situation: „Ich?" Er schüttelte den Kopf und zog die Mundwinkel herunter: „Tut mir leid! Da liegst du falsch. Ich habe dir keinen Schläger auf den Hals gehetzt. Das ist nicht mein Stil", setzte er hochmütig hinzu. „Du hast offensichtlich noch in andern Kreisen Feinde." Mit einem „Auf Wiedersehen!" verließ er den Salon und ließ einen verstörten Sergej zurück.

Beunruhigt ging er nach Hause. Gegen seinen Willen hatte ihn der Auftritt seines früheren Partners sofort überzeugt, Kolja hatte nicht gelogen. Aber in wessen Auftrag hat dann der

Schläger gehandelt? Und stand der Überfall in Verbindung mit dem Einbruch in seiner Wohnung? Womit hatte er einen derartigen Hass auf sich gezogen? Sergej war ratlos, trotz ständigem Nachdenken fiel ihm niemand ein, der sein Feind sein könnte, geschweige denn sein Todfeind. Er bekam Angst. Der Schläger konnte ihm jederzeit wieder auflauern, er wusste, wo er wohnte. Hella zu bitten, ihm vorübergehend in ihrer Wohnung ein Zimmer zu überlassen, kam nach der Szene im „Samowar" nicht in Frage. Bisher hatte er noch kein klärendes Gespräch mit ihr führen können und jetzt, mit diesem zerschlagenen Gesicht, wollte er ihr auch nicht unter die Augen treten.

Sergej war froh, dass er noch seine alte Wohnung besaß, noch benötigte er sie als Versteck, wo er seine Wunden pflegen konnte. Er nahm zu niemandem Kontakt auf, nur Hella schrieb er ein Kärtchen, dass er für ein paar Tage einen Besuch außerhalb Berlins machen müsste, aber sich nach seiner Rückkehr sofort melden würde, auch um endlich die Szene im „Samowar" zu erklären.

Nach einer Woche wagte er sich wieder in die Öffentlichkeit und begann mit einem nachmittäglichen Besuch bei Hella. Er klingelte, freute sich auf das Wiedersehen mit ihr, trotz der zu erwartenden unangenehmen Gespräche. Als sie ihn vor der Türe stehen sah, rief sie unbefangen: „Na endlich! Wo hast du denn die ganze Zeit gesteckt? Es gibt wichtige Neuigkeiten. Komm rein!"

Ein Blick ins Wohnzimmer erklärte alles: Hella packte! Drei große Koffer, teilweise schon gefüllt mit Hellas Garderobe, standen geöffnet auf Tisch und Stühlen. Überall im Zimmer zerstreut lagen Kleider, Jacken, Unterwäsche, Schminktäschchen, kurz alles, was eine Dame auf Reisen braucht.

Sergej schaute sich entgeistert um: „Fährst du weg? Davon weiß ich ja gar nichts!" „Du warst ja auch nicht da", war die sachliche Antwort.

Dann änderte Hella ihr Verhalten, sie gab ihm einen leichten Kuss: „Ich bin so glücklich, Serjoscha! Heute Abend geht mein Zug nach Odessa. Ich mache einen neuen Film, habe eine tolle Rolle! Setz dich, ich erzähle dir alles."

Meine Zeit ist abgelaufen, sie hat Besseres vor, dachte Sergej desillusioniert. Er zwang sich, gelassen auf dem Sofa Platz zu nehmen. Als sich Hella in einem neuen Sommerkleid liebevoll an seine Seite kuschelte, reagierte er nicht.

„Jetzt sei nicht beleidigt, Serjoscha!" Sie rückte ein Stück von ihm weg. „Das hat alles nichts mit dir zu tun! Kennst du Sergej Eisenstein?"

„Ja."

„Ach", sie staunte, „woher denn?"

„Ich habe ihn vor einiger Zeit im ‚Tari Bari' getroffen. Eisenstein ist ein bolschewistischer Filmregisseur, der wegen der kommunistischen Propaganda in seinen Filmen sicher eine große Zukunft in Sowjetrussland hat."

„Ja, er ist ein großartiger russischer Künstler", korrigierte Hella ihn mit deutlichem Unterton. Sie fuhr fort: „Eisenstein dreht gerade einen neuen Film ‚Panzerkreuzer Potemkin', der 1905 in Odessa spielt. Er handelt …"

Sergej unterbrach: „Ich kenne die Handlung, die Meuterei der Matrosen auf dem Panzerkreuzer gegen die zaristischen Offiziere. Eisenstein konnte von nichts anderem reden als von diesem Film." Das klang abfällig.

Gereizt sprach Hella weiter: „Ich habe Eisenstein vorige Woche zufällig ebenfalls im ‚Tari Bari' getroffen. Er war gerade für ein paar Tage nach Berlin gekommen. Wir haben lange über Filmemachen gesprochen und waren uns in allen künstlerischen Aspekten so einig, dass er mir eine große Rolle in seinem neuen Film angeboten hat."

„Im ‚Panzerkreuzer' gibt es keine großen Rollen", korrigierte Sergej sie, „es kommen auch nur Männer vor, Matrosen, Offiziere, Bettler, Aristokraten, Bürger."

„Aber auch Bürgerinnen, Frauen", trumpfte Hella auf, „zum Beispiel in der Szene, in der alle auf der Flucht vor den Soldaten die breite Treppe von Odessa hinunterstürzen! Da schreibt Eisenstein noch extra eine Szene für mich, hochdramatisch, wie mein Kind erschossen wird und ich es dann finde oder so ähnlich!" Sie stand auf: „Ich fahre jedenfalls heute mit dem Nachtzug nach Odessa und habe jetzt noch viel zu tun!" Dann begann sie wieder zu packen.

Sergej schwieg. Er suchte nach Worten, wie er in dieser zänkischen Atmosphäre ein versöhnliches Gespräch über die Szene im „Samowar" beginnen könnte, als Hella wie nebenbei sagte: „Übrigens hat mich Paula besucht. Wir haben uns sehr gut verstanden. Nettes Mädchen, deine Tochter. Gratuliere!" Dann lachte sie ihn an: „Sei nicht gekränkt, weil ich wegfahre! Ich komme in ein paar Wochen wieder, zwischen uns hat sich nichts geändert! Jetzt erzähle aber endlich, wo du dich diese ganze Woche herumgetrieben hast. Wir, Paula und ich, haben uns schon Sorgen gemacht!"

Sie setzte sich wieder neben ihn, er schwieg, lehnte den Kopf an ihre Schulter und schloss beruhigt, aber gleichzeitig unendlich müde die Augen. „Ich bin überfallen worden", sagte er nach einer Weile. Hella erschrak, fragte nach Einzelheiten, aber Sergej konnte nur einen Bruchteil davon beantworten. „Ich weiß es nicht", wiederholte er nur. Dann: „Der kommt wieder, der wird mich totschlagen." Hella widersprach energisch: „Das wird er nicht!"

Sie entschied, dass Sergej vorerst in ihre Wohnung zieht, sich tagsüber normal bewegt, aber im Dunkeln möglichst nicht mehr das Haus verlässt. Zum Glück hatte er Paula, die sich auch um ihn kümmern würde. Sergej nickte zu allem, erleichtert, dass er sich mit Hella versöhnt hatte und sie ihm selbst ihre Wohnung als Unterschlupf anbot. „Ich danke dir sehr für deine Hilfe. Jetzt geht es mir schon viel besser." Er betrachtete sie liebevoll: „Ich habe noch etwas Geld gespart, wir können uns die Miete teilen, wenn du willst."

„Gern, du weißt, Geld kann ich immer gebrauchen", erwiderte sie munter und sprang auf, „aber jetzt muss ich wirklich zu Ende packen."

„Warum machst *du* das eigentlich, wo ist denn dein Dienstmädchen?", wunderte sich Sergej.

„Die Trude? Die habe ich entlassen. In den nächsten Wochen brauche ich sie nicht. Oder wolltest du sie behalten?"

„Nein, auf keinen Fall! Und dein Spielclub? Den hast du dir hoffentlich aus dem Kopf geschlagen!"

Hella blickte den Freund aufmüpfig an und schüttelte den Kopf: „Wer sagt das? Mal sehen!"

Als am Abend das Taxi vor der Tür hielt, um Hella zum Schlesischen Bahnhof zu bringen, zum Zug nach Odessa, und sie mit vereinten Kräften ihre Koffer verstaut und sich den letzten Kuss gegeben hatten, winkten sie sich noch gegenseitig zu, bis das Auto um die Ecke bog und verschwand. Ihm wurde das Herz schwer bei dem Gedanken, sie so bald nicht wiederzusehen. Obwohl sie sich ihm heute gegenüber solidarisch und hilfsbereit verhalten hatte, überkam Sergej das unbestimmte Gefühl, dass ihre Liebe zu ihm den Zenit bereits überschritten hatte, nicht aber ihre Freundschaft. Das war immerhin ein Trost.

Anschließend ging Sergej in die Rönnestraße, um sich einige Sachen zu holen für die nächste Zeit in Hellas Wohnung. Noch war es hell und viele Leute begegneten ihm auf den Straßen, dennoch drehte Sergej sich mehrmals um wegen eines diffusen Gefühls, beobachtet zu werden. Aber niemand folgte ihm.

KEINE MILCH UND KEINE RAZZIA FÜR KOMMISSAR MOSER

Paula schloss die Seitentür zur Milchverkaufsstelle auf und legte ihre Tasche ab. Gerade wollte sie die Läden und dann das große Fenster öffnen, als sie eine bekannte Stimme davor hörte: Igor. Er stand offenbar neben einem anderen Mann und rief laut und fröhlich etwas für Paula völlig Unverständliches:

„Guten Tag, Herr Kommissar! Sie auch hier?"

Der andere erwiderte ebenso munter: „Jawohl, Herr Kollege! Ich habe einen Termin im Polizeipräsidium am Kaiserdamm. Da ich noch etwas Zeit habe, wollte ich mir zur Stärkung ein Glas Milch holen. Aber was machen Sie denn hier? Sie hat doch nicht etwa das illegale Glücksspiel hergeführt, in diese feine Gegend?"

„Was glauben Sie denn? Gezockt wird überall. Ich schaue mir nochmal die Lokalitäten hier genau an für die Razzia, die ich heute Nacht mit meinen Leuten drüben am Lietzensee durchführe. Dort tarnt eine vornehme Gräfin in einer großbürgerlichen Wohnung ihren illegalen Roulette-Salon als Literaturclub! Aber nicht mehr lange!" Igor lachte.

Paula drehte sich das Herz im Leibe um, sie zitterte am ganzen Körper. Dieser Betrüger! Er hatte sie angelogen, war nicht einer, der „mal dies, mal das" machte, sondern ein Polizist, der sich mit ihr angefreundet hatte, um sie auszuhorchen. Jetzt fiel ihr auch ein, dass er nur zu ihr kam, wenn sie allein war, niemals wenn sie mit irgendjemandem plauderte, zum Beispiel. mit Smirnow oder ihrem Vater oder Herrn Berger. Ganz klar warum, er wollte unerkannt bleiben. Es fiel ihr wie Schuppen von den Augen: neulich, als sie ihn ihrem Vater vorstellen wollte, ist er sogar weggelaufen!

„Seltsam, sonst ist das Milchmädchen immer pünktlich." Igor klopfte an den Fensterladen: „Machen Sie bitte auf!"

Paula hatte sich wieder gefasst, Igor sollte sie kennenlernen! Sie war im Begriff, das Fenster zu öffnen und Igor zu beschimpfen wegen seines boshaften und heimtückischen Verhaltens, aber im letzten Moment hielt sie sich zurück. Auf keinen Fall durfte er wissen, dass sie das Gespräch belauscht hat und von der bevorstehenden Razzia wusste. Sie rührte sich nicht, irgendwann würden die Männer die Warterei aufgeben. Tatsächlich gingen sie nach weiterem ergebnislosem Klopfen und Rufen weg. Paula verhielt sich noch eine Weile still, dann verließ sie das Haus. Heute mussten die Parkbesucher einmal ohne eine Erfrischung auskommen. Sie rannte los, nach Hause.

Ungehalten wegen Paulas Pflichtverletzung empfing sie Auguste: „Warum arbeitest du nicht? Herumgebummelt wird hier nicht!" Ihre Nichte hörte gar nicht hin: „Ist Herr Smirnow schon da? Er muss sofort kommen. Ich habe euch etwas Wichtiges zu sagen!"

Dann saßen sie im kleinen Salon und Paula berichtete ausführlich von der Unterhaltung der beiden Kriminalkommissare.

Auguste war entgeistert: „Dein Igor ist ein Polizist?" Diese Tatsache machte sie fassungsloser als die bevorstehende Razzia. „Dann wird mir einiges klar! Paula, du musst lernen, nicht so leichtgläubig zu sein!" belehrte sie ihre Nichte, ohne sich mehr im Geringsten an ihr eigenes ähnlich törichtes Verhalten gegenüber Gobulew zu erinnern. „Dieser Igor hat dich von vorn bis hinten belogen. Er ist überhaupt nicht in dich verliebt, er hat dich ausgenutzt, ausgehorcht und als erfahrener Verhör-Spezialist hast du ihm wahrscheinlich mehr von uns erzählt als du wolltest!"

„Nein!", schrie Paula, aber bevor sie sich rechtfertigen konnte, mischte sich Smirnow energisch ein: „Teuerste Auguste, das reicht! Paula hat sich beispielhaft verhalten, geistesgegenwärtig, weil sie sich nicht gemuckst hat! Und jetzt an die Arbeit!" Er klatschte in die Hände und lachte sarkastisch: „Wenn uns heute Nacht jemand unverhofft besucht, wird er nur vornehme, gebildete Russen in unserm Salon vorfinden, die mir, dem Vorleser, lauschen, wenn ich weitere Kapitel von Krieg und Frieden vortrage oder mit den Gästen literarische Gespräche führe."

Dankbar und willig folgten Auguste und Paula seinen Anweisungen. Mehrere Stunden waren sie damit beschäftigt aus dem Spielsalon ein elegantes Wohnzimmer zu machen. Am schwierigsten war es den großen Roulette-Tisch auseinanderzunehmen. Aber da er in Einzelteilen geliefert worden war und Smirnow bei dem Aufbau anwesend war, gelang es ihnen, ihn wieder sachgemäß zu zerlegen und die einzelnen Teile am hinteren Ende der Wohnung in einer Abstellkammer zu verstecken, zusammen mit den übrigen Spielutensilien. Sie beschlossen, die Besucher wie üblich in den Salon eintreten zu lassen, sie dann aber über die veränderte Situation zu informieren und sie zu bitten, zu bleiben und an der literarischen Zusammenkunft teilzunehmen. Paula hätte gern die Aufgabe übernommen, den Beamten vom Spielerdezernat mit Igor an der Spitze die Türe zu öffnen und dann triumphierend zuzusehen, wenn er seinen Irrtum erkennt und seine Niederlage eingestehen muss. Aber Smirnow riet davon ab: „Wenn der Kommissar dich sieht, kann er sich sofort zusammenreimen, woher wir Bescheid wussten. Wenn du dich aber überhaupt nicht blicken lässt, muss er daran zweifeln, dass du, wie er vermutete, auch hierhergehörst. Dann denkt er im besten Fall, er hätte einen falschen Hinweis bekommen. Denn er sieht ja, dass wir beide, die Gräfin und ich, nur harmlose, an russischer Literatur interessierte Menschen sind."

Nach der Anstrengung der Umräumerei und einem kleinen Mittagessen, das Mine ihnen zwischendurch hingestellt hatte, verabschiedete sich Smirnow und Auguste und ihre Nichte zogen sich ebenfalls zurück, um für das Abenteuer der kommenden Nacht ausgeruht zu sein.

In ihrem Zimmer warf sich Paula auf das Bett und weinte erst einmal über den Verlust ihrer großen Liebe. Aber nach einem Weilchen hatte sie sich beruhigt und sah den bevorstehenden nächtlichen Ereignissen gespannt entgegen, auch wenn sie an ihnen nicht direkt teilnehmen durfte. Sie hatte das angenehme Gefühl, Igor für seine Lügerei angemessen zu bestrafen. Aber eines hielt sie ihm zugute: nie hat er ihr vorgeheuchelt, sie zu lieben, deswegen hat er sie auch nie richtig geküsst. Paula seufzte und dachte an den jungen Grammophon-Erklärer Dimitrij, der leider nie wieder ihren Salon besucht hatte. Sich in den zu verlieben, könnte sie sich auch gut vorstellen. Dann schlief sie ein.

Der Abend verlief, wie geplant.

Die Gäste, überrascht durch das Fehlen des Roulette-Tisches, nahmen auf den im Salon verteilten Stühlen Platz, neugierig, was das alles zu bedeuten hätte. Als niemand mehr eingelassen wurde, informierte Smirnow sie charmant und mit einem Schuss Humor über den Ablauf des heutigen „Spieleabends". Alle Besucher waren sofort bereit mitzuspielen und erwarteten gespannt die kommenden Ereignisse. Die beiden Croupiers fungierten als Kellner. Die Gäste, mit gefüllten Champagnergläsern in der Hand, mussten sich nicht lange in Geduld üben. „Sie kommen!", rief der eine Croupier, der am Fenster Wache hielt. Als einige Besucher aufstehen und ebenfalls gucken wollten, kommandierte Smirnow: „Alle bleiben sitzen! Bitte schauen Sie überrascht oder indigniert, wie Sie wollen. Sie können sich beschweren, Fragen stellen, alles, aber bitte nur auf Russisch, ich übersetze. Es geht los!" Er setzte sich an ein kleines Tischchen, nahm das Buch von Tolstoi in die Hand und begann das Kapitel von dem Ball vorzulesen, auf dem Natascha und der Fürst sich kennenlernten.

Paula allerdings konnte von einem Fenster aus am hinteren Ende der Wohnung den Beginn der Razzia beobachten. Drei Polizeiautos kamen angefahren und hielten vor ihrem Haus, so dass die wenigen Fußgänger auf der Straße neugierig stehenblieben. Paula konnte im Dunkeln niemanden erkennen, aber wahrscheinlich war es Igor, der als erster zur Haustür stürzte, ihm hinterher ungefähr sieben andere Polizeibeamte. Dann hörte sie ein ungeduldiges Klingeln an der Wohnungstür. Der andere Croupier öffnete.

Igor rief: „Kommissar Moser, Inspektion D – Illegales Glücksspiel. Wir machen eine Hausdurchsuchung, hier ist der Durchsuchungsbefehl." Er drehte sich halb um: „An die Arbeit, Leute!"

„Das muss ein Irrtum sein", rief der Croupier in gebrochenem Deutsch den Männern hinterher, die schon in den Salon stürmten.

Noch in der Nacht ließ sich Paula von ihrer Tante ausführlich das Geschehen schildern:

„Es lief alles wie am Schnürchen! Unsere Gäste haben vorzüglich mitgespielt, äußerten, laut, aber vornehm, ihre Verwunderung bzw. Empörung, als die Polizisten in den Salon eindrangen. Smirnow erhob sich, ließ sich den Überfall erklären, spielte den Dolmetscher zwischen den Gästen und dem Einsatzleiter, erläuterte, alles auf seine gekonnt elegante Art, dass dies eine niveauvolle Zusammenkunft ausgewählter russischer Aristokraten sei. Ich habe kaum etwas gesagt, stand nur als Gräfin Hohenstein und Gastgeberin neben dem ‚Fürsten', mit beleidigter Miene wegen dieser brüsken Störung meiner Einladung." Auguste und Paula amüsierten sich köstlich. „Es war eine absurde Situation. Die Gäste saßen bequem in ihren Stühlen und musterten kritisch und herablassend die Männer in Uniform, die herumstanden und nichts zu tun hatten, da sie nicht, wie geplant, einen Spielclub ausheben und polizeibekannte Spieler abführen konnten. Der Kommissar bat nach kurzer Zeit um Entschuldigung, sprach von falschen Informationen, die ihn zu diesem bedauerlichen Einsatz veranlasst hätten. Ich nahm großzügig seine Entschuldigung an, bot ihm noch an, zur Sicherheit meine Wohnung zu durchsuchen, was er ablehnte und ließ ihm zum Abschied von einem Kellner, in Wirklichkeit einem Croupier, noch ein Glas Champagner anbieten, das er ebenfalls ablehnte. Nach dem Ende des Einsatzes und als alle Polizisten verschwunden waren, versprach Smirnow den Gästen, sie zu informieren, wenn in Kürze der Spielbetrieb wieder beginnt. Denn seiner Meinung nach wird es, wenn überhaupt, noch lange dauern, bis Kommissar Moser wieder eine Razzia bei uns veranstaltet." Auguste lachte nicht mehr: „Sie zogen ab wie geprügelte Hunde. Am Ende taten sie mir beinahe leid, vor allem dein Igor. Ich möchte nicht wissen, welchen Ärger er bei der nächsten Dienstbesprechung hat und was er sich alles anhören muss. Dabei hat er doch eigentlich nur gute Arbeit leisten wollen. Sei nicht zu streng mit ihm!"

„Willst du mich mit ihm verkuppeln, trotz allem?" Paula schüttelte den Kopf: „Ohne mich. Ich muss dem Mann, den ich liebe, glauben können."

nat mit Igor an der Spitze die Türe zu öffnen und dann triumphierend zuzusehen, wenn er seinen Irrtum erkennt und seine Niederlage eingestehen muss. Aber Smirnow riet davon ab: „Wenn der Kommissar dich sieht, kann er sich sofort zusammenreimen, woher wir Bescheid wussten. Wenn du dich aber überhaupt nicht blicken lässt, muss er daran zweifeln, dass du, wie er vermutete, auch hierhergehörst. Dann denkt er im besten Fall, er hätte einen falschen Hinweis bekommen. Denn er sieht ja, dass wir beide, die Gräfin und ich, nur harmlose, an russischer Literatur interessierte Menschen sind."

Nach der Anstrengung der Umräumerei und einem kleinen Mittagessen, das Mine ihnen zwischendurch hingestellt hatte, verabschiedete sich Smirnow und Auguste und ihre Nichte zogen sich ebenfalls zurück, um für das Abenteuer der kommenden Nacht ausgeruht zu sein.

In ihrem Zimmer warf sich Paula auf das Bett und weinte erst einmal über den Verlust ihrer großen Liebe. Aber nach einem Weilchen hatte sie sich beruhigt und sah den bevorstehenden nächtlichen Ereignissen gespannt entgegen, auch wenn sie an ihnen nicht direkt teilnehmen durfte. Sie hatte das angenehme Gefühl, Igor für seine Lügerei angemessen zu bestrafen. Aber eines hielt sie ihm zugute: nie hat er ihr vorgeheuchelt, sie zu lieben, deswegen hat er sie auch nie richtig geküsst. Paula seufzte und dachte an den jungen Grammophon-Erklärer Dimitrij, der leider nie wieder ihren Salon besucht hatte. Sich in den zu verlieben, könnte sie sich auch gut vorstellen. Dann schlief sie ein.

Der Abend verlief, wie geplant.

Die Gäste, überrascht durch das Fehlen des Roulette-Tisches, nahmen auf den im Salon verteilten Stühlen Platz, neugierig, was das alles zu bedeuten hätte. Als niemand mehr eingelassen wurde, informierte Smirnow sie charmant und mit einem Schuss Humor über den Ablauf des heutigen „Spieleabends". Alle Besucher waren sofort bereit mitzuspielen und erwarteten gespannt die kommenden Ereignisse. Die beiden Croupiers fungierten als Kellner. Die Gäste, mit gefüllten Champagnergläsern in der Hand, mussten sich nicht lange in Geduld üben. „Sie kommen!", rief der eine Croupier, der am Fenster Wache hielt. Als einige Besucher aufstehen und ebenfalls gucken wollten, kommandierte Smirnow: „Alle bleiben sitzen! Bitte schauen Sie überrascht oder indigniert, wie Sie wollen. Sie können sich beschweren, Fragen stellen, alles, aber bitte nur auf Russisch, ich übersetze. Es geht los!" Er setzte sich an ein kleines Tischchen, nahm das Buch von Tolstoi in die Hand und begann das Kapitel von dem Ball vorzulesen, auf dem Natascha und der Fürst sich kennenlernten.

Paula allerdings konnte von einem Fenster aus am hinteren Ende der Wohnung den Beginn der Razzia beobachten. Drei Polizeiautos kamen angefahren und hielten vor ihrem Haus, so dass die wenigen Fußgänger auf der Straße neugierig stehenblieben. Paula konnte im Dunkeln niemanden erkennen, aber wahrscheinlich war es Igor, der als erster zur Haustür stürzte, ihm hinterher ungefähr sieben andere Polizeibeamte. Dann hörte sie ein ungeduldiges Klingeln an der Wohnungstür. Der andere Croupier öffnete.

Igor rief: „Kommissar Moser, Inspektion D – Illegales Glücksspiel. Wir machen eine Hausdurchsuchung, hier ist der Durchsuchungsbefehl." Er drehte sich halb um: „An die Arbeit, Leute!"

SMIRNOWS ABSCHIED

Nikolaj Smirnow war deprimiert, wie schon seit Jahren nicht mehr. Sein wohldurchdachtes, bisher gut funktionierendes Leben als erfolgreicher Organisator eines einträglichen Spielsalons war plötzlich in sich zusammengebrochen. Diese, wenn auch missglückte, Razzia bedeutete zumindest das vorläufige Ende seiner gesicherten Existenz. Gewiss, nach einer entsprechenden Schonfrist, könnten er und die Gräfin wieder den Club eröffnen. Er hatte mit ihr bereits darüber gesprochen, denn so bald würde dieser Kommissar keine zweite Razzia wagen. Aber an die Arbeit und Mühe dieses Neu-Aufbaus mochte er gar nicht denken. Schon Sergejs Weigerung, weiterhin seine Bücher zu fälschen, hatte ihn vor neue Herausforderungen gestellt. Jetzt war die Situation noch dramatischer geworden.

Smirnow schaute auf die Uhr, es war bereits nach zweiundzwanzig Uhr. Er brauchte eine Ablenkung und hatte auch schon eine Idee. Er würde zum Nollendorfplatz fahren, um das neueröffnete Lokal eines Freundes aus dem Club in der Rankestraße zu besuchen, der sich vor einigen Wochen selbständig gemacht hatte.

Als er aus der U-Bahn ausstieg und die Richtung zu „Ritchie's Bar" in der Fuggerstraße einschlug, musste er sich, wie üblich um diese Zeit, den Weg durch Massen von Menschen bahnen. Es waren überwiegend Touristen, die sich nachts in dieser Gegend umhertrieben, und an dem sündhaften Berliner Leben teilnehmen wollten, in dem Moral keine Rolle spielte, anders als in ihrer Heimat, wo Sittenwächter solches Treiben hart bestraften. Vor allem das Ausleben gleichgeschlechtlicher Liebe, das in Berlin trotz des entsprechenden Paragrafen fast unkontrolliert stattfinden konnte, zog viele Besucher aus aller Welt an. Smirnow ging vorbei an Bars und Kabaretts, Cafés und Tanzlokalen, aus denen die Rhythmen moderner Tänze dröhnten, begleitet von dem Lärm und Gekreische der Feiernden.

Anders als im Lokal seines Freundes Richard, das Smirnow wenig später erreichte. Obwohl die Tür einladend offenstand, drangen kaum Geräusche nach draußen. Er trat ein, nur wenige Gäste saßen an den Tischen. Ein Ober stand müßig am Tresen und tauschte mit dem Barkeeper neuesten Klatsch aus der Gegend aus. „Kolja!", rief dieser und kam hinter dem Tresen hervor. Der Barkeeper war der Besitzer persönlich. „Wie schön, dass du mich endlich besuchst! Komm, setz dich! Was möchtest du trinken?" Kolja kletterte auf den Barhocker, bestellte Bier und Wodka und sah sich um: „Nicht viel los hier!" Richard lächelte den Freund so herzlich an, dass seine kleinen Äuglein in seinem fleischigen Gesicht fast verschwanden. Er goss ihm den Wodka ein und zapfte anschließend sorgfältig das Bier.

„Das kommt noch!", erklärte er, „Wir müssen erst in der Szene bekannt werden. Ich bin da ganz zuversichtlich!" Mit einem „Geht aufs Haus!" stellte er die Gläser vor Kolja hin.

Dann begann Richard zu reden, erzählte von den Schwierigkeiten und Erfolgen, dieses Lokal zu etablieren, dann, dass er ihn, Kolja, schon lange nicht mehr gesehen hätte, auch in der Rankestraße nicht, wie es ihm denn gehen würde, er sehe gut aus und so weiter. Als noch ein früherer Bekannter dazukam, der ebenfalls auf ihn einredete, hörte Kolja nicht mehr hin, kippte den restlichen Wodka in sich hinein, bedankte sich für den unterhaltsamen Abend und verabschiedete sich: „Weiterhin viel Erfolg mit deiner Kneipe, Richard! Bis zum nächsten Mal!"

Das war gelogen, dachte er auf dem Weg zum U-Bahnhof, so schnell würde er seinen Fuß nicht wieder in „Ritchie's Bar" setzen.

Kurz vor dem Bahnhof stockte sein Schritt. Vor ihm ging ein Paar, Arm in Arm, der Mann hatte Ähnlichkeit mit Anton Gobulew. In diesem Moment drehte dieser sich um, er war es! „Kolja, welch ein Zufall!", rief er fröhlich. Mir bleibt heute nichts erspart, dachte Smirnow resigniert.

„Gut, dass wir uns treffen. Ich wollte sowieso noch einmal mit dir reden! Einen Moment, bitte!" Gobulew wandte sich an seine Begleitung: „Darling, kannst du heute ausnahmsweise einmal allein nach Hause fahren? Ich habe etwas Dringendes mit diesem Herrn zu besprechen. Es dauert nicht lange, ich komme sofort nach!" Die Dame schmollte kurz, ging dann aber zum Taxistand an der Ecke.

„Was willst du denn noch?", fragte Smirnow ungnädig.

„Ich habe es mir überlegt. Wir kennen uns schon sehr lange! Wir sollten uns nicht streiten, sondern zusammenarbeiten. Ich schlage vor, ich lasse die Hände von deiner Gräfin und du beteiligst mich bei den Einnahmen des Spielsalons."

Kolja lachte kurz auf, woher sollte Gobulew auch wissen, dass der Salon nicht mehr existierte.

„Das ist Unsinn! Die Gräfin will nichts mehr von dir wissen."

Toscha wurde wütend: „*Du* redest Unsinn! Du kennst meinen Einfluss auf Frauen! Du weißt, dass sie machen, was ich will." Er beruhigte sich wieder: „Ich beabsichtige, reumütig die Gräfin um Verzeihung zu bitten und ihr meine unverbrüchliche Liebe zu beteuern, in der Hand eine, gefälschte, Scheidungsurkunde. Dann heiraten wir irgendwo im Ausland, da gibt es verschiedene Möglichkeiten. Anschließend kehren wir zurück, schmeißen dich raus und ich übernehme den Spielsalon!" Jetzt lächelte Gobulew: „Das wäre die Alternative zu einem gemeinsamen Geschäft zwischen uns beiden. Überleg es dir gut!"

Smirnow hatte genug. „Was bist du für ein schmieriger Kerl und falscher Hund! Nie wird die Gräfin auf dich noch einmal hereinfallen!" Mit diesen Worten ließ er Gobulew einfach stehen und ging weg.

„Das wirst du bereuen, du mieses Stück Dreck!", hörte er ihn noch hinter sich her brüllen.

Beim Anblick des Eingangs zur U-Bahn atmete Nikolaj Smirnow auf, gleich würde er zu Hause sein und noch in Ruhe seinen letzten Wodka für heute trinken können. Diesen Ausflug hätte er sich sparen können.

Als er die Stufen zu den Bahnsteigen hinabgehen wollte, spürte er einen heftigen Stoß in den Rücken. Er stürzte die breite Treppe hinunter, überschlug sich mehrmals, nahm noch heftige Schmerzen am Kopf und Körper wahr, dann nichts mehr.

Am nächsten Tag wartete die Gräfin vergeblich auf ihren Geschäftsführer. Sie wunderte sich ein wenig, dass er, obwohl absolut zuverlässig, nicht erschien, dachte aber, angesichts der veränderten Situation im Spielsalon, war seine tägliche Anwesenheit auch nicht unbedingt nötig. Als sie allerdings am Tag darauf wieder nichts von ihm hörte, wurde sie unruhig und beschloss, Paula bei Gelegenheit zu seiner Wohnung zu schicken, damit sie sich im Haus umsah und nach ihm fragte.

Auguste wusste nicht, dass bereits Kommissar Steinhauer von der Mordkommission unterwegs war, um ihr die schreckliche Nachricht vom Tod Nikolaj Smirnows zu überbringen und Fragen zu stellen.

Steinhauer war überrascht gewesen, von seinem Kollegen Moser zu erfahren, dass der tote Russe der Geschäftsführer der Gräfin Hohenstein gewesen war, in deren Wohnung er vor kurzem nicht wie geplant einen Spielsalon ausgehoben, sondern einen literarischen Zirkel gestört hatte. Moser sagte ihm auch, dass ihre Nichte Paula hieße und er mit ihr befreundet sei.

Steinhauer klingelte. Das Dienstmädchen öffnete, ließ sich seinen Dienstausweis zeigen und führte ihn in den Salon. An die Pflicht eines Polizisten, Angehörigen oder nahestehenden Personen Todesnachrichten zu überbringen, hatte sich Steinhauer bis jetzt noch nicht gewöhnen können. So war er nach einer halben Stunde froh, dass er diese Ausgabe mitfühlend und sachlich hinter sich gebracht hatte. Allerdings machte die Gräfin es ihm auch leicht. Keine Klagen, keine Tränen, sie ließ nur ihre Nichte kommen. An ihrer Seite hörte sie wortlos, mit versteinerter Miene seinen Bericht über den Tathergang an, während Paula aufgeregt auf ihrem Stuhl hin und her rutschte, Laute des Entsetzens von sich gab und ihre Tränen kaum unterdrücken konnte.

„Es gibt Zeugen für den Vorfall", schloss Steinhauer seine Ausführungen. „Ein Paar gab an, einen Mann in dunkler Garderobe bemerkt zu haben, der sich aus Richtung der Treppe durch die Menge boxte und weglief. Viele sahen den

Sturz, aber das hilft uns nicht weiter. Wir haben Aushänge im U-Bahnhof mit einem Bild des Toten angeklebt und hoffen dadurch auf weitere Zeugen."

Er wandte sich nun an die Gräfin: „Sie können mir sicher einiges über Smirnow und seine Lebensumstände sagen. Es muss nicht jetzt sein, aber ich würde gern mit Ihnen einen Termin im Präsidium ausmachen, an dem ich Ihnen meine Fragen stellen kann."

„Ich weiß, wer es war", sagte Paula entschieden. „Es war Anton Gobulew. Er hat sich mit Herrn Smirnow gestritten und ihn bedroht. ‚Ich bringe dich um' hat er gesagt. Und nun hat er es getan!"

Jetzt sprach zum ersten Mal die Gräfin: „Das ist gut möglich. Ich kann Ihnen seine Adresse geben. Aber was Sie vielleicht nicht wissen: Herr Smirnow liebte Männer und verkehrte in entsprechenden Kreisen. Mehr kann ich Ihnen nicht sagen. Ich habe nie mit ihm ein Wort darüber gewechselt."

Großartig, dachte Steinhauer, auf dem Weg zurück ins Präsidium ironisch. Die Berliner Homosexuellen-Szene ist ja so winzig und übersichtlich! Da haben wir den Fall ganz schnell aufgeklärt!

Nachmittags besuchte Paula ihren Vater und erzählte ihm von Smirnows Tod. Sergej war erschüttert. Auch wenn Kolja nie sein Freund gewesen war, fühlte er sich mit ihm verbunden, hatten sie doch einen Teil ihres Lebens in schlechten und guten Zeiten zusammen verbracht. Sergej begleitete Paula zurück zur Gräfin, um mit ihnen über dieses Unglück zu sprechen, das auch ihr Leben radikal verändern würde.

NEUE LEHRER FÜR DAS RUSSISCHE GYMNASIUM

Trotz seiner Verabredung mit Hella, in der Dunkelheit nicht auf die Straße zu gehen, beschloss Sergej einen kurzen Besuch im „Samowar" zu machen. Er hatte sich bei seinen abendlichen Ausgängen angewöhnt, sich in regelmäßigen Abständen umzudrehen, aber noch nie jemanden bemerkt, der hinter ihm herschlich. Freudig wurde er von den Lehrern des Russischen Gymnasiums begrüßt, wurde gefragt, warum er solange weggeblieben war. Als er seinen hellen Sommerhut mit extra breiter Krempe ablegte, atmete er auf, dass niemand über sein noch ein wenig geschwollenes Gesicht ein Wort verlor. Mitten in der allgemeinen Unterhaltung bat der Schulleiter Jurij Nikititsch Nowikow den neben ihm sitzenden Sergej: „Können wir uns vielleicht kurz dort hinübersetzen? Ich möchte Sie gern in einer gewissen Angelegenheit konsultieren." „Natürlich", antwortete Sergej, ebenso erstaunt wie die Kollegen, und folgte Nowikow zu einem leeren Tisch an der gegenüberliegenden Wand. Zögernd begann dieser: „Ich weiß etwas von Ihnen, was Ihnen nicht gefallen wird. Aber bitte streiten Sie mir gegenüber nicht ab, dass Sie ein begnadeter Fälscher von Dokumenten sind." Er wartete, Sergej schwieg eine Weile. Dann lachte er kurz auf: „Also gut, was soll ich für Sie fälschen?"

„Danke, dass Sie es mir so einfach machen", sagte Nowikow. Er nahm aus seiner Aktentasche einen großen Umschlag und zog daraus ein Dokument hervor: „Sie sollen nur auf diesem Zeugnis einen anderen Namen einsetzen." Überraschte betrachtete Sergej ein Zeugnis der altehrwürdigen Karasin-Universität in Charkow, erkennbar an dem viereckigen, dunkelblauen Logo mit dem Gründungsjahr 1804 und dem Leitspruch „cognoscere, docere, erudire". Einer seiner Kommilitonen in Petersburg hatte ihm damals so viel von dem hohen Niveau der Philosophischen Fakultät dieser ukrainischen Universität vorgeschwärmt, dass er sich überlegt hatte, ein Semester dort zu studieren. Das Logo war abgebildet auf der Promotionsurkunde eines gewissen Jakow Pawlowitsch Semjonow, der, soweit Sergej es verstand, 1914 in einem naturwissenschaftlichen Fach mit magna cum laude promoviert wurde.

Sergej schüttelte den Kopf: „Nein, tut mir leid, Herr Nowikow. Für Fälschungen dieser Art müssen Sie sich jemand anderen suchen. Sie werden das verstehen. Ich habe moralische Grenzen bei meiner Tätigkeit. Eine solche Urkunde zu fälschen, halte ich für – unanständig!" Er lächelte fast entschuldigend und wollte dem Direktor das Dokument zurückgeben.

„Bitte, lassen Sie sich erklären", Nowikow sprach unbeirrt weiter. „Diese Urkunde hat eine lange Geschichte. Der Doktor ist tot, gefallen. Bevor er seinen Kriegsdienst antrat, hat er dieses Dokument seinem besten Freund und Studienkameraden Lew Wassiljewitsch Beljajew zur Aufbewahrung übergeben, dessen Familie seit Jahrhunderten ansässig im Gouvernement Nowgorod ist beziehungsweise war, muss man ja heute sagen."

Sergej kannte die Familie, er schwieg. Nowikow fuhr fort: „Lew Wassiljewitsch hatte ebenfalls Biologie studiert, er stand kurz vor dem Abschluss, als auch er eingezogen wurde. Nach der Revolution musste er wie alle Aristokraten emigrieren.

Ich habe ihn hier in Berlin vor einiger Zeit kennengelernt, er schlägt sich als Taxifahrer durch. Er ist ein exzellenter Kenner der Biologie und Chemie, allerdings ohne Staatsexamen und Zeugnis. Ich brauche aber für meine Schule unbedingt einen Lehrer für diese beiden Fächer und würde ihn gern einstellen, darf das aber nicht ohne irgendein Dokument. Das Unterrichten wäre nicht das Problem, das können wir Kollegen ihm beibringen. Auch seine Kenntnisse der deutschen Sprache sind noch mangelhaft, aber Lew Beljajew lebt erst kurze Zeit in Berlin. Das aber wird und muss sich schnell ändern, denn unsere Schule soll in Kürze zweisprachig werden. Sie würden also dem Russischen Gymnasium und mir persönlich einen großen Dienst erweisen, wenn Sie seine Einstellung ermöglichen."

Sergej überlegte, nickte endlich und sagte: „Gut, ich mache es, Herr Nowikow. Aber nur Ihnen zuliebe. Ich habe schon lange aufgehört, mit dieser Art von Geschäften Geld zu verdienen."

„Darf ich fragen, mit welchen Geschäften Sie jetzt Geld verdienen?" Sergej sah in Nowikows Augen ein ehrliches Interesse, so dass er spontan fragte: „Hätten Sie denn etwas für mich?"

Nowikow nickte, sorgenvoll wie es Sergej schien, und meinte: „Ich habe zu wenig Lehrer, daher wurden bei uns die Klassen so groß. Das mochten viele Eltern nicht und meldeten ihre Kinder nicht mehr in unserm Gymnasium an, sondern lieber in dem anderen in der Nachodstraße. Das wächst und wächst und wir schrumpfen. Die Gefahr besteht, dass wir von ihnen irgendwann übernommen werden. Der Leiter der Akademische Gruppe hier in Berlin, unser russischer Schulträger, hat neulich bei einem Besuch schon Andeutungen in dieser Richtung gemacht." Nowikow seufzte.

„Und wie kann ich Ihnen helfen? Ich bin kein Lehrer."

„Aber ich vermute, Sie als russischer Aristokrat sprechen fließend Französisch. Ich brauche dringend jemanden, der wenigstens vorrübergehend, einen der beiden Kurse ‚Französische Konversation' übernimmt. Die eine Kollegin ist leider wegen Schwangerschaft ausgefallen. Es wäre keine feste Stelle wie bei Herrn Beljajew, sondern nur eine Arbeitsgemeinschaft mit Honorar-Vergütung."

Sergejs Augen blitzten: „Interessant! Warum nicht? Ich liebe die französische Sprache. Ich werde es versuchen!" Nowikows Gesicht rötete sich vor Freude: „Das hätte ich kaum zu hoffen gewagt. Kommen Sie, wir gehen wieder an unseren Tisch. Ich möchte den anderen ihren neuen Kollegen vorstellen!"

Es lief alles nach Plan. Wenige Tage später übergab Sergej dem Schulleiter die Urkunde mit dem neuen Namen. Lew Wassiljewitsch Beljajew wurde von der Akademischen Gruppe als Biologielehrer fest angestellt mit der Auflage bestimmte Kurse zu besuchen, um die Methodik des Unterrichts zu erlernen.

In Hellas Wohnung fühlte sich Sergej erwartungsgemäß wie im Paradies. Am liebsten machte er es sich auf dem Diwan bequem und las in Vorbereitung auf seine Tätigkeit als Französischlehrer mit großem Vergnügen Romane von Hugo, Flaubert und Stendal, die er in einem Antiquariat in der Motzstraße erstanden hatte. Das vornehme Ambiente seiner Behausung passte vortrefflich zu seiner Lektüre.

DIE KATASTROPHE

An einem Abend gegen zweiundzwanzig Uhr machte Sergej noch einen Spaziergang ins „Samowar". Hier herrschte gute Stimmung, das kleine Balalaika-Ensemble spielte gefühlvolle Weisen. Die Lehrer vom Russischen Gymnasium winkten Sergej zu, an ihrem Tisch war gerade noch ein Platz frei. Er wollte sich setzen, stoppte aber mitten in der Bewegung und wurde blass: Neben dem Schulleiter saß der Mann, der vor zwanzig Jahren mit seinen Lügen sein Leben zerstört hatte, der Spitzel der zaristischen Geheimpolizei Pawel Leschnikow! Er war älter geworden, sein dunkles Haar dünner und ergraut, aber er war es. Sergej zitterte am ganzen Körper, plötzlich sah er sich wieder auf der Anklagebank, wie er sich die Lügen dieses Verbrechers anhören musste, ohne dass er sich wehren konnte. Aber das hier war die Wirklichkeit, kein Alptraum. Heute hinderten ihn keine Fesseln, keine Schläge daran, die Wahrheit auszusprechen. Mit versteinerter Miene ging er auf den Mann zu, drängte sich neben seinen Stuhl, riss ihn an seiner Krawatte hoch und schlug ihm rechts und links ins Gesicht. Der Angegriffene, versuchte, die Schläge abzuwehren, schrie um Hilfe: „Was habe ich Ihnen getan? Wer sind Sie?" Zu den entsetzten Zuschauern gewandt kreischte er: „Retten Sie mich. Dieser Mann ist verrückt. Er hat mich schon einmal überfallen und schwer verletzt." Hysterisch klopfte er auf seinen linken Oberarm. „Hier! Hier hat er mit dem Messer auf mich eingestochen. Wenn Sie wollen, zeige ich Ihnen meinen Verband, meine Wunde. Ich weiß nicht, warum. Ich kenne den Mann nicht!" Erschrocken versuchten die Anwesenden ihren zukünftigen Kollegen und den Fürsten zu beruhigen. Aber da hatte Sergej sich schon wieder im Griff und stieß sein Opfer zurück auf den Stuhl: „Natürlich kennen Sie mich!", herrschte er ihn an, ebenfalls auf Russisch: „Ich bin Fürst Sergej Iwanowitsch Popow! Eine Kreatur wie Sie, ist außerstande das Verbrechen zu vergessen, das sie an einer Persönlichkeit, wie ich es bin, begangen hat."

Dann wandte er sich an seine zukünftigen Kollegen und übrigen Gäste, ignorierte ihre bestürzten oder empörten Gesichter und gab eine Erklärung ab: „Dieser Mann war ein gemeiner schmutziger Spitzel der Ochrana, der vor zwanzig Jahren zahlreiche untadelige Aristokraten wie mich in St. Petersburg denunziert hat. Aufgrund seiner falschen Aussagen wurden ich und viele andere zu Zwangsarbeit nach Sibirien in ein Straflager verschickt. Dieser Mensch gehört nicht in den Kreis unbescholtener Emigranten wie Sie es sind. Er gehört ins Gefängnis!"

Stille war eingekehrt, auch die Musiker hatten aufgehört zu spielen. In höchsten Tönen kreischte Leschnikow ein zweites Mal: „Sie irren sich. Sie verwechseln mich. Nie war ich Mitglied der Geheimpolizei. Das ist Verleumdung!" Der Beschuldigte wollte weiterreden, aber Nowikow unterbrach ihn: „Was soll das bedeuten, Herr Popow? Sie müssen sich irren. Das ist der neue Biologielehrer, dessen Anstellung Sie persönlich ermöglicht haben und wofür ich Ihnen noch einmal von Herzen danke!"

Sergej wurde kreidebleich, schwankte, schrie: „Nein!", immer wieder: „Nein! Nein!", als ob er seine Beteiligung an diesem Betrug dadurch rückgängig machen könnte. Schnell schob ihm jemand einen Stuhl hin, ein anderer brachte ein Glas Wasser. Heftig atmend, schloss er kurz die Augen und rang um Selbstbeherrschung. Schließlich erhob er sich wieder, stand aufrecht da: „Sie haben sich täuschen lassen, Herr Nowikow!" Seine Stimme nahm an Schärfe zu: „Das ist nicht Lew Beljajew, ein wissenschaftlich ausgebildeter Biologe. Das ist Pawel Leschnikow, ein lächerlicher, dummer Kerl, dem Sie auf den Leim gegangen sind. Das werden Sie feststellen, wenn Sie seine Personalangaben und sein Wissen genau prüfen. Machen Sie sofort die Anstellung rückgängig, ehe jemand Sie zur Rechenschaft zieht wegen leichtsinniger Gutgläubigkeit", forderte er.

Nowikow und die Kollegen widersprachen erst leise, dann lauter, nannten Popows Vorwürfe unbegründet, sie hätten alle Angaben sorgfältig durchgesehen. Sergej hörte nicht hin, sondern wandte sich in hochmütigem Ton an Leschnikow: „Sie werden mit Ihren Verbrechen nicht davonkommen! Ich werde dafür sorgen, dass Sie sich als Sträfling in Sibirien zu Tode schuften, bis an das Ende Ihres erbärmlichen Lebens! Die Gulags der Sowjets funktionieren in keinem Deut schlechter als die Straflager des Zaren!"

Mit einem „Guten Abend, allerseits!" verabschiedete er sich. Schon im Hinausgehen hörte er den Sturm der Entrüstung, den sein Auftritt entfacht hatte: „Der irrt sich …, nach zwanzig Jahren …, niederträchtig …, der arme Lew …, aber wir stehen ihm bei …, Popow denkt, bloß weil er ein Fürst …"

Weinerlich wiederholte Pawel Leschnikow immer wieder: „Ich kenne ihn nicht, aber ich kann Ihnen meine Wunde zeigen!"

DER MORD

Festen Schrittes und erhobenen Hauptes ging Sergej Popow bis zur Suarezstraße und bog um die Ecke, so dass niemand, der ihm vielleicht nachschaute, ihn noch sehen konnte. Dann brach er zusammen, setzte sich einfach auf die Straße, gelehnt an eine Hauswand und schloss die Augen. Wirre Gedankenfetzen jagten durch seinen Kopf, er fühlte sich leer und machtlos, wartete auf das Ende. Lange verharrte er so, nahm kaum die Vorübergehenden wahr, die mitleidig oder auch mit Verachtung für den Betrunkenen auf ihn niederblickten.

Einmal hörte er eine Stimme: „Herr Popow, was hocken Sie denn hier auf der Straße?" Es war ein ehemaliger Nachbar von Smirnow. Als Sergej ihn nur stumm anblickte, fragte er, obwohl er ihn kaum kannte: „Kann ich Ihnen helfen?" Aber Sergej schüttelte nur den Kopf.

Später raffte er sich auf. Er konnte jetzt noch nicht nach Hause gehen, er ging zurück zum „Samowar". Durch das Fenster sah er die Kollegen noch immer an ihrem Tisch sitzen und heftig diskutieren. Aber nun stand Leschnikow auf, schien sich verabschieden zu wollen, setzte seinen Hut auf, redete aber weiter. Schnell überquerte Sergej die Straße, stellte sich in einen dunklen Hauseingang und wartete. Er wollte ihn verfolgen, sehen wo und wie er wohnt.

Nach dem Verlassen des Lokals wandte sich Leschnikow nach links, vielleicht, um in die Windscheidstraße einzubiegen und am Sophie-Charlotte-Platz in die U-Bahn zu steigen.

Aber dazu kam es nicht. Aus einem ebenfalls dunklen Hauseingang zwei Häuser weiter, in dem Sergej wartete, stürzte ein Mann hervor, rannte über die Straße und rief Leschnikow etwas zu. Er fiel über ihn her, schlug ihn zusammen und stach, als er am Boden lag, mit einem Messer mehrmals auf ihn ein. Sergej schrie auf und rannte ebenfalls über die Straße. Da flüchtete der Mann und verschwand im Dunkeln um die Ecke. Sergej zögerte einen Moment, unentschlossen, ob er den Angreifer verfolgen oder Leschnikow helfen sollte, stürzte dann aber doch zu dem Verletzten, der aus vielen Wunden blutete. Das Messer steckte noch in der Brust des Überfallenen. Sergej kniete sich neben ihn, zog es heraus, bemerkte nicht, wie seine neue Jacke besudelt wurde und sein Hut in die Blutlache fiel. Vorsichtig wollte er den Kopf von Leschnikow hochheben, um festzustellen, ob er noch lebte, als plötzlich eine schrille Frauenstimme aus einem oberen Stockwerk kreischte. „Hilfe! Polizei! Haltet den Mörder!" Ein Pärchen, von der Suarezstraße kommend, rannte auf Sergej zu, gleichzeitig von der anderen Seite ein Mann. Zu dritt stürzten sie sich auf den vermeintlichen Mörder, umringten ihn und riefen ebenfalls: „Polizei! Rufen Sie die Polizei!", was der Wirt vom „Samowar" augenblicklich tat. Seine Gäste, durch den Lärm angelockt, drängten aus dem Lokal, sahen mit Entsetzen den Toten und Sergej, der neben ihm kniete, in der Hand das blutige Messer. Sergej stand auf und schrie in die aufgeregte Menge: „Seid ihr alle verrückt? *Ich* bin doch nicht der Mörder! Der Mörder ist weggelaufen! Los, rennt hinterher! Sucht ihn!"

Aber niemand rührte sich, jeder wusste, der wahre Mörder stand blutbefleckt vor ihnen. Jetzt drängte sich eine alte Frau durch die Menge nach vorn, noch keuchend vom schnellen Laufen, und zeigte wild gestikulierend auf Sergej: „Der da! Das ist der Mörder! Ich habe ihn von meinem Fenster aus beobachtet, habe gesehen, wie er auf den Mann eingestochen hat und wie das Blut spritzte. Wie eine Fontäne!"

„Das ist eine Lüge", schrie Sergej, aber niemand hörte auf ihn. Für die Lehrer des Russischen Gymnasiums war die Situation klar: Popow hatte vor dem „Samowar" auf seinen Feind gewartet und sich dann voller Hass auf ihn gestürzt, um ihn zu ermorden. Tragisch, nicht nur für den Biologielehrer Lew Bejaljew, sondern auch für den Fürsten!

Sirenen sich nähernder Polizeiautos und aufgeregte Stimmen waren zu hören. Eine Menschenmenge versperrte den Bürgersteig. „Was ist denn hier los?", hörte man erstaunte Passanten fragen und dann die Antwort. „Hier ist gerade ein Mord passiert! Schrecklich! Die haben aber den Mörder schon gefasst!"

Jeder konnte ihn sehen. Er stand da, mit Blut beschmiert und mit einem Messer in der Hand, umringt von aggressiven Menschen, die ihn beschimpften. Ein Krankenwagen traf ein, die Schaulustigen wurden von mehreren Polizisten grob beiseitegeschoben, der Tote abtransportiert. Andere Beamte sicherten den Tatort und nahmen die Personalien der Zeugen für spätere Vernehmungen auf. Fürst Popow wurde als mutmaßlicher Täter verhaftet und abgeführt.

Die alte Frau war noch da, beschrieb kreischend und aufgeregt mit immer denselben Worten den Umstehenden die Mordtat, noch immer als die Polizisten schon längst ihre Befragung der Zeugen beendet und den Tatort verlassen hatten.

RATLOS

Kommissar Steinhauer war überrascht, dass der neue Mordfall, den er übernommen hatte, auch wieder die Gräfin Hohenstein und ihre Nichte betraf. Die beiden Damen waren nicht zu beneiden angesichts der Schicksalsschläge, die auf sie niedergingen, dachte er auf der Fahrt zum Lietzensee.

„Guten Tag, Herr Kommissar", begrüßte ihn die Gräfin, als sie mit Paula den Salon betrat. „Haben Sie Neuigkeiten von Herrn Smirnows Mörder?"

„Leider noch nicht. Wir wissen jetzt aber, dass Anton Gobulew es nicht gewesen sein kann. Sein Alibi ist wasserdicht. Er hat den Abend und die ganze Nacht bei einer Frau verbracht, die das bestätigte."

„Oh", sagte Auguste nur.

„Wir suchen nun den Mörder in der speziellen Clubszene. Wenn wir erst wissen, wo sich Herr Smirnow an diesem Abend aufgehalten hat, werden wir weiter sein. Wir finden den Täter, es ist nur eine Frage der Zeit", versicherte er.

„Und warum sind Sie dann hier?"

Steinhauer lächelte entschuldigend und gab sich einen Ruck: „Es tut mir leid, meine Damen, ich muss Ihnen eine sehr unangenehme Mitteilung machen." Kurze Pause. „Ich bin wegen Fürst Sergej Popow hier. Er ist in der letzten Nacht wegen Mordes verhaftet worden."

Ein zweistimmiger Aufschrei, Paula brach in Tränen aus, Auguste legte tröstend den Arm um ihre Schulter und erklärte ihrem Gegenüber: „Fürst Popow ist ihr Vater."

„Ich weiß. Herr Popow bat mich, Sie beide zu informieren." Dann erklärte der Kommissar kurz und sachlich: „Der Fürst wird beschuldigt, einen angeblich ehemaligen Spitzel der zaristischen Geheimpolizei ermordet zu haben."

Paula hörte auf zu weinen: „Pawel Leschnikow! Der ist in Berlin?" Sie konnte es kaum glauben. „Mein Vater hat mir erzählt, was dieser Verbrecher ihm angetan hat."

Steinhauer nickte und fuhr fort: „Dem Fürsten wird vorgeworfen. ihn im ‚Samowar' wiedererkannt, ihm auf der Straße aufgelauert und ihn dann mit einem Messer erstochen zu haben. Eine Frau behauptet, sie habe alles aus dem Fenster beobachtet."

„Fürst Popow soll mit einem Messer auf einen Menschen losgegangen sein?" Auguste lachte ungläubig. „Das glauben Sie doch wohl selbst nicht, Herr Kommissar!"

„Es geht nicht darum, was ich glaube, verehrte Gräfin! Ich habe mit Herrn Popow gesprochen, er streitet die Tat ab, und schilderte mir, wie sich nach seiner Meinung alles abgespielt hat. Er gab zu, den Toten im Lokal bedroht zu haben. Er sei wie von Sinnen gewesen, als er nicht nur seinen Denunzianten wiedertraf, sondern auch noch erkannte, dass er persönlich durch seine Fälschung ihm eine Lehrerstelle am Gymnasium ermöglicht hatte."

„Fälschung?", fragte Auguste nach.

„Ja! Er hat Dokumente gefälscht."

„Er war ein Fälscher?", murmelte Paula ungläubig.

Steinhauer nickte: „Damit hat er seinen Lebensunterhalt verdient, und wie es aussieht, nicht schlecht."

Die Frauen starrten ihn so fassungslos an, so dass Steinhauer gegen seinen Willen weitere Einzelheiten verriet: „Herr

Popow wohnt in einem Haus in der Rönnestraße, wo er sich eine Fälscherwerkstatt eingerichtet hat. Haben Sie ihn nie besucht?"

„Das wollte er nicht", murmelte Paula.

„Hat er Ihnen erzählt, dass bei ihm eingebrochen wurde und er vor einiger Zeit von einem Unbekannten überfallen und verletzt wurde?"

Auguste und Paula schüttelten stumm den Kopf.

Steinhauer blickte sie vielsagend an: „Es gibt zahlreiche ungeklärte Fragen, was Fürst Popow betrifft. Nicht nur hinsichtlich dieses Mordes. Wir werden alle Umstände sorgfältig prüfen. Aber im Moment, das muss ich leider sagen, sieht es für ihn nicht gut aus. Er hatte ein Motiv und eine Gelegenheit für diese Tat. Und, wie ich schon sagte, mehrere Zeugen bestätigen das. Ein anderes Problem für uns besteht darin, dass wir die genaue Identität des Opfers noch gar nicht kennen, ob es wirklich Pawel Leschnikow ist. Also, Sie sehen, es gibt für uns nicht nur im Fall Smirnow, sondern auch in diesem Fall einiges zu tun." Er erhob sich: „Wir bleiben im Kontakt, Sie hören von mir. Ich rate Ihnen, einen Anwalt als Rechtsbeistand hinzuzuziehen. Auf Wiedersehen!"

Als er gegangen war, fing Paula wieder leise zu weinen an, Auguste schwieg. Dann stand sie auf, ging zum Fenster und öffnete es. Frische Luft erfüllte den Raum. Sie drehte sich um und begann im Zimmer auf und ab zu laufen: „Ich verstehe das nicht, plötzlich ist alles anders! Es gibt nur noch uns beide! Kein Smirnow, auf den ich mich mein Leben lang verlassen habe, und nun auch nicht mehr deinen Vater. Wir beide müssen jetzt selbst für uns sorgen! Paula, hörst du? Hör auf zu weinen! Sag lieber was!" Auguste wartete keine Antwort ab: „Der Kommissar meinte, wir brauchen einen Rechtsanwalt. Ich habe einen guten, Wedekind, Rechtsanwalt und Notar, von dem ich dir schon erzählt habe. Mit dessen Hilfe wollte ich mein Vermögen diesem Heiratsschwindler vererben! Unbegreiflich, wie dumm ich war! Zum Glück ist das vorbei! Wahrscheinlich hätte Wedekind sogar versucht, mir das auszureden."

Paula schniefte: „Der Fürst kennt Wedekind auch. Er hatte ihn beauftragt, seine Familie zu suchen. Wedekind hat auch die Schwester in Wien gefunden."

„So ein Zufall, großartig!" Auguste Stimmung hob sich. „Ich werde jetzt in Wedekinds Kanzlei anrufen und einen Termin mit ihm ausmachen. Denn was auch immer passiert ist, eines ist klar: ein Mörder ist Fürst Popow bestimmt nicht!"

Jetzt lächelte sogar Paula: „Und das werden wir beweisen!"

DARJA IN BERLIN

Wie waren Maria Iwanowna und ihre Familie glücklich, als sie von einem Berliner Rechtsanwalt erfuhren, dass Marias Bruder Sergej Iwanowitsch, wie viele russische Emigranten, seit ein paar Jahren in der deutschen Hauptstadt lebte. Die Freude währte nicht lange, denn kurz danach schrieb Wedekind, es solle sofort jemand von der Familie aus Wien nach Berlin kommen, da sich Fürst Popow wegen einer Mordanklage in Untersuchungshaft befinde. Er würde als Rechtsanwalt seine Interessen vertreten. Ungläubiges Entsetzen ergriff die Familie. Sie beschloss, Darja, Marias Tochter, sollte sofort den Auftrag bei ihrer Zeitung abgeben, um unverzüglich in Berlin nach dem Rechten zu sehen. Sergej schien keine Freunde zu besitzen, die ihm helfen könnten.

So kam es, dass Darja Afanasjewna Sokolowa einige Tage nach Sergejs Verhaftung mitten auf dem Nollendorfplatz in Berlin stand, dem gelben U-Bahnzug, der sie hergebracht hatte, hinterher sah und nun anhand eines Stadtplans die Kanzlei des Rechtsanwalts und Notars Wedekind aufsuchte. Darja war zwar ein junges Mädchen von erst vierundzwanzig Jahren, wirkte aber älter auf Grund ihrer großen stämmigen Figur, irgendwie majestätisch. Auf die meisten Menschen musste sie herabblicken. Dennoch hatte sie ein ausgeprägtes Selbstbewusstsein, wozu ihre elegante Erscheinung und, gerade in Westeuropa, auch ihre Herkunft aus einem alten russischen Adelsgeschlecht beitrug.

Sie bog in die Maaßenstraße ein. Ihr Onkel tat ihr leid, aber dennoch war sie ihm zutiefst dankbar. Ohne sein Unglück hätte sie nie einen Grund gehabt, Berlin zu besuchen, das überall als die interessanteste Metropole Europas galt. Zuerst würde sie, wie es ihre Aufgabe war, sich um Onkel Sergej Iwanowitsch kümmern, aber dann wollte sie alles kennenlernen, was das glamouröse Berlin zu bieten hat: Ausstellungen mit moderner Kunst, in die Theater gehen, vor allem sich skandalöse Aufführungen von expressionistischen Dichtern ansehen, die von einem entfesselten Publikum mit Schreien der Entrüstung oder Begeisterung begleitet wurden, wie sie in den Wiener Zeitungen gelesen hatte. Sie freute sich auch und war neugierig auf nächtliche Besuche in verschiedenen Etablissements, Varietés, schummrigen Bars und dunklen Lasterhöhlen. Dazu allerdings würde sie einen männlichen Begleiter benötigen, nach dem sie beizeiten Ausschau halten musste.

Schon von Wien aus hatte sie mit Julius Wedekind einen Termin in seiner Kanzlei am Nollendorfplatz festgemacht. Der Jurist hatte viele Jahre in St. Petersburg gelebt und sprach fließend Russisch. Diese Tatsache hatte sich unter den russischen Emigranten schnell herumgesprochen, die einen deutschen Rechtsvertreter bevorzugten. Die Zahl der Klienten und mit ihr der Umfang seiner Arbeit stieg unaufhörlich.

Für sie aber nahm sich Wedekind ganz offensichtlich Zeit. Er gefiel ihr auf Anhieb, war ein gutaussehender dunkler Typ, in einem maßgeschneiderten grauen Anzug, zu ihrem Bedauern allerdings nur mittelgroß. Als männlicher Begleiter für nächtliche Eskapaden kam er daher leider nicht in Frage.

Wedekind erwartete sie schon. Er war überrascht von ihrem Aussehen, riesig, aber charmant, im schmalen, hellgestreiften Sommerkleid und einem passenden Hütchen auf dem Kopf. Lächelnd kam er ihr entgegen und begrüßte sie mit einem angedeuteten Handkuss in ihrer Heimatsprache: „Guten Tag, Prinzessin! Bitte nehmen Sie Platz!"

Mit einem anmutigen russischen Akzent erwiderte sie: „Wir können deutsch sprechen", und setzte sich in den Sessel an einem Tischchen.

Der Anwalt machte es sich in dem anderen Sessel bequem. Sichtlich erfreut erwiderte er: „Das hätte ich nicht gedacht! Woher können Sie so gut unsere Sprache?"

„Ich wohne seit 1918, seit sieben Jahren in Wien", belehrte sie ihn gutgelaunt. „Da hatte ich genügend Zeit, die deutsche Sprache zu lernen. Meinen Sie nicht?"

„Natürlich, selbstverständlich!" Er war entzückt von ihr. „Aber das sollten Sie mal Ihren Landsleuten hier sagen, die seit Jahren in Berlin wohnen. Das einzige deutsche Wort, das sie kennen ist ‚bitte', und die einzige deutsche Person, mit der sie zu tun haben, ist ihre Zimmervermieterin."

Sie lächelte: „Außerdem bin ich keine Prinzessin."

„Schade! Dabei sehen Sie aus wie eine Prinzessin." Wedekind hätte ihr gern noch weitere Avancen gemacht, verschob das aber auf später. Er nahm irgendwelche Unterlagen zur Hand und setzte eine professionelle Miene auf. „Dann kommen wir mal zur Sache. Ich hatte gestern einen Termin mit Kommissar Steinhauer von der Mordkommission. Er hat den Sachverhalt geschildert und den Mordverdacht begründet." Wedekind ordnete seine Notizen, anhand derer er seiner Besucherin eine ausführliche Zusammenfassung der bisherigen Ereignisse gab. Darja hörte aufmerksam zu. Abschließend meinte Wedekind: „Wir müssen abwarten. Im Moment sieht es für Ihren Onkel nicht gut aus. Er hat ein starkes Motiv und es gibt eine Zeugin, die ihn bei der Tat beobachtet hat und viele, die ihn neben dem blutüberströmten Toten aufgefunden haben, noch mit dem Messer in der Hand. Das sind schwerwiegende Indizien. Aber es wird auch in andere Richtungen ermittelt, zum Beispiel, ob der Tote noch andere Feinde hatte. Seine wahre Identität steht noch in keiner Weise fest. Wie gesagt, wir müssen abwarten."

Er schaute Darja aufmunternd an: „Darf ich Ihnen etwas zu trinken anbieten?"

Darja atmete durch: „Gern!"

Unverzüglich holte Wedekind aus dem Schrank die Wodkaflasche und zwei Gläser. Er erhob sein Glas: „Zum Wohle!"

„Wie geht es denn meinem Onkel?"

„Nicht gut!" Der Rechtsanwalt machte eine Pause, schüttelte bekümmert den Kopf und wiederholte: „Er fühlt sich ungerecht behandelt, beteuert seine Unschuld, regt sich auf, verfällt dann wieder in schwere Depressionen. Durch seine langen Aufenthalte in Gefängnissen und Straflagern ist er traumatisiert, wie es der Gefängnisarzt nennt. Das Wichtigste, was ich für ihn tun kann und worum ich mich intensiv bemühe, ist, für ihn Haftverschonung zu erwirken."

Darja zog ein Taschentuch hervor und wischte sich ein paar Tränen weg. Dann trank sie wieder einen Schluck Wodka und fragte: „Ich verstehe eines nicht: woher sollte denn mein Onkel plötzlich ein Messer gehabt haben? Er nimmt doch nicht ein *Messer* mit, wenn er in seinem Stammlokal ein Glas Wein trinken will."

„Richtig, das muss natürlich geklärt werden!"

Darja nickte. „Darf ich mit meinem Onkel sprechen?"

„Natürlich. Ich schlage vor, wir besuchen ihn gemeinsam. Übrigens", der Anwalt schaute seine Klientin bedeutungsvoll an, „es gibt noch eine überraschende Entwicklung in dem Fall, über die ich Sie informieren muss. Ihr Onkel steht nicht so allein da, wie Sie oder wir vermutet haben. Am Tag nach dem Überfall erhielt ich Besuch von einer anderen Klientin, der Gräfin Hohenstein. Sie behauptete, Sergej Popow habe eine illegitime Tochter, ihre Nichte nämlich. In ihrem Namen wollte sie mich als Rechtsbeistand des Fürsten engagieren. Wir waren beide erstaunt und sehr erfreut über die Tatsache, dass Popow, der durch Ihre Familie schon mein Klient ist, nun von zwei Seiten Unterstützung erhält." Etwas zögernd fügte er hinzu: „Ich bin mir übrigens nicht sicher, ob die Geschichte von dieser unehelichen Tochter der Wahrheit entspricht. Das muss gründlich geprüft werden."

„Das denke ich auch." Darja war ebenfalls skeptisch.

Sie genehmigten sich ein weiteres Glas. Darja entspannte sich zusehends. „Ich danke Ihnen, Herr Wedekind. Halten Sie mich bitte auf dem Laufenden. Ich werde eine Zeitlang in Berlin bleiben, in erster Linie wegen meines Onkels, aber ich freue mich auch, die Stadt und ihre Bewohner kennenzulernen."

Wedekind schmunzelte: „Da unterscheiden Sie sich aber erheblich von Ihren Landsleuten. Die Russen in Berlin, unter ihnen viele Intellektuelle, haben oft keinen Kontakt zu den Einheimischen. Die sind ihnen zu vulgär!"

„Vulgär?"

„Ja. Unsere Prachtstraße ‚Unter den Linden' nennt Nabokov ‚pseudopariserisch'! Frech, oder?", lachte Wedekind.

„Den Dichter kennen Sie sicher nicht, aber er hat eine große Zukunft vor sich."

„Ein entfernter Cousin von mir", warf Darja ein.

„Oh! Alle Achtung! Kennen Sie auch Ilja Ehrenburg?"

„Natürlich! Ein interessanter Schriftsteller, aber unmöglicher Mensch!"

Wedekind goss ein weiteres Mal die Gläser voll und fragte: „Auch Jessenin, ein junger Lyriker, der im Begriff ist, sich zu Tode zu saufen?"

„So wie wir jetzt", lachte Darja und trank. „Nein, den kenne ich nicht!"

Schließlich trennten sie sich. Obwohl Wedekind eigentlich verpflichtet war, sie zu der Wohnung des Onkels zu begleiten, übergab er Darja den Schlüssel. Darja hatte ihn dazu überreden können: „Das ist nicht nötig. Sie haben doch genug zu tun!" Sie wollte unbedingt allein die Wohnung besichtigen, um einerseits ungestört dem fremden Onkel nachzuspüren, aber auch um nach Hinweisen und Ungereimtheiten zu suchen, die eventuell einen Hinweis auf die Tragödie gaben.

Mit der U-Bahn fuhr Darja zurück zur Station „Kaiserdamm". Sie beschloss, sofort die Wohnung des Onkels in der Rönnestraße aufzusuchen und zu inspizieren. Sie selbst hatte für ein paar Tage ein Zimmer in der Nähe gemietet, in der Pension der Witwe Schubert am Königsweg. Auch die Witwe hatte sie sogleich mit „Prinzessin" angesprochen. Wie üblich winkte Darja freundlich ab: „Ich bin keine Prinzessin. Mein Name ist Darja Afanasjewna Sokolowa. Aber sie können einfach ‚Fräulein Darja' zu mir sagen."

Sie ging die Riehlstraße entlang, vorbei an einer großen Baustelle auf der linken Seite, wohl für eine Wohnanlage, die sich bis hinunter zu der anderen Straße erstreckte. Im Hintergrund sah sie nur eine grüne Wand aus großen Bäumen, vielleicht lag da ein Park. Als sie das Ende der Straße erreichte, sah sie nach rechts blickend wieder eine große Baustelle. Wie sie schon in einer Wiener Zeitung gelesen hatte, wurde hier ein Funkturm für einen Rundfunksender gebaut. Vor ihr aber lag tatsächlich ein Park. Neugierig betrat sie ihn durch ein weißes Holztor und ging die Treppen hinunter. Große Wiesen, viele Büsche, alte Bäume, bunte Blumenrabatten und in der Mitte ein See, herrlich! Sie faltete ihren Stadtplan auseinander – sie befand sich im Lietzenseepark. Langsam schlenderte sie nach links zu einem kleinen Haus, das romantisch hinter den Bäumen hervorlugte. Hier konnte man sogar Milch und Mineralwasser kaufen, wie eine Tafel verkündete. Plötzlich verspürte Darja Durst und trat an das offene Fenster, sah aber niemanden. Also rief sie einfach in den Raum hinein: „Ich möchte bitte einen Becher Milch!"

Das junge Mädchen, das die Milch verkaufte, hatte an der Seite auf einem Hocker gesessen, trat jetzt zu der großen Frau am Fenster und murmelte: „Entschuldigung! Was darf es sein?" Sie hatte rotverweinte Augen und sah unglücklich aus.

Während sie die Milch eingoss, fragte Darja spontan: „Warum weinen Sie denn?"

„Mein Vater", schluchzte das Mädchen, „dem geht so schlecht." Sie schniefte.

„Ach, Sie Arme!" Darja seufzte: „Ich mache mir auch Sorgen um einen lieben Menschen. Wir dürfen die Hoffnung nicht aufgeben." Da hörte sie eine Männerstimme vom Weg her: „Fräulein Wolski, stellen Sie sich vor, Egon ist schon da!" „Danke, Herr Berger", rief Fräulein Wolski zurück. Ihre Milch trinkend sah Darja zu, wie sie einem jungen Mann die Seitentür zur Küche öffnete. „Tag, Paula, du kannst jetzt gehen." Paula lächelte Egon aus verquollenen Augen an: „Ich bin dir so dankbar, dass du jetzt immer pünktlich bist, sogar noch früher kommst als verabredet! Auf Wiedersehen, dann bis morgen!" Sie nickte auch Darja zu, ergriff ihre Tasche und verschwand. Nun kümmerte sich Egon mit weltmännischer Miene um den Gast: „Gestatten Sie, dass ich Ihnen noch einen weiteren Becher eingieße? Oder ein Glas Mineralwasser?" Darja lehnte dankend ab und bezahlte.

Mit dem Stadtplan in der Hand ging sie durch den Park, der merkwürdigerweise durch eine Straße in zwei Teile geschnitten war. Sie stieg eine Treppe hinauf zur Neuen Kantstraße und dann wieder einen schrägen Weg hinunter in den anderen Teil des Parks. Am Ende der Anlage, an einer beeindruckenden, großen Kaskade verließ sie den Park und schaute sich unentschlossen um. Die Ecke, an der sie stand, war unübersichtlich, aber hier musste die Rönnestraße irgendwo sein. Gegenüber einer S-Bahn-Trasse gelegen, hatte Wedekind gesagt. Er selbst kannte die Wohnung seines Klienten nicht. Endlich entdeckte sie das Straßenschild, gleichzeitig sah und hörte sie im Hintergrund eine S-Bahn vorübersausen. Erleichtert steckte sie den Berlin-Plan in ihre Handtasche zurück und bog in die Rönnestraße ein. Langsam ging sie die Straße entlang. Die Häuser sahen ziemlich heruntergekommen aus, nicht zu vergleichen mit der Wohngegend ihrer eigenen Familie in Wien. Vor dem gesuchten Haus kauerten Kinder auf dem Bürgersteig und spielten Murmeln, ohne sie zu beachten. Hier wohnte also dieser unbekannte, von düsteren Geheimnissen umgebene Bruder ihrer eleganten Mutter? Kaum vorstellbar, oder doch? Maria Iwanowna hatte ihrer Tochter nichts über die Verhältnisse ihres Bruders sagen können. Jetzt erkannte Darja, dass er ganz offensichtlich im Gegensatz zu ihnen nichts von seinem Reichtum hatte retten können, sondern arm war. Ihre Eltern dagegen besaßen noch einiges Vermögen, da sie eine erhebliche Menge Schmuck und wertvolle Münzen auf verschiedenen Kanälen aus Russland hatten herausschmuggeln können, von deren Verkauf sie noch viele Jahre leben konnten.

Im dunklen Treppenhaus des Hinterhauses stieg Darja auf knarrenden Holzstufen nach oben, mit dem wohligen Gefühl, in ein noch größeres Abenteuer geraten zu sein, als sie erwartet hatte. Sie holte den Wohnungsschlüssel aus der Tasche und schloss die Wohnungstür auf, die mit einem neuen Schloss ausgestattet war. Durch den schmalen Flur trat sie in das offensichtlich einzige Zimmer der Wohnung. Es war mit praktischen, aber hässlichen Möbeln ausgestattet. Eine kleine Tür an der Seite stand halb offen. Darja schaute in einen winzigen Raum, eine Art Küche, mit einem Ausguss, Gaskocher und Regal. Auf dem Tisch standen irgendwelche Apparaturen und kleine Maschinen, die Darja nicht einordnen konnte, jedenfalls keine Gerätschaften zum Kochen.

Sie ging zurück ins Zimmer, hatte sich gerade einen Stuhl an den Schreibtisch gerückt und wollte die Schublade öffnen, als es klingelte. Darja ging zur Tür und öffnete sie, eine alte Frau in einer bunten Kittelschürze stand vor ihr. Erschrocken blickte sie zu ihr hoch und stotterte: „Wat machen *Sie* denn hier?" Dann schon frecher: „Wer sind Se überhaupt?"

„Ich bin eine Verwandte von Herrn Popow", sagte Darja.
„Und wer sind Sie?"

Die Frau schien beruhigt: „Ach so, denn is ja jut. Ick dachte schon, hier wär wieder n Einbrecher, hier war nämlich schon mal eener, obwohl ja hier nischt zu holen is. Ick bin die Nachbarin, Frau Wegner. Is Herr Popow wat passiert? Ick hab ihn schon lange nich jesehn."

Darja zögerte, dann erklärte sie: „Ihm geht es nicht gut, er ist im Krankenhaus."

„Ach nee, der hat wohl zu ville jesoffen."

Darja begann sich zu über die Nachbarin zu ärgern: „Wie kommen Sie denn darauf?"

Frau Wegner hatte jetzt jegliche Scheu vor der großen Russin verloren: „Also, dit kann ick Ihn jenau sagn. Der Popow machte dauernd Jeschäfte, dunkle, vermut ick, bei den se och imma jesoffen ham. Da war imma son Lärm in de Wohnung, det ick an die Tür kloppen musste, ooch nachts. Hat aber nüscht jeholfen. Manchmal war der Popow so besoffen, dass er nich mehr loofen konnte."

„Hören Sie auf! Jetzt übertreiben Sie!", widersprach Darja.

„Nee, überhaupt nich. Aber in letzter Zeit waret wirklich stiller bei ihm. Dit stimmt! Neulich is wieder eener von seine Leute die Treppe runterjeflogen. So besoffen war der." Sie kicherte.

„Sehr nett, dass Sie mir das alles erzählt haben", schloss Darja das Gespräch, „aber ich habe jetzt zu tun. Auf Wiedersehen!"

Frau Wegner ging, drehte sich aber nochmal um: „Aber eens muss ick ooch sagn. Wenn er nüchtern war, konnte man nich meckern. Imma nett und hilfsbereit. Der hat mir mal een Sack Kohlen hochjeschleppt, den der Kohlenfritze einfach unten abjestellt hatte. Einmal hatta mir sojar eene Riesenschachtel Pralinen jeschenkt, weil ick ihm jeholfen habe! Wiedersehn!"

Darja schaute der Nachbarin hinterher. Auch wenn sie maßlos übertrieb, war mit Sicherheit etwas Wahres an ihren Schilderungen. Der Onkel wurde Darja immer rätselhafter.

Nun endlich öffnete sie die Schreibtischschublade. Die nächste Überraschung erwartete sie: Geldscheine, einfach hineingeworfen. Sie nahm sie heraus und überschlug die Summe, ungefähr dreihundert Mark. Also am Hungertuch musste der Onkel nicht nagen. Die Frage aber war noch unbeantwortet, mit welchen Geschäften hatte er dieses Geld verdient?

In der Schublade lagen viele Papiere, die meisten uninteressant für Darja, bis sie auf einen angefangenen Brief an ihre Mutter stieß „*Liebe Mascha, geliebte Schwester …*" Darja überflog ihn, er schrieb allgemein von seinen Lebensverhältnissen, dann etwas von einer lieben Freundin, sehr interessant, auch von einer Wohnung, die er mieten wollte und anderes. Alles klang zuversichtlich. „*Die größte Freude meines Lebens aber besteht darin …*", lautete der letzte Satz, dann brach der Brief ab. Darja überlegte: Entweder fehlte dem Onkel die Zeit, den Brief zu beenden, oder er hat ihn bewusst nicht weitergeschrieben, aus welchen Gründen auch immer. Darja steckte den Brief in ihre Handtasche.

Weiter kramte sie in der Schublade, bis ihr ein weiterer, auch noch nicht zu Ende formulierter Brief in die Hände fiel. Der war an den nun auch ihr gut bekannten Rechtsanwalt Wedekind. Während sie die Zeilen las, fühlte sie, wie ihr Herz anfing, schneller zu schlagen. Ihr Blick blieb an den zwei Worten hängen: „illegitime Tochter". Die Vermutung, die Wedekind geäußert hatte, hier wurde sie bestätigt. Sergej Iwanowitsch Popow bat den Rechtsanwalt um ein Gespräch, da er seine illegitime Tochter Paula Wolski adoptieren wollte. Darja ließ das Papier sinken. Ihr spontanes Gefühl war Freude darüber, hier in diesem aufregenden Berlin sogar eine Kusine zu besitzen. Es war ihr gleichgültig, wie ihre Eltern oder die Verwandtschaft zu dieser unehelichen Tochter stehen würden. Sie musste sie kennenlernen! Darja schaute noch einmal auf den Namen in dem Briefentwurf, Paula Wolski, und runzelte die Stirn. Wo hatte sie den Namen schon gehört? Dann fiel es ihr ein: „Fräulein Wolski" hatte der Mann im Park sie genannt, „Paula" ihr Arbeitskollege. Das Mädchen, das die Milch verkaufte, war die uneheliche Tochter ihres Onkels! Das war eine Sensation! Der Vater des Mädchens, dem es so schlecht ging, und der „liebe Mensch", von dem sie selbst gesprochen hatte, ihr Onkel Serjoscha, waren ein und dieselbe Person. Jetzt wusste Darja auch, was „die größte Freude meines Lebens" in dem Brief an ihre Mutter war: seine Tochter Paula.

KUSINEN AUF DER BANK

Als Paula am nächsten Vormittag wie gewöhnlich in ihrer Milchverkaufsstelle die Getränke ausschenkte, bemerkte sie dieselbe große Dame wie gestern, in dem hellen Sommerkleid mit Puffärmeln. Sie stand an der Seite des Parkwächterhauses und schaute zu ihr hinüber. Paula fand das merkwürdig, beachtete sie aber nicht weiter. Sie war gut beschäftigt, denn bei dem warmen Sommerwetter wollten viele Spaziergänger Mineralwasser trinken, das Paula ihnen in die Gläser goss aus Flaschen, die in einer großen, mit Eis gefüllten Wanne kalt gehalten wurden. Die Zeit verging schnell und bald war Egon da, um sie abzulösen. Er gefiel Paula jetzt viel besser, nicht nur, weil er immer pünktlich war, sondern auch weil er in seinem karierten Hemd und den Knickerbockern nicht mehr wie ein Dandy aussah.

Paula nahm ihre Schürze ab und beschloss noch einen kleinen Spaziergang zu machen. Sie seufzte, wie schön war es früher gewesen, als Igor manchmal nach ihrem Dienst auf sie wartete und sie zusammen durch den Park gegangen sind und plauderten. Aber das war nun leider vorbei.

„Haben Sie einen Moment Zeit für mich?" Die Frau mit der imposanten Statur, Paula musste hochgucken, stand plötzlich neben ihr und schaute sie prüfend an: „Ich habe auf Sie gewartet, ich muss etwas mit Ihnen besprechen."

„Was denn?" Paula schaute distanziert, die Frau benahm sich so seltsam. „Ich habe wenig Zeit".

„Bitte, nur kurz! Wollen wir uns dort auf die Bank setzen?"
Paula nickte.

Sie nahmen am Wasserbecken der Kleinen Kaskade Platz und Darja begann: „Ich war vorgestern schon einmal hier. Sie hatten geweint wegen Ihres Vaters."

„Ja, aber es geht ihm jetzt schon besser", meinte Paula, noch immer reserviert.

Ohne Umschweife entgegnete Darja: „Wir können gleich darüber sprechen, ob das stimmt. Aber erst muss ich mich vorstellen: Ich bin Darja Sokolowa, Sergej Popow ist mein Onkel, der Bruder meiner Mutter."

„Sie sind Darja?", platzte Paula heraus und starrte sie an. „Ihr Onkel hat mir von Ihnen erzählt. Sie haben überhaupt keine Ähnlichkeit mit ihm."

„Das kann ich mir denken. Er sieht sicher so vornehm und zartgliedrig aus wie meine Mutter und meine Schwester. Ich komme, früher hätte ich gesagt ‚leider', nach meinem Vater, einem stämmigen Riesen." Sie lachte. „Aber ich habe mich inzwischen mit meiner Statur abgefunden, sie ist manchmal sogar ganz nützlich."

„Entschuldigung, ich habe das nicht beleidigend gemeint", murmelte Paula. Sie sollte überlegter reden, ermahnte sie sich, sie wollte einen guten Eindruck auf die Verwandtschaft ihres Vaters machen.

Darja fuhr unbekümmert fort: „Meine Familie hat mich zur Unterstützung von Onkel Serjoscha nach Berlin geschickt. Und Sie sind Paula Wolski, seine Tochter, nicht wahr?"

„Woher wissen Sie das?", entfuhr es Paula, wieder viel zu spontan.

„Von unserm Rechtsanwalt Wedekind hörte ich, dass er vermutlich eine uneheliche Tochter hat. Den Namen Paula Wolski erfuhr ich aus einem Brief meines Onkels, den ich in seiner Wohnung fand. Dann habe ich mich daran erinnert, dass Sie hier so genannt wurden."

Paula blickte weg, geradeaus auf die große Wiese: „Ja, das stimmt alles."

„Warum sind Sie so schüchtern?" Darja beugte ihren Kopf nach vorn, um die Kusine anzublicken. „Ich freue mich, Sie endlich kennenzulernen. Sie nicht? Wir sind Kusinen!"

Nun schaute auch Paula auf, in das ihr zugewandte Gesicht, blieb aber zurückhaltend und sachlich: „Ich weiß nicht, wie Ihre fürstliche Familie mich aufnehmen wird. Ich bin illegitim. Die Tochter eines Dienstmädchens. Das ist der Unterschied zwischen uns."

Jetzt wurde Darja ebenfalls ernst: „Was meine Familie sagt, weiß ich auch nicht. Es ist eine ungewöhnliche Situation für uns alle. Aber die andern sind weit weg, in Wien. Wir sind hier in Berlin, wir sind verwandt und wollen beide Onkel Sergej helfen. Um etwas anderes kümmern wir uns jetzt gar nicht. Und ich glaube, Sie sind sehr nett und ich kann mich mit Ihnen anfreunden. Darf ich Paula und du zu dir sagen?"

„Natürlich!" Paula lächelte unsicher. „Tut mir leid! Aber für mich kommt das alles so unverhofft. Ich habe mich noch immer nicht an dieses neue Leben gewöhnt. Sogar meine Tante ist jetzt eine Gräfin Hohenstein und vornehm."

„Oh, darf ich sie mal besuchen?"

„Sofort, wenn Sie wollen!"

Darja lachte: „Nicht so schnell. Zuerst müssen wir beide uns kennenlernen. Weißt du ein nettes Lokal in der Nähe, wo wir uns treffen und unterhalten können? Ich habe gehört, in Berlin ist es nicht wie in Wien unschicklich, sondern der letzte Schrei, als Frau ohne männliche Begleitung in ein Restaurant zu gehen."

Paula bekam rote Backen vor Aufregung: „Ja! Wir gehen in das ‚Samowar'! Dort hat das ganze Unglück angefangen und Sie – du lernst gleich die Menschen kennen, die damit zu tun haben. Wir könnten Egon als Begleiter mitnehmen."

„Sehr gute Idee! Aber wir schaffen das auch ohne Egon." Darja räkelte sich wohlig in der Sonne. „Es ist so schön hier. Können wir nicht noch ein wenig auf der Bank sitzenbleiben? Du musst mir so viel erzählen! Zum Beispiel, wie hat mein Onkel festgestellt, dass du seine Tochter bist?"

„Ganz einfach: Er erkannte an meinem Hals die Kette, die er meiner Mutter zum Abschied geschenkt hatte."

Lange noch saßen die Kusinen zusammen. Dann verabredeten sie, sich am Abend vor Paulas Haustür zu treffen, um zusammen ins „Samowar" zu gehen.

IM „SAMOWAR"

Paula hatte für den Restaurantbesuch eines ihrer hübschen sommerlichen Kleider ausgewählt, dazu trug sie die Halskette ihrer Mutter. Aber als sie Darja vor der Tür stehen sah, kam sie sich wie ein kleines, unscheinbares Mädchen vor.

„Du siehst großartig aus", bewunderte sie ihre Kusine.

Darja lächelte geschmeichelt: „Ich muss schließlich Eindruck machen!" Sie hatte ein enges, knöchellanges Abendkleid aus dunkelroter Seide angezogen, das Oberteil mit Perlen bestickt. Über eine Schulter hatte sie eine silberfarbene, ebenfalls verzierte Stola geworfen.

„Um diese Zeit ist das Lokal meistens gut besucht", erklärte Paula im Gehen. „Hoffentlich sind der Schulleiter des Russischen Gymnasiums Herr Nowikow und einige von den Lehrern da."

„Wir werden sehen. Wichtig ist in erster Linie für mich, das Stammlokal meines Onkels kennenzulernen."

Darja betrat als erste das „Samowar", blieb nach ein paar Schritten stehen und ließ ihre Blicke prüfend über den Raum und die Besucher schweifen, wohlwissend, dass ihre Erscheinung die Aufmerksamkeit der Anwesenden auf sich und Paula ziehen würde. Tatsächlich senkte sich der Geräuschpegel, weil viele Gäste ihre Gespräche unterbrachen und die Neuankömmlinge musterten. Paula stand neben ihrer Kusine und flüsterte: „Sergejs Stammtisch ist besetzt."

Augenblicklich kam der Besitzer auf sie zu, verbeugte sich und begrüßte sie. Darja lächelte ihn huldvoll an und sagte

„Guten Abend! Ich habe gehört, man kann bei Ihnen gut essen und trinken!" Sie sprach russisch.

„Selbstverständlich, es ist uns eine Ehre, Sie zu bedienen. Darf ich Sie zu einem Platz geleiten?" Beflissen wies der Besitzer auf einen leeren Tisch.

„Nein! Dort nicht!" Das klang wie ein Befehl. „Ich bin Prinzessin Darja Afanasjewna Sokolowa, die Nichte von Fürst Sergej Iwanowitsch Popow, dem hier in Ihrem Lokal ein großes Unglück widerfahren ist. Ich will an seinem Tisch sitzen, um ihm nahe zu sein."

Mit wogendem Busen und ernster Miene blickte sie zu dem Leiter des Restaurants hinunter. Paula sah, wie ihm seine Entgegnung: „Der Tisch ist leider besetzt!" im Munde erstarb. Er zögerte nur ganz kurz, ging zu dem Paar an Sergejs Tisch, murmelte Erklärungen für die Umstände, die er ihnen leider machen müsste. Das Paar erhob sich verständnisvoll und wechselte zu einem anderen Tisch. Im Nu hatten flinke Ober das Geschirr umgeräumt und für die beiden Kusinen den Tisch neu gedeckt.

„Danke sehr!" Darja nickte gnädig und zusammen mit Paula setzte sie sich mit der größten Selbstverständlichkeit an den Tisch ihres Onkels. „Ein schönes Lokal!", lobte sie, als der Ober Oleg die Speisekarte brachte, und mit einem Blick darauf: „Vorzügliches Angebot! Ich hoffe, es entspricht meinem Standard!" Dann bestellte sie für sich und Paula die Gerichte und Getränke: „Bitte keinen Kwas! Dafür Ihren besten Rotwein!"

Paula war hingerissen von ihrer neuen Kusine. „Ich wollte, ich wäre wie du! So sicher und selbstbewusst!"

Darja lachte: „Das könntest du auch! Du musst nur Mut haben. Allerdings hast du es natürlich viel schwerer, so klein wie du bist. Ich sagte doch, eine russische Riesin zu sein, hat auch Vorteile."

Die Tür ging auf. Als zwei Herren in hellen Anzügen eintraten, sagte Paula: „Da kommen der Schulleiter Nowikow und ein Kollege vom Russischen Gymnasium."

„Gut, ich werde mit ihm sprechen. Aber zuerst essen wir."

Sie ließen es sich schmecken. Darja war zufrieden, ließ den Küchenmeister kommen, um seine Kochkünste zu loben, bedankte sich bei dem Besitzer für den vorzüglichen Wein und freute sich, als das Balalaika-Ensemble zu spielen begann.

„Kannst du sehen, ob der Schulleiter noch beim Essen ist?", fragte Darja. Als Paula verneinte, rief Darja den Ober und forderte ihn auf, den Schulleiter an ihren Tisch zu bitten.

Herr Nowikow kam sofort, verbeugte sich, stellte sich vor und nahm auf Darjas Aufforderung hin Platz. Er war nervös, obwohl Darja ihm ein Glas Wein anbot und unbefangen das Gespräch begann, von sich und ihrem Onkel erzählte, dem sie und, mit Blick auf Paula, ihre junge Verwandte im Auftrag ihrer Wiener Familie helfen wollte. „Bitte erzählen Sie uns", beendete Darja ihren Monolog, „was genau passiert ist. Wir wissen viel zu wenig, aber Sie waren bei dieser Tragödie von Anfang an dabei."

Nowikow zog die Stirn in Falten: „Ja, das ist eine traurige Angelegenheit!" Er schilderte ausführlich die Begegnung zwischen den beiden Männern im Lokal, wie Popow den zukünftigen Biologielehrer angriff, ihm Lügen vorwarf und dann, Drohungen gegen ihn ausstoßend, das Lokal verließ. „Leider waren die Vorgänge so eindeutig, dass allein Herr Popow der Mörder sein kann."

Aufmerksam hatten die Kusinen zugehört. „Herr Popow hat mir viel aus seinem Leben erzählt", begann Paula, „auch von dem Spitzel, nannte auch den Namen Pawel Leschnikow. Woher weiß man denn so genau, dass der neue Lehrer nicht dieser Leschnikow ist? Er kann sich doch einfach in der Zwischenzeit neue Papiere beschafft haben."

Nowikow fühlte sich sichtlich unwohl bei dieser Nachfrage und zögerte mit der Antwort: „Die Identität des Toten ist tatsächlich nicht eindeutig geklärt. Die Polizei ermittelt in dieser Richtung."

„Wie bitte?", mischte sich jetzt Darja ein, „bedeutet das, dass sie einen Lehrer mit falschen Papieren eingestellt haben?"

Panik machte sich im Gesicht des Schulleiters breit.

„Sie verheimlichen uns etwas", hakte Darja nach. „Was? Bitte, reden Sie!"

Nowikow, in die Enge getrieben, schaute hilflos auf die beiden jungen Mädchen vor ihm. Mehrmals machte er einen Ansatz zu sprechen, schreckte aber zurück. Ein Blick allerdings auf Darjas entschlossene Miene zeigte ihm, dass es kein Entrinnen gab.

„Ich werde Ihnen jetzt ein Geheimnis verraten, das bisher, soweit ich weiß, nur Herrn Popow und mir bekannt ist. Sie sind seine Verwandten, ihm wohlgesonnen. Ich gehe davon aus, dass sie mit diesem Wissen ihm nicht schaden werden."

Dann berichtete er ausführlich von der Urkunde, die Popow für einen Mann, fälschte, der sich als der russischer Aristokrat Lew Wassiljewitsch Beljajew bei ihm vorgestellt hatte.

Darja war fassungslos: „Mein Onkel fälschte Dokumente? Sie lügen!" Jetzt lächelte Nowikow sogar: „Er ist ein begnadeter Fälscher!"

„Er hat recht", ergänzte Paula.

„Gut!" Darja atmete durch, dafür also waren die unbekannten Geräte in des Onkels Küche. Sie fuhr fort mit ihrer Befragung: „Haben Sie wenigstens die Papiere von diesem Beljajew geprüft, mit denen er sich auf die Lehrerstelle bei Ihnen beworben hat?"

„Anscheinend nicht gründlich genug. Er hatte auch nur einen Nansenpass", musste der Schulleiter eingestehen, „aber eben auch diese ausgezeichnete Promotionsurkunde. Ich war so glücklich, einen Biologielehrer aus gutem Hause zu bekommen, dass ich ihm alles geglaubt habe."

Darja schnaubte wütend: „Der Pass war gefälscht!"

Paula hakte nach: „Dann kann dieser Mann Leschnikow sein."

„Das versucht gerade die Polizei zu erkunden." Nowikow stürzte den Inhalt seines Rotweinglases in einem Zug herunter, stand auf und verabschiedete sich: „Ich habe Ihnen alles gesagt, was ich weiß. Sie müssen jetzt selbst weitersehen. Es war mir ein Vergnügen! Guten Abend!" Er verbeugte sich kurz und kehrte fluchtartig an seinen Tisch zurück.

Die Kusinen nickten sich zu: „Nicht schlecht! Was machen wir jetzt?"

Darja schlug vor: „Morgen gehen wir zu Wedekind, er ist sein Verteidiger und steht auf unserer Seite. Wir erzählen ihm alles, auch von der Fälschung der Urkunde. Die kommt sowieso heraus. Wahrscheinlich weiß er das schon. Dann besuchen wir zu dritt Onkel Serjoscha und sprechen mit ihm. Er ist wohl ziemlich deprimiert im Moment, aber wir müssen ihn aufmuntern und ihn dazu bringen, uns wirklich alles zu erzählen und ehrlich zu sein. Zu dritt schaffen wir das!"

Paula nickte und, angesteckt von der Energie der Kusine, fügte sie hinzu: „Und danach gehen wir zu diesem Kommissar Steinhauer ins Polizeipräsidium und hören, wieweit er mit den Ermittlungen gekommen ist. Meine Tante und ich hatten den Eindruck, dass er sich Mühe mit dem Fall geben würde. Vielleicht treffen wir dort sogar Igor."

„Wer ist denn Igor?" Darja goss ihnen ein neues Glas Rotwein ein und sagte: „Erzähle!"

Es wurde ein langer Abend, an dem Darja nicht nur von Paulas unglücklicher Liebesgeschichte erfuhr, sondern auch weitere Einzelheiten über ihren Onkel und von seinem Entschluss, endgültig seine bisherige fragwürdige Existenz hinter sich zu lassen und ein neues Leben zu beginnen.

NEUIGKEITEN AUS DER ROTEN BURG

„Guck mal!" Auguste hielt ihrer Nichte die Zeitung hin: „Der Tote, den angeblich Fürst Popow ermordet hat." Paula sah sich das Foto mit der Unterschrift: „Wer kennt diesen Mann?" an und meinte: „Sieht gar nicht wie ein Toter aus. Vielleicht meldet sich ja einer."

Auch in einer Kneipe am Schlesischen Tor sah zufällig ein Gast dieses Foto in einer herumliegenden Zeitung: „Dit is doch der Russe, der Kalle den Pass jeklaut hat. Der is tot? Na, dit wundert mich nich."

Sein Kollege blieb ebenfalls unbeeindruckt: „Mich och nich. Da wird sich ja Kalle freuen. Vielleicht hattan sojar selber umjenietet. Oder och nich, der hatte bestümmt ville Feinde, so'n Schwein, wie der war! Jehste zur Polente und erklärste dit?"

„Biste varückt?"

Eine Woche später richtete Kommissar Steinhauer sein Amtszimmer für das bevorstehende Gespräch über den zweiten Mord am Lietzensee her. Er räumte seinen Schreibtisch auf und rückte die Sitzgelegenheiten zurecht. Wachtmeister Müller hatte ihm eben noch zwei zusätzliche Stühle gebracht, da demnächst drei Personen in seinem Amtszimmer im Polizeipräsidium Platz nehmen würden: der Rechtsanwalt Wedekind und zwei Verwandte des Fürsten Popow, eine Nichte und seine illegitime Tochter Paula, die er bereits kennengelernt hatte.

Da klopfte es auch schon. Steinhauer eilte zur Tür und öffnete sie: „Bitte treten Sie ein und nehmen Sie Platz! Darf ich

Ihnen einen Kaffee anbieten? Hat Fräulein Schneider eben frisch aufgebrüht." Nachdem er seine „Gäste" versorgt hatte, musterte er sie kurz. Die große Nichte, Wedekind hatte ihn vorbereitet, apart angezogen, wirkte selbstsicher und unbeeindruckt von dem Ambiente seines Amtszimmers, Wedekind erschien wie immer im grauen Zwirn, und Paula sah aus, was sie war, ein nettes junges Mädchen.

Steinhauer lächelte verbindlich.

„Meine erste Frage", begann Wedekind, „wie geht es Fürst Popow? Als ich neulich mit ihm sprach, sah er sehr schlecht aus und wirkte depressiv."

„Viel besser", antwortete der Kommissar, „vermutlich, weil er plötzlich eine Familie hat, die hinter ihm steht!"

„Wir haben ihn vor ein paar Tagen besucht, Fräulein Darja, Fräulein Paula und ich. Er war überglücklich", sagte Rechtsanwalt.

Darja ergänzte: „Meine Familie und ich sind genauso froh, dass wir ihn gefunden haben und werden ihm natürlich helfen, seine Unschuld zu beweisen."

Paula nickte heftig zustimmend.

„Sie wissen", begann Steinhauer, „dass ich mit Ihnen nur ganz allgemein über den Fall sprechen und keine speziellen Erkenntnisse unserer polizeilichen Ermittlungen weitergeben werde, sondern eben nur das, was ich jedem Journalisten einer Zeitung über den Fall sagen würde. Gut! Zunächst zur Morddrohung. Herr Popow bestreitet nachdrücklich, im Lokal Morddrohungen gegen den Mann ausgestoßen zu haben, er habe ihm nur einen Tod im Straflager, im Gulag, prophezeit. Bei einer erneuten Befragung der Gäste konnte sich tatsächlich niemand wegen der angespannten Situation an Popows Wortwahl genau erinnern oder keiner wollte sich festlegen. Also, hier steht die Anklage auf wackligen Füßen."

„Das hören wir gern", Wedekind wechselte zufriedene Blicke mit den beiden jungen Frauen.

„Kaum zu widerlegen, sind die Aussagen der Augenzeugin", fuhr Steinhauer fort. „Sie behauptet steif und fest, dass sie genau gesehen hat, wie Popow in einem hellen Jackett mit dem Messer auf den Mann einstach. Wir müssen sie ernstnehmen."

Darja erklärte: „Als wir bei unserem Besuch mit meinem Onkel darüber sprachen, sagte er uns, dass alle drei Männer ein helles Jackett anhatten, er selbst, Leschnikow und auch der Mörder. Es ist schließlich Sommer!"

„Ja", ergänzte Paula, „und alle drei hatten auch helle Hüte auf, die ihnen im Laufe des Kampfes heruntergefallen sind. Aber der Mörder hat seinen noch schnell aufgehoben, bevor er flüchtete."

Steinhauer schaute seine Besucher nachdenklich an, er dachte nach: „Alle drei Männer hatten offenbar im Dunkeln eine große Ähnlichkeit! Vielleicht ist es auch so gewesen: Die Zeugin sah, genauso wie auch Herr Popow in seinem Hauseingang, wie ein Mann in heller Jacke auf den am Boden Liegenden einstach. Da sie ihre Brille nicht aufhatte, es aber genau sehen wollte, holte sie sie schnell und als sie wiederkam, war inzwischen vielleicht der Mörder weggelaufen und Popow zu dem Angegriffenen gerannt und hockte neben ihm, ebenfalls hellgekleidet. Die Zeugin hat in der Dunkelheit möglicherweise gar nicht bemerkt, dass es sich um zwei verschiedene Männer handelte."

Die Besucher nickten: „Natürlich! So muss es gewesen sein! Die Frau hat sich getäuscht!", riefen sie durcheinander.

Wedekind fügte hinzu: „Das ist eine gute Strategie für die Verteidigung."

„Ist denn auch die Frage mit dem Messer geklärt?", fragte Darja. „Niemand, auch mein Onkel nicht, nimmt zum Lokalbesuch ein Messer mit!"

Steinhauer schien froh zu sein, hier einmal eine überzeugende Erklärung abgeben zu können: „Zwischen Herrn Popows Verlassen des Lokals und dem des Opfers lag mindestens eine halbe Stunde oder sogar mehr. Der Beschuldigte hätte also in der Zwischenzeit schnell nach Hause laufen und ein Messer aus seiner Küche holen können."

„Nein!" Wedekind zog die Augenbrauen hoch: „Ich sagte Ihnen bereits, dass Fürst Popow völlig apathisch an einer Hauswand in der Suarezstraße gesessen hat, ohne sich zu bewegen. Er war gar nicht imstande den Weg nach Hause, auch noch schnell, hin- und zurückzugehen."

„Da habe ich meine Zweifel. Haben Sie Zeugen?"

„Noch nicht", antwortete Wedekind, „aber die werden *Sie* suchen müssen."

„In der Suarezstraße kennen ihn die Nachbarn von Smirnow. Man müsste herumgehen und fragen, Bestimmt erinnern sich einige an ihn", ergänzte Paula.

Steinhauer machte sich Notizen und fuhr fort: „Kommen wir zu dem Toten! Der Tote war tatsächlich ein Betrüger, vielleicht sogar Pawel Leschnikow, als den ihn Fürst Popow erkannt haben will. Der Schulleiter Herr Nowikow hatte ausgesagt, dass der neue Lehrer erst vor kurzem aus Russland gekommen sei, also haben sich meine Informanten am Bahnhof Schlesisches Tor umgehört. Alle Reisenden aus Osteuropa kommen dort an. In dieser typischen Bahnhofsgegend mit zahlreichen Spelunken, Bordellen und sonstigen dunklen Örtlichkeiten wurden meine Informanten …"

„Sagen Sie ruhig, Spitzel!" warf Wedekind ein.

„… fündig, als sie mit dem Foto des Toten ihre Runde machten. Wer ihn erkannte, wunderte sich nicht über seine Ermordung, hielt sie eher für verdient, so wie er sich verhalten hatte. Eine Puffmutter hatte ihn als Aufpasser eingestellt, aber schnell wieder rausgeschmissen, weil er Personal und Gäste beklaute, der Wirt vom ‚Schwarzen Loch', bei dem er Lagerarbeiten ausführen sollte, hatte schon nach zwei Tagen den Verdacht, dass er Geld aus der Kasse nahm. Aber dann war er plötzlich weg, abgehauen mit einem gestohlenen Nansenpass von einem gewissen Kalle, der sehr bedauerte, wie er dem Beamten gegenüber betonte, dass er es nicht war, der ihn umgebracht hat." Der Kommissar machte eine Pause.

„Das ist ja richtig spannend", freute sich Wedekind.

„Vor einer Woche kam eine Dame zu uns, die in der Zietenstraße Zimmer vermietet und durch Zufall in einer Zeitung das Foto von einem ihrer Mieter entdeckte. Sie hatte sich schon gewundert, dass er plötzlich spurlos verschwunden war, ohne seine Sachen mitzunehmen. Er wohnte noch nicht lange bei ihr, besaß wenig Geld, bezahlte auch erst für eine Woche die Miete, sprach aber von einer lukrativen Anstellung, die er in Aussicht hätte. Der Mann zeigte ihr einen Nansenpass auf den Namen Lew Wassiljewitsch Beljajew." Steinhauer machte eine Pause: „Wir haben sein Gepäck untersucht und etwas Interessantes gefunden: in dem schäbigen Pappkoffer, in dem er seine Sachen aufbewahrte, kann man innen in einer Ecke mit etwas gutem Willen in russischer Schrift P. Leschnikow entziffern."

Paula und Darja schrien auf.

Wedekind behielt die Ruhe: „Also hatte Fürst Popow recht. Das nützt ihm leider zunächst nicht viel, aber es erklärt seine heftige Reaktion, als er den Verräter im Lokal erkannte."

Steinhauer blieb skeptisch: „Sicher ist gar nichts. Den Koffer kann er irgendwo gestohlen oder geschenkt bekommen haben. Letzten Endes ist es auch wichtiger, warum ihn jemand ermordet hat und wer der Täter ist, wenn es Popow nicht war. Das wäre herauszufinden und das wird eine schwierige Ermittlung werden."

„Wo hielt sich denn der Mann auf, bevor er bei der Dame einzog?", fragte Darja.

„Er lebte in der Zwischenzeit im Barackenlager für mittellose russische Emigranten in Tempelhof. Meine Informanten konnten dort seine Spur verfolgen. Es ging ihm schlecht, er lebte von Diebstahl, trieb sich in den Straßen herum, stahl auch im Lager, was er nur konnte. Dort war er bei allen, die ihn kannten, sehr unbeliebt."

„Der Schulleiter sagte doch, er hätte ihn als Taxifahrer kennengelernt", wandte Paula ein.

„Das entspricht nicht der Wahrheit", war Steinhauers kurze Antwort. „Wo er die Promotionsurkunde herhatte, wissen wir noch nicht, aber den gestohlenen Pass, der im Koffer war, hat er sich im Lager fälschen lassen." Er lachte kurz auf: „Allerdings derart dilettantisch, nicht vergleichbar mit den Kunstwerken eines Fürsten Popow."

Darja spielte die Ahnungslose: „Was meinen Sie damit?"

„Wussten Sie nicht, dass Ihr Onkel ein ‚begnadeter Fälscher' war, wie sich Herr Nowikow, der Leiter des Russischen Gymnasiums, bei seiner Befragung ausdrückte? Und damit viel

Geld verdiente? Ich habe mit Popow auch über seine Urkundenfälschungen gesprochen. Dafür wird er zu gegebener Zeit belangt werden müssen. Leschnikow", fuhr Steinhauer fort, „wenn er es denn war, hatte in den Jahren nach der Revolution kein leichtes Leben, scheint jahrelang in Russland von den Bolschewisten abwechselnd gefangen gehalten beziehungsweise auf der Flucht vor ihnen gewesen zu sein. Sein Körper zeigte bei der Obduktion zahlreiche Folternarben. Offenbar war er nicht mehr fähig, ein normales Leben ohne Betrug und Verbrechen zu führen, so hatte er sich wohl auch hier in Berlin schnell viele Feinde gemacht, obwohl er sicher neu beginnen wollte. Eine Schnittwunde im Oberarm, die ihm Popow zugefügt haben sollte, hatte er tatsächlich, vermutlich von einem Lagerinsassen, der ihn beim Diebstahl erwischte."

„Sie bedauern ihn wohl noch", tadelte Darja den Kommissar, „und vergessen ganz, was er meinem Onkel angetan hat."

Der Kommissar schüttelte nur den Kopf: „Die Suche nach dem Mörder gestaltet sich sehr schwierig. Seit Tagen vernehmen wir in dem Lager auf dem Tempelhofer Feld zahlreiche Verdächtige, prüfen ihre Alibis, bisher ohne Erfolg. Aber früher oder später fassen wir den wahren Täter." Steinhauer schaute auf die große Wanduhr: „Damit bin ich am Ende. Noch eine gute Nachricht: Der Haftbefehl für Fürst Popow wird ausgesetzt. Der Richter hat entschieden, dass er demnächst aus der Untersuchungshaft entlassen wird. Das bedeutet aber nicht, dass die Ermittlungen gegen ihn eingestellt werden."

Die Besprechung war beendet, Steinhauer brachte seine Besucher zur Tür. Er verabschiedete sie gerade, als ein Kollege vorbeikam und überrascht stehenblieb: „Paula! Du hier?"

Paula wich instinktiv einen Schritt zurück und versteckte sich halb hinter ihrer großen Kusine. Diese übernahm sofort die Beschützerrolle und fragte den Beamten, interessiert auf ihn herabschauend: „Wer sind *Sie* denn?"

„Ich bin ein Freund von Paula. Ich muss ihr einiges erklären."

„Ach", lächelte nun Darja, „dann weiß ich Bescheid! Sie sind Igor, der meine Kusine belogen hat!"

„Nein", berichtigte Kommissar Steinhauer verwundert, „das ist mein Kollege Robert Moser."

„Das schließt sich nicht aus", war Darjas Antwort und zu „Igor" gewandt: „Sie sehen, Paula möchte jetzt keine Erklärungen von Ihnen hören. Aber Sie können es ja noch ein andermal versuchen."

Doch Igor ließ sich nicht so schnell abweisen und rief seiner Freundin zu: „Paula, bitte, ich muss mit dir sprechen. Es tut mir so leid!"

„Geh weg!", rief sie zurück.

Als die Drei zum Fahrstuhl gingen, blickten die Kommissare Moser und Steinhauer hinter ihnen her, der erste missgestimmt, der andere verständnislos: „Warum hat die Nichte von Fürst Popow Sie denn Igor genannt?"

„Das erkläre ich Ihnen ein andermal!"

Im Fahrstuhl fragte Wedekind: „Was hatte denn das eben zu bedeuten?"

„Nicht so wichtig", entgegnete Darja.

Paula atmete nur tief durch und sagte: „Danke, Darja!"

Wedekind war guter Laune: „Sie wollten doch unsere Stadt besichtigen, Fräulein Darja! Ich habe noch ein bisschen Zeit. Sie sollen zum Anfang zwei typische Besonderheiten von Berlin kennenlernen: den Alexanderplatz und die Erbsensuppe bei Aschinger, dazu Brötchen, soviel man will! Kommen Sie!"

Zu dritt gingen sie los und zogen die Blicke der Passanten auf sich: Wedekind in Begleitung der beiden jungen Mädchen, eines ein Kopf kleiner als er, das andere einen Kopf größer. Darja war begeistert von ihrem ersten Gang durch die Mitte dieser „lebhaft pulsierenden Weltstadt", wie sie Berlin nannte. Schnell revidierte sie ihre Meinung über Wedekinds Eignung als männliche Begleitung durch das Berliner Nachtleben. Sehr gern würde sie sich von diesem unterhaltsamen und witzigen Mann durch irgendwelche Lasterhöhlen führen lassen, seine Größe war ihr inzwischen völlig gleichgültig geworden.

ZURÜCK IM LEBEN

Zwei Tage später wurde Fürst Popow aus der Untersuchungshaft entlassen. Wedekind und Darja holten ihn ab, beide erschrocken über sein schlechtes Aussehen, dünn und blass, sie ersparten sich aber jegliche Bemerkung. Sergej sagte wenig, er fühlte sich elend und kraftlos, hatte sogar am Morgen im Spiegel des Waschraums die ersten grauen Haare entdeckt, war aber entschlossen, einen Schlussstrich unter seinen vermutlich letzten Gefängnisaufenthalt zu ziehen. Vor seiner Haftentlassung hatte er noch ein Gespräch mit Kommissar Steinhauer geführt und ihn aufgefordert, nicht nur unter den elend in Lagern dahinvegetierenden Emigranten nach dem Mörder zu suchen, sondern auch unter den Aristokraten. Sergej vermutete, dass außer ihm und Petrow, den er bei einer Veranstaltung im Salon einer Freundin kennengelernt hatte, in Berlin noch mehr Menschen lebten, die Leschnikow ebenfalls vor Jahren der zaristischen Strafjustiz ausgeliefert hatte. Er konnte sich vorstellen, dass einige seiner Opfer sich durchaus zu einer Gewalttat hinreißen lassen könnten. Steinhauer allerdings hielt diesen Gedanken für höchst unwahrscheinlich.

Hella war durch Paulas Briefe regelmäßig über Sergejs Schicksal informiert worden und nahm regen Anteil daran. Sie selbst hatte aber immer nur zum Schreiben kurzer Postkarten Zeit, da die Dreharbeiten sie sehr in Anspruch nahmen und erschöpften und sie auch länger als geplant in Odessa festhielten. Aber Hella bestand darauf, dass Serjoscha nach seiner Haftentlassung nicht in seine Hinterhauswohnung, von der ihr berichtet wurde, zurückkehrt, sondern wieder in ihre komfortable Wohnung. Außerdem würde sie sich sehr darüber freuen, wenn seine Nichte Darja ebenfalls in ihre Wohnung ziehen würde. Dann wäre auch Paula ganz in seiner Nähe und im Kreis seiner ihn liebevoll umsorgenden Familie würde seine seelische und körperliche Genesung gewiss sehr schnell voranschreiten. Sergej nahm Hellas Angebot dankend an, allerdings auch entschlossen, diese vorgesehene Rundumbetreuung zu verhindern. Daher lehnte er zunächst Paulas und Darjas Angebot ab, ihn ins „Samowar" zu begleiten, um ein klärendes Gespräch mit den Angehörigen des Russischen Gymnasiums zu führen. Auch andere kulturelle Unternehmungen wollte er vorerst nicht besuchen. Darja dagegen nahm viele Angebote des Berliner Veranstaltungskalenders wahr, zu ihrer Freude meistens in Begleitung ihres Verehrers Wedekind. Sie genoss das abwechslungsreiche Leben in Berlin in vollen Zügen und auch das Zusammensein mit ihrer Kusine und ihrem Onkel. Darja hatte auch mit Paulas Tante Freundschaft geschlossen und besuchte sie gern.

Auguste bemühte sich nach Kräften, ihr neues Leben ohne Smirnow, ohne den Spielsalon und wahrscheinlich bald auch ohne Paula, die eigene Wege gehen würde, in den Griff zu bekommen. Allmählich begann sie, sich mit ihrer zukünftigen Rolle als alleinstehende ältere Adlige anzufreunden. „Nun also scheint das vierte und letzte Leben der Auguste Wolski zu beginnen", erklärte sie Paula mit einer gewissen Wehmut. „Übrigens", fuhr sie lebhafter fort: „ich spüre noch immer starkes Herzklopfen! Da habe ich wohl mit meinen Verdächtigungen den guten Smirnow wegen der ‚Stärkungstropfen‘ Unrecht getan!"

„Hattest du ihn eigentlich daraufhin einmal angesprochen?", fragte Paula.

„Ich glaube nicht! Genau weiß ich es nicht mehr!"

Paula saß jetzt oft am Fenster und schaute traurig hinaus. Sie hatte Liebeskummer. Dieser wurde noch verstärkt durch Igors, das heißt Kommissar Mosers, Besuche an der Milchverkaufsstelle. Gleich am Tag nach ihrer Begegnung in der Roten Burg war er zu ihr in den Park gekommen, hatte sich ein Glas Milch geben lassen und dann auf einer Bank auf das Ende ihrer Arbeitszeit gewartet, um mit ihr zu reden. Aber Paula hatte beim Weggehen den hinteren Ausgang des Hauses benutzt, um ihm nicht zu begegnen. Sie weinte, wusste selbst nicht, was sie wollte. Ein paar Tage später stand er wieder vor ihrem Fenster des Parkwächterhauses.

Sie hörte ihn an, sagte selbst wenig, war schon fast bereit, ihm zu verzeihen, da rief er: „Ach, da kommt mein Mitarbeiter, ich glaube, du kennst ihn auch."

Paula wollte ihren Augen nicht trauen, aber tatsächlich trat Dimitrij, der Grammophon-Erklärer und ihr heimlicher Schwarm, zu ihnen und strahlte sie an: „Guten Tag, Fräulein Paula! Endlich sehen wir uns wieder. Der Kommissar hatte mir leider verboten, noch einmal in Ihren Spielclub zu kommen." Er sprach diesmal in fließendem Deutsch.

„Ich denke, Sie können kein Deutsch!", fuhr sie ihn an. „Was seid ihr beide doch für Lügner!"

„Ich glaube, wir sind quitt", meinte Igor begütigend. „Du hast es mir heimgezahlt, indem du die Razzia verraten hast. Wenn du wüsstest, was ich mir wegen des Fehlschlags in eurem Spielsalon von meinen Vorgesetzten anhören musste! Beinahe wäre ich zur Verkehrspolizei strafversetzt worden. Dann müsste ich jetzt den Verkehr auf dem Alexanderplatz regeln!" Er schaute sie mit großen Augen an. „Willst du das?"

„Das ist mir egal! Geht jetzt! Ich habe zu tun!"

Igor und Dimitrij tauschten bedenkliche Blicke. „Das wird schwieriger als erwartet", wunderte sich Igor.

SERGEJ AUF MÖRDERSUCHE

„Was hast du vor?", fragte Darja überrascht, als ihr Onkel eines Abends, bekleidet mit seinem besten Anzug, weißem Hemd und Fliege, sich von ihr verabschiedete. „Du siehst gut aus", fügte sie spontan hinzu.

Sergej lächelte: „Du aber auch!" Darja trug wieder ihr dunkelrotes Seidenkleid. Sie war im Begriff, mit Wedekind in die Volksoper am Bahnhof Zoo zu gehen, in der heute eine russische Sängerin ein Gastspiel als Traviata gab.

„Ich will meine alte Freundin, Baronin Tatjana Boleslawa Dormann, besuchen, die einen Salon in ihrer Villa in Grunewald führt. Ich war schon lange nicht mehr dort."

„Salon!" Darja ließ das Wort auf der Zunge zergehen: „Das klingt ja aufregend. Schade, dass ich verabredet bin. Das nächste Mal begleite ich dich, wenn ich darf."

„Natürlich. Du könntest sogar deinen Rechtsanwalt mitbringen. Dort ist jeder interessante Besucher willkommen."

Sergej traf in der Villa ein, als Tatjana gerade ihren heutigen Gast begrüßte, einen Freund des Hauses, den bekannten, weitgereisten Gesellschaftsschriftsteller Otto A. H. Schmitz, der gerade in Berlin weilte und nun aus seinem neuen Essayband lesen würde. Der Dichter, mit dunklen Haaren und Bart, leger mit offenem Kragen, verbeugte sich, nahm Platz und begann mit sonorer Stimme ein Kapitel über die Psychoanalyse von C. G. Jung vorzulesen, mit der er sich gerade befasste, wie er erwähnte.

Sergej hörte nicht sehr aufmerksam zu, obwohl ihn das Thema interessierte. Vielmehr dachte er an den Grund seines heutigen Besuchs und die Frage, die ihn beschäftigte und die Tatjana ihm hoffentlich beantworten konnte. Er war gekommen, um nach Fjodor Alexejewitsch Petrow Ausschau zu halten, der möglicherweise in die Ermordung Leschnikows verwickelt war oder entsprechend jemanden kannte. In ihm selbst den Mörder zu vermuten, verbot sich Sergej. Vielleicht verkehrte Petrow noch immer in Tatjana Dormanns Salon oder sie konnte ihm wenigstens seine Adresse nennen.

Nach dem Ende der Lesung bestand die Möglichkeit, bei einer Assistentin des Schriftstellers das neue Buch zu erwerben und es sich dann vom Verfasser signieren zu lassen. Sergej nutzte diese vorübergehende Unruhe. Er bedankte sich bei Tatjana für den interessanten Abend und fragte dann nach Fjodor Alexejewitsch Petrow.

„Fjodor Petrow? Das tut mir leid, mein lieber Fürst! Er sitzt vermutlich gerade auf der Champs Elysee und genießt seinen Chablis. In unserem schönen Berlin habe er es nicht mehr aushalten können, versicherte er mir."

Sichtlich enttäuscht schaute Sergej sie an: „Wann hat er denn Berlin verlassen?"

„Das weiß ich nicht genau", die Baronin überlegte, „er hat sich vor einiger Zeit verabschiedet, meinte aber, vor seiner Abreise müsse er noch gewisse Dinge erledigen. Gehen Sie doch einfach mal zu seiner Adresse. Er hat in der Eisenacher Straße gewohnt, irgendwo an einer Ecke am Barbarossaplatz. Kennen Sie sich da aus?"

„Allerdings. Meine alte Wohngegend!", nickte Sergej. „Nochmal vielen Dank für alles!"

„Beehren Sie mich bald wieder!"

„Gern!" Sergej meinte es ehrlich. Demnächst würde er Paula und Darja mitbringen, auch Wedekind, wenn der will.

Am nächsten Tag fuhr Fürst Popow in die Eisenacher Straße. Er hatte Glück und Pech zugleich. Er traf Fjodor Petrow noch an. Dieser verbrachte tatsächlich seinen letzten Tag in Berlin, seine Koffer standen schon gepackt bereit. Am nächsten Morgen würde er den Schnellzug nach Paris besteigen.

Sie gingen zusammen in ein Café an der Ecke und tranken nach dem Kaffee noch Wodka. Fjodor war guter Stimmung und redete viel. Ehe Sergej nach Leschnikow fragen konnte, schnitt er selbst das Thema an.

„Erinnern Sie sich noch an unser Gespräch über den Spitzel Leschnikow und meinen Hass auf ihn. Ich sagte Ihnen damals, dass ich ihn gefunden, aber seine Spur wieder verloren habe. Aber ich habe ihn tatsächlich noch einmal gesehen, wieder in der kostenlosen Suppenküche für Arme im Amalienhaus. Ich wollte ihn wirklich töten", er lachte spöttisch, „aber ich konnte es nicht."

Dann erzählte er: wie er beobachtet habe, wie Leschnikow nach dem Essen regelmäßig durch einen nur mäßig beleuchteten Gang zur Toilette ging. Petrow sah seine Chance für einen Überfall. Er kaufte ein scharfes Messer, versteckte sich in dem Gang und wartete, bis Leschnikow vorbeikam. Zweimal musste er sein Vorhaben abbrechen, weil andere Mittagsgäste sich im Gang aufhielten. Aber dann war er mit Leschnikow allein.

„Es war grauenhaft!" Fjodor stöhnte und lachte gleichzeitig. „Ich zitterte am ganzen Körper, wollte weglaufen, zwang mich dennoch, zu bleiben und meine Tat durchzuführen. Ich spürte aber, ich war zum Töten ungeeignet. Als Leschnikow aus der Toilette kam und an mir vorbei gegangen war, wollte ich ihm das Messer in den Rücken rammen, aber meine Hand weigerte sich! Ich habe ihm nur den linken Oberarm ein wenig mit dem Messer angekratzt. Er spürte es, befühlte auch seinen Arm, aber ging weiter. Im Essenssaal zog er dann allerdings ein großartiges Theater ab. Zeigte seine zerfetzte Jacke, seinen blutenden Arm und ließ sich von einer herbeigerufenen Krankenschwester verbinden. Ich schaute zu und war glücklich, dass diese Kreatur mich nicht zum Mörder gemacht hat." Fjodor trank sein Glas aus. „Aber er hat seine Strafe bekommen, er ist tot! Neulich habe ich sein Foto in der Zeitung gesehen mit der Frage, wer kennt diesen Toten. Ich habe mich einfach nur gefreut."

Sergej nickte: „Das kann ich verstehen, mir ging es ähnlich, auch wenn ich in dem Mord an ihm verwickelt bin." Auf Fjodors überraschte Nachfrage fasste Sergej kurz die Ereignisse der letzten Zeit zusammen.

Sehr viel später trennten sie sich. Sergej bedauerte etwas, dass er in Fjodor nicht den Mörder Leschnikows gefunden hatte und damit den Fall aufgeklärt hätte. Nie allerdings, gesteht er sich ein, hätte er seinen neuen Freund an Kommissar Steinhauer verraten.

TARASSOWS ZUKUNFTSPLÄNE SCHEITERN

Jewgenij Tarassow war nach seiner geglückten Ermordung des Verräters Sergej eine Last von der Seele gefallen. Er ging davon aus, seine Pflicht dem Bruder gegenüber als sein Rächer erfüllt zu haben. An jenem Abend vor zwei Wochen war seine unermüdliche Beschattung und Verfolgung des Mörders endlich mit Erfolg gekrönt. Jewgenij hatte Sergej wieder in dieses russische Restaurant eintreten sehen, in dem er häufig verkehrte, bekleidet mit seinem hellen Anzug. Er sah, wie Sergej das Lokal sehr viel später allein verließ und auch zufällig kein Mensch auf der Straße war, ergriff die günstige Gelegenheit und fiel wie geplant über ihn her, schlug ihn zusammen und stach mit dem Messer auf ihn ein. Da kam plötzlich aus einem dunklen Hauseingang ein anderer Mann schreiend auf ihn zu gerannt. Jewgenij musste fliehen. Auch wenn er sich nicht endgültig vergewissern konnte, ob sein Opfer wirklich tot war, ging er angesichts der zahlreichen Stiche, die er ihm zugefügt hatte und wegen des vielen Blutes, das geflossen war, davon aus, dass sein Vorhaben diesmal gelungen war.

Seitdem fühlte sich Jewgenij wie befreit und konnte sich nun auf seine Zukunft konzentrieren. Von seiner ursprünglichen Absicht, sofort dieses mörderische, ungastliche Berlin zu verlassen und wieder in die Heimat zurückzukehren, war er inzwischen abgerückt. Er wohnte zwar noch immer im

Barackenlager in Tempelhof, hielt sich aber tagsüber vorwiegend bei seinen Landsleuten am Nollendorfplatz auf, genauer gesagt in der Stammkneipe der russischen Taxifahrer, um unter Freunden zu sein, aber auch um Einzelheiten über ihre Tätigkeit als Chauffeure zu erfahren. Er lauschte ihren Gesprächen und staunte, wie unterschiedlich ihre Berichte über die Art der Arbeit, die Verdienstmöglichkeiten und ihre allgemeinen Erfahrungen in diesem Gewerbe waren. Schließlich eröffnete er seinem Freund Wanja seine Überlegungen, ebenfalls als Fahrer einer Autodroschke zu arbeiten.

Dieser staunte nicht schlecht: „Hast du dir das gut überlegt?"

„Warum nicht? Ich kann Auto fahren. Und ihr lebt doch gut davon."

Wanja verzog das Gesicht: „Gut?" Er wog den Kopf hin und her. Dann begann er: „Zuerst brauchst du ein Gesundheitszeugnis vom Amtsarzt. Dann musst du mehrere Wochen einen Kurs für Berufsfahrer machen, der kostet mindestens hundert Mark, und eine Prüfung, praktisch und theoretisch, bei der Technischen Hochschule in Charlottenburg."

Jewgenijs Gesicht wurde immer länger, trotzdem meine er: „Gut, weiter!".

Jetzt grinste Wanja: „Das beste kommt zum Schluss: Du musst nicht nur die Verkehrsordnung lernen, sondern dir auch die Namen und die Lage von ungefähr zwölftausend Straßen und Plätzen einprägen, dazu noch Hotels, Theater, Museen, Behörden, Krankenhäuser und so weiter."

„Das schaffe ich nie", Jewgenij war blass geworden.

Aber jetzt machte Wanja ihm Mut: „Warum nicht? Wir haben es geschafft, dann kannst du das auch."

„Und wie ist der Verdienst?"

„Das hängt von vielem ab. Einfach gesagt, ein Fahrer bekommt keinen festen Lohn, sondern darf fünfundzwanzig bis dreißig Prozent von seinen Einnahmen behalten. Das sind im Schnitt drei bis neun Mark pro Tag."

„So wenig?"

„Überleg es dir! Man könnte auch mehr verdienen, aber das erkläre ich dir ein andermal", schloss Wanja die Belehrung des Freundes und wandte sich seinem Nebenmann zu.

Eher nachdenklich als enttäuscht fuhr Jewgeni nach Tempelhof in sein Lager zurück. Die Anforderungen an einen Taxifahrer schienen ihm zu hoch, die Verdienstmöglichkeiten dagegen zu gering. Mit Sicherheit wusste er, dass er sich so viele Straßennamen auf keinen Fall merken konnte, schon in seiner heimatlichen Dorfschule war ihm das Auswendiglernen schwergefallen. Er musste sich um eine andere Möglichkeit des Gelderwerbs bemühen, denn inzwischen hatte in seinem Leben eine schwerwiegende Veränderung stattgefunden, die ihn zwang, Berlin nicht mehr zu verlassen – er hatte sich verliebt.

Vor einigen Wochen war er in der Rönne- und den benachbarten Straßen herumgeschlichen, um dem Verräter aufzulauern, jetzt ging er entspannt durch diese Straßen, um sein Mädchen, seine Käte zu besuchen oder mit ihr spazieren zu gehen. Sie hatten sich in der vergangenen Zeit immer besser kennengelernt und wussten nun beide, dass sie sich liebten und zusammenbleiben wollten. Käte hatte eine Stellung als Dienstmädchen bei einer Frau Lindemann in einem Haus direkt am Lietzensee. Die Frau mochte ihn nicht, das wusste er, aber er konnte heimlich seine Freundin besuchen. Denn dieses herrschaftliche Haus besitzt einen Dienstboteneingang und eine Treppe, die in die Küche und somit auch in die Mädchenkammer führt. Käte hatte ihm den Schlüssel ausgeliehen, so dass er sich ein Duplikat hatte machen lassen. Nun konnte er sich jederzeit abends über die Hintertreppe in das Haus schleichen und Käte in ihrer Kammer besuchen. Sollte wirklich einmal die Herrin etwas hören und nachschauen, würde er sich unter dem Bett verstecken und Käte so tun, als ob sie schlief. Jewgenij war glücklich. Nie hätte er gedacht, dass nach dem Tod des Bruders und der Verzweiflung, die ihn damals überwältigt hatte, er noch einmal in seinem Leben eine so herrliche Zeit erleben würde.

Auch Käte liebte ihren Schenja. Sie war erst vor wenigen Monaten aus ihrem Dorf im Oderbruch in die große Stadt Berlin gekommen, wo es angeblich unendliche Möglichkeiten gab, auf leichte Art viel Geld zu verdienen, wie die ein Jahr ältere Minna aus ihrer Dorfschule auf ihren Postkarten prahlte. Als Käte sie dann besuchte, merkte sie, dass alles gelogen war. Minna, die sich jetzt Mariella nannte, arbeitete in einem Bordell und schilderte ihr in leuchtenden Farben die Vorteile eines solchen Betriebes. Man hätte geregelte Arbeitszeiten und müsse sich nicht selbst auf der Straße den Freiern anbieten oder um sie kämpfen. Die Konkurrenz unter den Dirnen sei außerordentlich hart. Minna versprach, bei der Bordellchefin für die Freundin ein gutes Wort einzulegen, wenn sie auch hier arbeiten wolle. Käte floh entsetzt und war froh, dass sie bei der Dienstmädchen-Agentur in der Jägerstraße von einer Frau Lindemann mitgenommen und für einen allerdings geringen Lohn angestellt wurde.

Käte hatte ihren freien Nachmittag und wollte mit Schenja im Park spazieren gehen, vielleicht auch eine Fahrt über den See machen, wenn überhaupt ein Boot an diesem warmen Sommertag frei wäre.

Während sie sich ihr Sonntagskleid anzog, lächelte sie in Erinnerung daran, wie sie Schenja kennengelernt hatte. Ihre Herrin hatte sie in die Wäscherei geschickt, um die saubere Wäsche abzuholen. Die beiden Pakete waren sehr schwer, sie keuchte beim Tragen und musste sie immer mal wieder abstellen und eine Pause machen. Plötzlich, als sie sich einmal bückte, um sie wieder hochzunehmen, waren beide weg. Erschrocken drehte sie sich um und blickte in das hässliche Gesicht eines Mannes, der ihre Pakete in den Händen hielt. Voller Angst, dass er sie stehlen und damit wegrennen wollte, schrie sie auf und versuchte, sie ihm aus den Händen zu reißen.

„Keine Angst", sagte er mit ausgeprägtem russischem Akzent, „ich nur helfen." Dabei verzog sich sein Gesicht zu einem schiefen Lächeln, das ihn ihr sofort sympathisch machte. Sie sah nicht mehr seine gedrungene Figur, nicht seine schmalen eng zusammenstehenden Augen, nicht seinen dünnen Bart, sondern nur seinen freundlichen, um Verständnis bittenden Blick. Sie nickte, ließ ihn die schweren Pakete bis zur Haustür tragen und lehnte seinen Wunsch nach einem Wiedersehen nicht ab. Käte ahnte, dass die Dienstmädchen der Umgebung, die sie alle vom Einkaufen in den verschiedenen Läden der Gegend kannte, die Nase über ihren Russen rümpften, wenn sie ihn beim nächsten Tanzabend in das Lokal am Stuttgarter Platz mitbringen würde. Aber das ertrug sie mit Leichtigkeit. Schenja war so nett und zärtlich zu ihr, wie vorher kein anderer Mann. Sie wollte ihn behalten, er gehörte jetzt zu ihr.

An der Milchverkaufsstelle herrschte Hochbetrieb. Paula, die mit Darja und ihrem Vater spazieren ging, freute sich, dass Egon und nicht sie Dienst hatte. Gerade gingen sie auf das Parkwächterhaus zu, um sich ein Glas Wasser, schön gekühlt, zu genehmigen, als ein Pärchen vor ihnen stehenblieb.

Das Folgende spielte sich in Sekundenschnelle ab!

Der Mann riss sich von der Freundin los, ging ein paar Schritte auf Sergej zu und geriet völlig außer Kontrolle. Er keuchte, starrte Sergej mit aufgerissenen Augen und offenem Mund an, als sähe er einen Geist. Vor den Augen der erschrockenen Darja und Paula stürzte er sich auf ihn und während er ihn schlug und zu würgen versuchte, schrie er immer wieder, fast verzweifelt, dieselben russischen Worte.

Ehe die anderen Parkbesucher sich einmischen konnten, ertönte plötzlich eine laute männliche Stimme: „Wat is denn hier los?" Otto und Willi, die Parkwächter, kamen zufällig vorbei. In dem Angreifer erkannte Willi sofort seinen nächtlichen Kontrahenten und unter wüsten Beschimpfungen auf Russisch packte er den Mann mit hartem Griff, der sich, immer noch schreiend, wehrte und um sich schlug. „Otto, reich mir mal bitte deine Hosenträger, damit ick ihn stilllejen kann", forderte Willi.

Während Sergej die verrutschte Kleidung wieder in Ordnung brachte und seinen Hals befühlte und Willi den Mann fesselte, fragte Paula ihre Kusine: „Was schreit er denn dauernd?"

Darja zuckte mit den Schultern: „Ich weiß nicht, was er meint: ‚Du bist ein Gespenst! Der Teufel! Du lebst nicht mehr! Ich habe dich getötet!'"

Jetzt stürzte ein junges Mädchen, das fassungslos und weinend das Geschehen beobachtet hatte, nach vorn und schrie: „Lassen Sie ihn los! Er ist unschuldig!" und wollte ihren Freund dem Parkwächter entreißen.

Darja hielt sie zurück und Paula flüsterte: „Sie sind doch das Mädchen von den Lindemanns, nicht wahr?", und reichte ihr ein Taschentuch.

Willi kommandierte: „Und jetzt ab mit dem Vabrecher ins Haus zum Vahör! It is höchste Zeit für ne Erklärung seiner Mordlust!"

DES RÄTSELS LÖSUNG

Unter den neugierigen Augen der Zuschauer begaben sich der Fürst, seine Tochter, seine Nichte und die beiden Parkwächter mit ihrem Gefangenen in das Innere des Parkwächterhauses. Käte wurde gebeten, nach Hause zu gehen, sie würden sich um ihren Freund kümmern. Als Egon Anstalten machte, seine Tätigkeit in der Milchverkaufsstelle zu beenden, um sich der Gruppe anzuschließen, bedeutete ihm Paula mit strengem Blick, an seinem Platz zu bleiben. Egon gehorchte.

Nachdem die sechs Personen auf der schmalen Treppe des Parkwächterhauses in den ersten Stock gestiegen waren und auf schnell herbeigeschafften Stühlen in Otto Bergers Wohnzimmer Platz genommen hatten, forderte der Fürst von Willi: „Nehmen Sie ihm bitte die Fesseln ab!"

„Nich, dass er uns wieder abhaut!", brummte Willi und band den fremden Mann zwar los, verriegelte aber auch vorsichtshalber die Tür.

„Bitte, sagen Sie uns, wer Sie sind und warum Sie mich verfolgen und umbringen wollen", begann Sergej mit der Befragung.

Jewgenij wollte aufspringen, beherrschte sich aber und schrie ihn nur mit hochrotem Kopf an: „Sie kennen mich nicht? Sie meinen, weil Sie ein Adliger sind, dürfen Sie über uns einfache Menschen hinwegsehen?" Er machte eine kurze Pause und stellte sich dann mit einer gewissen Würde vor: „Ich bin Jewgenij Tarrasow! Ich habe monatelang in der Bülowstraße in der Werkstatt meines Bruders Grischa mit Ihnen zusammengearbeitet. Ich jedenfalls kann mich an Sie erinnern und auch an den Mord, den Sie an meinem Bruder verübt haben!" Als er Sergejs gerunzelte Stirn sah, fügte er hinzu: „Bewusst oder unbewusst."

„Ich soll Grischa ermordet haben? Davon weiß ich gar nichts", entgegnete Sergej ohne jeglichen ironischen Unterton. „Bitte erzählen Sie!"

Unter Wutausbrüchen und Tränen, bisweilen auch in ruhigem Ton redete sich Jewgenij Tarassow das ganze Unglück der vergangenen Zeit von der Seele, erzählte seine Geschichte vom Beginn an, wie die Brüder einen großen Auftrag durch Sergejs Vermittlung erhielten und dieser sich dann als Betrug herausstellte. Sergej hatte Mühe, sich daran zu erinnern, murmelte: „Das tut mir von Herzen leid!", und fühlte sich sogar schuldig, als er von Grischas Unfalltod erfuhr. Auch alle anderen hörten Tarassow gebannt zu und zeigten ein gewisses Verständnis für seinen Wunsch nach Rache. Dieser schilderte seine tagelangen Verfolgungen, den Einbruch in der Wohnung seines Opfers, den misslungenen Überfall und schließlich den geglückten Mord vor dem Restaurant „Samowar" in der Pestalozzistraße. Ohne Hemmungen sprach Jewgenij davon, wie befreit er sich danach fühlte und endlich imstande war, ein neues Leben zu beginnen.

Darja sprach aus, was im Laufe des Berichts allen klar geworden war: „Sie haben sich geirrt, Sie haben aus Versehen einen anderen Mann getötet!"

„Ja", schrie der Angeklagte, „deswegen war ich ja so entsetzt, als ich dem da", er stach mit dem Zeigefinger in Sergejs Richtung, „begegnet bin. Ich bekam Angst, hielt ihn für ein Gespenst!"

Die Luft in dem niedrigen Raum war inzwischen so stickig geworden, dass Otto aufstand und das Fenster öffnete. Der Lärm aus dem Park drang ins Zimmer, aber niemand nahm ihn wahr.

„Eine Frage", meldete sich Paula, „Sie haben angeblich die ganze Zeit in dem dunklen Hauseingang gestanden und den Eingang des Lokals beobachtet. Warum haben Sie meinen Vater nicht gesehen, als er zuerst das Lokal verlassen hat, sondern nur eine halbe Stunde später den anderen Mann, den Sie dann für meinen Vater hielten?"

Der Gefragte schrie wieder: „Das weiß ich nicht!" Er schloss erschöpft die Augen. „Doch", sagte er, plötzlich ganz ruhig geworden, und öffnete die Augen wieder. „Das kann ich erklären. Ich bin Ihrem Vater von zu Hause aus gefolgt, habe gesehen, wie er in das Lokal ging, stellte mich in den Hauseingang schräg gegenüber und rechnete mit einer langen Wartezeit. Aber plötzlich kam ein Hausbewohner, sagte, ich soll hier nicht herumlungern, sondern verschwinden. Ich wollte auf keinen Fall Aufsehen erregen und ging schnell um die Ecke. Nach höchstens ein paar Minuten kehrte ich zurück und wartete weiter. Niemand störte mich mehr. Dann kam Ihr Vater aus dem Lokal, dachte ich jedenfalls. Ich erkannte ihn an dem hellen Anzug und Hut. Ich stürzte mich auf ihn, merkte nicht, dass es der falsche Mann war. Den Rest kennen Sie. Ich lief weg in dem guten Gefühl, meine Aufgabe erledigt zu haben." Er schniefte.

Sergej schaute ihn nachdenklich an: „Genau in den paar Minuten, in denen Sie sich entfernt hatten, habe ich das Lokal verlassen und bin zunächst in die andere Richtung gegangen und als ich etwas zur Besinnung gekommen war, bin ich zurückgekommen, habe mich in einen Eingang gestellt, der daneben lag. So konnten wir uns nicht gegenseitig sehen."

Jewgenij Tarassow nickte, zögerte und fragte dann: „Wissen Sie, wen ich getötet habe?"

„Ja, es war ein Verbrecher." Sergejs leise Antwort war kaum zu verstehen.

Jewgenij lachte auf: „Dann ist es ja nicht so schlimm."

„Doch", mischte sich Willi ein, „Mord bleibt Mord! Otto, wo is dein Telefon, du musst jetzt die Bullen anrufen, damit se den Mörder festnehmen."

Die anderen wagten nicht zu widersprechen, hatten aber alle einen ähnlichen Gedanken: Willi war zwar im Recht, aber vielleicht hatte bei Leschnikows Ende, der so viel Unheil angerichtet hatte, sogar eine höhere Macht ihre Hand im Spiel?

Jewgenij stiegen wieder die Tränen in die Augen. Er wischte sie weg und bat: „Ich möchte noch mal auf die Toilette gehen, bevor ich abgeholt werde."

„Jut", meinte Willi, „die Tolette is unten. Ick begleite dir."

„Nein, er geht allein!", befahl Sergej. „Schließen Sie ihm bitte die Zimmertür auf. Er kann nicht entkommen. Herr Berger hat vorhin die Eingangstür des Hauses abgeschlossen."

Kaum war Tarassow verschwunden, entspannten sich die Anwesenden, erleichtert, dass endlich alle bisher noch ungeklärten Fragen beantwortet waren. Otto spendierte zur Feier des Tages den Rest seines teuren Wodkas und verteilte ihn gerecht in die Gläser. Fröhlich prosteten sie sich zu, Sergej fühlte sich wohl, wie schon lange nicht mehr.

Er schaute in die Runde und stellte mit Nachdruck fest: „Ehrlich gesagt: Ich bin Tarassow zutiefst dankbar, dass vielleicht durch seine Tat meine nächtlichen Alpträume jetzt ein Ende haben, ebenso die unerklärliche Bedrohung und das Gefühl verfolgt zu werden, das mich seit Wochen beunruhigt hat. Statt ins Gefängnis zu wandern, müsste er eine Belohnung bekommen!"

„Nana, wir wolln nich übertreiben", wiegelte Willi ab und fragte seinen Freund: „Wo ist denn dein Alltags-Wodka. Ick könnte noch'n Gläschen vatragn!" Otto erhob sich und Paula meinte: „Ein böser Mensch ist Tarassow nicht, das steht fest, und er hat durch Zufall sogar eine gute Tat getan."

Lebhaft diskutierten sie das Für und Wider einer Bestrafung ihres Gefangenen, und wie streng diese nach einer positiven Entscheidung ausfallen sollte, bis Otto plötzlich auffiel: „Wie lange sitzt der denn noch da unten?"

Willi kippte den letzten Schluck Wodka in sich hinein und stürmte, besser stolperte die Treppe hinunter. Die anderen folgten ihm und blieben sprachlos vor der offenen Toilettentür stehen! Ein Chaos erwartete sie, ein verwüsteter Raum, überall lagen Glasscherben, das Fenster nicht nur eingeschlagen, sondern auch brutal aus dem Rahmen gerissen! Ihrem Gefangenen war die Flucht gelungen! Niemand von ihnen hatte etwas bemerkt, keiner ihn daran gehindert! Sie schauten sich an, als erste lachte Darja, dann fielen die anderen ein. Sergej war zufrieden: „Vielleicht wieder eine Fügung höherer Mächte!" Nur Otto Berger wurde blass: „Du meine Güte, ich muss eine Meldung an das Gartenbauamt machen. Wie soll ich denn die Flucht eines Verbrechers aus meinem Parkwächterhaus begründen? Dass ich währenddessen mit anderen gesoffen habe?"

„Det kriejen wir hin", beruhigte ihn Willi. „Ick helf dir."

Wenig später stand Jewgenij Tarassow auf dem Fernbahnhof Schlesisches Tor und wartete auf den Nachtzug nach Russland. Unruhig kontrollierte er seine Umgebung, beobachtete die Männer, die hin und her liefen, aus Angst, noch in der letzten Minute von einer Polizeikontrolle gefasst zu werden. Trotzdem war er glücklich und auch stolz, wie er die anderen an der Nase herumgeführt hatte und auf so einfache Art ihnen entkommen war, auch diesem eingebildeten Boxer! Das Einschlagen des Fensters, das Hinausklettern in einem Moment, wo keine Spaziergänger in der Nähe waren, der Gang zur S-Bahn, ganz lässig und ohne auffällige Eile – alles hatte geklappt.

Als endlich dann sein Zug in den Bahnhof einfuhr, er sich mit vielen Landsleuten hineindrängelte, sogar noch ein Sitzplatz bekam, stöhnte er auf vor Erleichterung. Geschafft!

Ein Gedanke allerdings trieb ihm fast wieder die Tränen in die Augen – seine liebe Käte hatte er ohne ein erklärendes Wort, ohne Abschied verlassen müssen. Aber bei seiner Festnahme waren auch zwei junge, sicher mitfühlende Frauen dabei gewesen, die ihr bestimmt die Umstände erklären werden. Außerdem würde er ihr sofort schreiben, vielleicht käme sie ihn sogar einmal in seiner russischen Heimat besuchen.

FINALE

Heinrich Lindemann saß an einem warmen Sommerabend auf seiner Terrasse, rauchte eine seiner teuren Zigarren und trank ein gepflegtes Bier, hin und wieder auch einen Cognac, allerdings wieder einmal allein, ohne seine Frau, wie er es seit Jahren gewohnt war. Sie ging neuerdings eigene Wege, machte häufig Besuche bei ihrer neuen Freundin, der Gräfin Hohenstein, auf der anderen Seite der Straße. Seit ihr Geschäftsführer Herr Smirnow ermordet worden war, hatte die Gräfin ihren Spielclub geschlossen. Mehr wusste er nicht, er verstand auch nicht, warum Agnes sich plötzlich von ihm, ihrem Mann, abgewendet hatte. Vielleicht waren es die Wechseljahre, dachte er, er würde einfach abwarten. Der Lärmpegel im Park und auf dem See hielt sich in Grenzen. Es war erfreulich, wie das Engagement der Hausbesitzer mit der Anstellung eines eigenen Parkwächters von Erfolg gekrönt war. Aber das war auch die einzige positive Bilanz, die er in der letzten Zeit ziehen konnte. Lindemann war niedergeschlagen, mehr noch, besorgt. Nie würde er es vor anderen, nicht einmal vor seiner Frau, zugeben, aber er war finanziell am Ende, ruiniert!

Diese Schauspielerin, die in ihrer Wohnung in der Beletage einen Spielclub einrichten und mehr Miete zahlen wollte, war seine ganze Hoffnung gewesen. Die hatte sich nun offenbar zerschlagen. Er wusste von Agnes, dass die Domba sich schon seit Wochen zu Filmarbeiten in Odessa aufhielt. Noch bezahlte sie zwar die Miete, auch ihr Freund, dieser Fürst Popow wohnte zwischendurch dort, aber es war nur eine Frage der Zeit, wie lange. Popow hatte ihm schon früher von seinem bevorstehenden Umzug in ein Haus am Königsweg erzählt und ihm nun mitgeteilt, dass es demnächst bezugsfertig sei und er daher bald ausziehen würde. Dann kündigte die Schauspielerin mit Sicherheit die Wohnung. Resigniert beobachtete Lindemann den Rauch seiner Zigarre, wie er sich im abendlichen Himmel verflüchtigte.

Doch unverhofft hatte er einen glänzenden Einfall, den er sofort fantasievoll ausspann. Warum sollte er nicht in der Wohnung von Hella Domba schon jetzt einen Bakkarat-Club einrichten, illegal natürlich, so wie sie es sich vorgenommen hatte! Das würde ihr doch sicher sehr gefallen, nach Rückkehr von ihren Dreharbeiten einen gut funktionierenden Spielsalon vorzufinden, den sie nur zu übernehmen brauchte. Über die finanzielle Seite, vor allem Aufteilung der Einnahmen würden sie sich schon einigen. Er könnte zunächst seine Freunde ansprechen, auch die Hausbesitzer am See, mit denen er schon das Projekt Parkwächter durchgezogen hatte. Sie würden sicher kommen, schon aus Neugier, und andere zuverlässige Spieler mitbringen. Vor allem der Rittmeister a. D. könnte die Soldaten der Schwarzen Reichswehr, die doch sicher mit Leidenschaft zockten, zur Teilnahme am Spiel animieren. Er selbst müsste die Aufgabe des Croupiers übernehmen, auch um Betrügereien zu verhindern. Aber auf Grund seiner früheren Spiel-Erfahrung wäre das für ihn ein Leichtes. Zufrieden goss er sich noch einen Cognac ein, gleich morgen würde er einen entsprechenden Brief an Hella Domba schreiben. Lindemann schöpfte wieder Hoffnung.

Zu Recht, denn es verlief alles nach seinem Plan. Hella Domba gab ihm ihre Zustimmung, in ihrem Salon ein Spielzimmer einzurichten, aber unter der Bedingung, dass Fürst Popow im hinteren Teil der Wohnung weiterhin wohnen bleiben könne. Sergej lehnte das Angebot allerdings ab, zog vorübergehend noch einmal in sein Hinterhaus in der Rönnestraße, wo er von Frau Wegner erstaunt begrüßt wurde: „Da sind Se ja endlich wieda! Da warn Se aber lange im Krankenhaus!"

Die Zeit verging.

Darja war wieder nach Hause gefahren, hatte vorher einen schmerzlichen Abschied mit Julius gefeiert, wie sie ihren Berliner Freund, den Rechtsanwalt, inzwischen nannte, und sich von ihm das Versprechen geben lassen, sie bald in Wien zu besuchen, was beide, trotz Größenunterschied, mit innigen Küssen besiegelten.

Sergej bezog seine neue Wohnung. Er verbrachte viel Zeit mit seiner Tochter, deren Adoption Wedekind inzwischen eingeleitet hatte, aber noch blieb Paula bei ihrer Tante wohnen.

Inzwischen war auch der Mord an Nikolaj Smirnow aufgeklärt. Obwohl Steinhauer und seine Mitarbeiter unermüdlich in den Homosexuellenkreisen nach Nikolaj Smirnow und seinen Bekannten Nachforschungen anstellten, war es erst die Zeugin Agnes Lindemann, die sie auf die richtige Spur brachte. Nachdem Frau Lindemann ihre Aussage über einen Streit gemacht hatte, den sie und ihre Freundin zufällig zwischen Herrn Smirnow und einem anderen Mann vor dem Nachtclub „Je taime" in der Rankestraße beobachteten, bei dem es um einen jungen Mann ging, atmete Steinhauer erleichtert auf. Das war doch endlich mal ein konkreter Hinweis. Er würde dort nachfragen, wer diese beiden Männer waren und ob sie in der bestimmten Nacht in einem Lokal in der Nähe des Nollendorfplatzes Smirnow wiedergetroffen haben.

„Ich danke Ihnen, Frau Lindemann. Sie haben uns sehr geholfen. Würden Sie bei einer Gegenüberstellung die beiden Männer wiedererkennen?"

Agnes nickte: „Ich glaube schon. Ich kann auch meine Freundin mitbringen. Die hat dasselbe gesehen wie ich."

Bei der Gegenüberstellung erkannten die Frauen beide Männer.

Der Junge, genannt „Cherie", legte unter Tränen sofort ein Geständnis ab. „Wir haben uns zufällig in ‚Ritchie's Bar' wiedergetroffen", gestand er schluchzend. „Kolja saß an der Theke und ich lief zu ihm, wollte zu ihm zurückkehren. Da hat er mich zurückgestoßen, gesagt, dass ich ein Irrtum war und ihn langweile! Dann ging er, und ich bin ihm hinterhergeschlichen. Ich wollte ihm sagen, dass er nicht so gemein zu mir sein sollte und er sollte sich dafür entschuldigen. Aber dann traute ich mich nicht, und dann habe ich ihm zur Strafe an der Treppe einen kleinen Schubs gegeben, damit er hinfällt. Ich wollte ihn auf keinen Fall töten! Ich habe ihn doch geliebt!"

Hella war für kurze Zeit aus der Sowjetunion zurückgekommen, in Begleitung eines neuen Freundes, „Kollegen" wie sie ihn vorstellte. Sie besuchte Sergej in seiner neuen Wohnung am Königsweg, beide freuten sich über das Wiedersehen, gaben sich Küsschen auf die Wangen und plauderten angeregt miteinander. Sie müsste schnell wieder zurück, die Dreharbeiten für ihren nächsten Film würden bald beginnen, berichtete Hella aufgekratzt, wieder mit Eisenstein, der Titel stünde noch nicht fest.

„Aber weißt du, worüber ich mich am meisten freue, Serjoscha? Dass der Lindemann so großartig meine Idee eines Bakkarat-Spielsalons verwirklicht hat. Du warst noch nie da, habe ich gehört. Schade! Er wird so gut besucht, alles vornehme Leute, wunderbare Atmosphäre und", sie lachte, „wunderbare Einnahmen!"

„Freut mich für dich, Hella, du weißt, ich kann dem Glücksspiel nichts abgewinnen. Aber ich rate dir nur immer wieder: Sieh dich vor, der Salon ist illegal und kann dir gefährlich werden!"

„Ach wo, du alter Pessimist!"

Nur ein Problem existierte noch: Igor beziehungsweise Kommissar Moser versuchte, die Freundschaft zu Paula wieder herzustellen. Sie trafen sich mehrmals, Moser gestand ihr seine Liebe, er umarmte sie innig und küsste sie nun „richtig" und Paula verliebte sich aufs Neue in ihn. Aber ihr Vater riet ihr: „Warte ab! Du bist noch viel zu jung, dich jetzt schon auf einen Mann festzulegen. Nächsten Monat besuchen wir meine Schwester und ihre Familie in Wien, wir bleiben vielleicht längere Zeit dort. Du wirst viel Neues und Unbekanntes erleben, wirst bei Besuchen von Freunden, auf Ausflügen, Festen überall viele nette Menschen kennenlernen, auch junge Männer. Du wirst dich noch oft verlieben!" Er lachte über ihren zweifelnden Blick: „Glaube mir! Ich werde dich bei entsprechender Gelegenheit daran erinnern!"

So trennte sich Paula vor ihrer Reise nach Wien von ihrem „Igor", zwar schweren Herzens, aber die Freude über ein aufregendes Leben an der Seite ihres Vaters beendete schnell ihren Abschiedsschmerz.

Auch Robert Moser verkraftete die Trennung von Paula ohne nennenswerte Schwierigkeiten und konzentrierte sich ganz auf seine Arbeit. Schließlich musste er nach der Niederlage mit der missglückten Razzia vor ein paar Monaten endlich einen Erfolg vorweisen, um sein Renommee als erfolgreicher Kriminalkommissar wieder herzustellen. Die jetzt anstehende Razzia bereitete er mit größter Sorgfalt vor und achtete drauf, dass niemand davon erfuhr. Sein zweiter Schlag gegen illegales Glücksspiel am vornehmen Lietzensee durfte auf keinen Fall wieder scheitern.

Seine Angst war unbegründet, im Gegenteil sein Triumph unbeschreiblich! Bei seinen Vorgesetzten und seinen Kollegen genoss er endlich wieder die Hochachtung, die sie ihm vor seinem Fehlschlag entgegengebracht hatten. Die Presse überschlug sich in Anerkennung der tüchtigen Beamten der Berliner Kriminalpolizei, denen immer wieder solche spektakulären Schläge gegen das organisierte Verbrechen gelangen.

Sogar bis nach Wien drang die Kunde dieser außergewöhnlichen Aktion. Sergej wohnte schon seit einiger Zeit mit Paula in der Villa seiner Schwester Maria Iwanowna in Grinzing und erholte sich hier von den körperlichen und seelischen Belastungen der vergangenen Wochen in Berlin. Seine Tochter, auf deren Existenz Darja ihre Eltern und Geschwister beizeiten intensiv vorbereitet hatte, wurde von allen herzlich willkommen geheißen, umarmt und geküsst.

Als Maria Iwanowna an einem kühlen Morgen im Spätherbst nach dem Frühstück in ihrer Tageszeitung „Neues Wiener Journal" blätterte, rief sie überrascht den andern zu: „Sagt mal, diesen Lietzensee in Berlin, den kennt ihr doch, oder? Hier steht etwas von einer Razzia dort in einem illegalen Bakkarat-Club."

Sergej wurde blass: „Lies vor!" Als sie das tat, blieb Sergej, Paula und Darja fast das Herz stehen. Moser hatte tatsächlich eine zweite Razzia, diesmal erfolgreich, durchgeführt und Hellas illegalen Spielclub im Haus von Heinrich Lindemann ausgehoben!

„Ich habe sie gewarnt", murmelte Sergej, „aber sie wollte nicht auf mich hören."

„Fährst du zurück, um ihr beizustehen?", fragte Paula beklommen.

Der Vater schüttelte den Kopf: „Nein, wir sind kein Paar mehr. Sie hat einen anderen Liebhaber. Der wird sich um sie kümmern." Er stand auf: „Ich möchte mich kurz zurückziehen. Kannst du mir den Artikel geben, Mascha? Ich muss ihn noch einmal in Ruhe lesen."

„Gern, natürlich!" Während der Bruder den Raum verließ, schaute sie ihm mitleidig hinterher: „Armer Serjoscha!"

Sergej legte sich auf sein Bett, schloss die Augen, die Erinnerungen an seine Liebe zu Hella und die gute Zeit, die er mit ihr verbracht hatte, wurden wieder lebendig. Doch sie gehörte der Vergangenheit an.

Nach einer Weile nahm er den Zeitungsartikel zur Hand und las nun selbst:

Wieder ein Berliner Spielklub ausgehoben.

Aus Berlin wird berichtet: Ein Spielclub wurde in der vergangenen Woche von Beamten des Spielerdezernats ausgehoben. Der Leiter hatte sich eine für seine Fehde geeignete Wohnung im ersten Stock eines Hauses am Lietzensee ausgesucht. Es gelang den Beamten, überraschend einzudringen. Sie trafen dreißig Personen, die eifrig dem Baskarat huldigten, darunter bekannte Spieler neben angesehenen Leuten, aber auch einige Elemente, die der Kriminalpolizei bereits bekannt waren und deshalb von der Wache gleich in sicheren Gewahrsam gebracht wurden. Die Spieler und die Wohnungsinhaberin, die den Raum gegen Entgelt zur Verfügung gestellt hatte, werden sich vor dem Strafgericht zu verantworten haben. Die Gerichte verhängen jetzt in solchen Fällen empfindliche Strafen. So verurteilte vor einigen Tagen das Schöffengericht Berlin-Mitte eine Wohnungsinhaberin, die einer Spielergesellschaft für eine hohe Nachmiete ihr Räume überlassen hatte, zu drei Monaten Gefängniß und die Spieler bis zu 500 Goldmark Geldstrafe.

INHALT

Zwei Russen machen Geschäfte	5
Alpträume	12
Russisches Leben in Berlin	17
Die Kindergärtnerin	22
Der Spielsalon der Gräfin Hohenstein	26
Paula, das Milchmädchen	33
Das Debüt	42
Lindemanns Ärger	48
Leschnikow in Berlin	56
Im Park und auf dem See	60
Der Einbruch	69
Familiengeschichten (1)	73
Parkwächter Otto Berger	86
Die Hausbesitzer werden aktiv	91
Ein neuer Gast im Spielsalon	98
Freundschaften geraten ins Wanken	102
Anfang und Ende einer großen Liebe	109
Toscha Gobulew kommt	117
Familiengeschichten (2)	124
Toscha verschwindet wieder	136
Streit mit Hella	142
In der Roten Burg	148
Der Überfall	152
Der Rächer	156
Odessa	164
Keine Milch und keine Razzia für Kommissar Moser	170
Smirnows Abschied	177
Neue Lehrer für das Russische Gymnasium	183
Die Katastrophe	187
Der Mord	190
Ratlos	193
Darja in Berlin	197
Kusinen auf der Bank	209
Im „Samowar"	213
Neuigkeiten aus der Roten Burg	219
Zurück im Leben	228
Sergej auf Mördersuche	232
Tarassows Zukunftspläne scheitern	236
Des Rätsels Lösung	243
Finale	249